# K²
## GÉNÉRATION

**Du même auteur au Rouergue**

*Les Autodafeurs 1, mon frère est un gardien*, roman doado, 2014
*Les Autodafeurs 2, ma sœur est une artiste de guerre*, roman doado, 2014
*Les Autodafeurs 3, nous sommes tous des propagateurs*, roman doado, 2015
*Génération K, tome 1*, roman épik, 2016

Illustration de couverture : © Patrick Connan
Graphisme de couverture : Olivier Douzou

© Éditions du Rouergue, 2017
www.lerouergue.com

épik

Marine Karteron

GÉNÉRATION K

tome 2

rouergue

## les personnages de la série

### Georges d'Épailly

Vingt ans, abandonné à la naissance dans la ville d'Épailly, il tourne à la délinquance. Fils de Vitali Camponi, un parrain de la Camorra napolitaine, il est chargé par celui-ci d'aller chercher Kassandre en Suisse. Génophore de niveau 6, il a en lui un dragon noir ayant le pouvoir de lire les peurs de ses ennemis.

### Kassandre Báthory de Kapolna, dite Ka

Seize ans, *contessina*, fille de Karl et Karolina Báthory de Kapolna, elle est la meilleure amie de Mina et c'est en croyant la protéger qu'elle accepte de partir en pension. Génophore de niveau 6, elle a le pouvoir d'entendre les cœurs battre.

### Michelle-Anne, dite Mina

Seize ans, meilleure amie de Ka, elle est la fille de Marika, servante travaillant pour les Báthory de Kapolna, et de Carlo Caracciolo Di San Theodoro. Pour découvrir la vérité sur son père, elle fugue jusqu'à Naples où elle rencontre sa grand-mère, Khiara, membre des Enfants d'Enoch.

Génophore de niveau 6, elle a le pouvoir de discerner les mensonges des vérités.

### Karl Báthory de Kapolna

Père de Kassandre, quarante-sept ans, aristocrate, richissime homme d'affaires et directeur général de Biomedicare, multinationale pharmaceutique, et membre des Enfants d'Enoch. Chargé par l'OMS de trouver un remède au métavirus qui se répand sur la planète.

Porteur K de niveau zéro (information confidentielle).

### Karolina Báthory de Kapolna

Mère de Kassandre, quarante ans, aristocrate, grande mondaine, elle ne s'est jamais occupée de sa fille.

Porteuse K de niveau 1 (aucun pouvoir connu).

### Vitali Camponi, dit Don Camponi

Père de Georges, cinquante-deux ans, ancien membre des Enfants d'Enoch, rendu infirme à cause des expériences médicales menées sur lui par Karl Báthory de Kapolna vingt ans plus tôt.

Parrain redouté de la Camorra, il règne en maître sur le quartier de Scampia dans la banlieue napolitaine et cherche à se venger des Enfants d'Enoch.

Porteur K de niveau 3, il a le pouvoir de lire dans l'esprit d'une personne et d'y projeter des images, à condition de la toucher.

**Carlo Caracciolo Di San Theodoro, dit le Cannibale de Naples, dit la Chose :**
Père de Mina, trente-huit ans, issu d'une des plus vieilles noblesses napolitaines, membre des Enfants d'Enoch. Volontaire pour les expériences médicales menées chez Biomedicare, Carlo s'est vu implanter deux gènes K artificiellement, mais ceux-ci l'ont rendu fou. Après avoir enlevé, torturé et consommé des dizaines de personnes, il est devenu l'âme damnée de Karl Báthory de Kapolna. Porteur K artificiel de niveau 4, il a une force surhumaine, peut sentir les autres porteurs K et s'immiscer dans leur esprit.

**Jarod**
Trente-huit ans, généticien albinos, il joue un double jeu. Travaillant dans la clinique secrète de Biomedicare, il est en fait une taupe au service de Don Camponi auquel il doit sa survie et le financement de ses études. Porteur K de niveau 4, il peut se déplacer sur quelques mètres à une vitesse imperceptible à l'œil nu.

**Les Tziganes de Braşov**
Groupe choisi par le Maître il y a des millénaires pour veiller sur son sommeil. Entièrement dévoués au Maître, ils sont dirigés par une matriarche.
Il y a vingt ans, à l'appel du Maître, ils sauvent deux des Génophores des griffes des Enfants d'Enoch. Le premier, Georges, sera abandonné sur les marches de l'église d'Épailly.
Le second, Enki, grandira parmi eux.

## un peu d'histoire...

– 65 millions d'années (fin du crétacé) : l'impact d'un météore au nord du Yucatán provoque l'extinction de 75 à 85 % de toutes les espèces.

– 40000 à – 30000 (fin du paléolithique moyen) : premiers exemples connus d'art pariétal.

– 5500 (néolithique ancien) : un réchauffement climatique provoque la fonte du glacier scandinave et une brusque montée des eaux balaye une partie de la planète. Répertorié par plus de douze récits fondateurs, ce déluge est une des plus grandes catastrophes connues par l'humanité.

– 3400 à – 3200 (âge du bronze) : invention de l'écriture cunéiforme par les Sumériens.

– 1650 (âge du fer) : réveil brutal du volcan de Santorin. L'expulsion des cendres dure deux jours et s'étend jusqu'en Égypte. L'effondrement du volcan donne naissance à un gigantesque tsunami qui ravage la partie orientale de la mer Méditerranée. Les retombées de débris ensevelissent l'île d'Akrotiri et provoquent la fin de la société qui l'occupait. Cette éruption est probablement à la base du mythe de l'Atlantide.

*Les espèces qui survivent ne sont pas les espèces les plus fortes, ni les plus intelligentes, mais celles qui s'adaptent le mieux aux changements.*

Charles Darwin, 1809-1882

## prologue

**Vingt ans plus tôt, dans la nuit du 30 avril.**
*Quelque part dans le Jura*

Caché au cœur de la forêt, le camp tzigane semble endormi. Il fait nuit, tout est calme et, si les braises rougeoyant dans le foyer ne dessinaient pas les contours des caravanes, rien n'indiquerait une présence humaine dans ces lieux sombres.

Guidés par leur matriarche, les Tziganes sont arrivés il y a un mois dans la plus grande discrétion. Quand les fils et les filles du vent décident de se rendre invisibles nul ne peut les détecter et c'est parfait ainsi. S'ils sont ici c'est que leur Maître se réveille, que ses Génophores sont en danger et qu'ils doivent absolument agir pour les protéger.

C'est leur rôle, la tâche qui leur a été confiée il y a des millénaires par leur ancêtre à tous. Un rôle qu'ils prennent très au sérieux et dont rien ne pourrait les détourner. C'est pour ça que depuis toujours ils se moquent des frontières, des lois des hommes et des États. Ils n'obéissent qu'à leur Maître.

Alors, depuis un mois, ils attendent en silence que leur matriarche, partie encore plus loin dans la forêt avec les fidèles des fidèles, ramène les Génophores jusqu'à eux.

Allongée à même le sol auprès des restes du brasier, une minuscule petite fille semble dormir. Avec son teint de porcelaine, ses longs cheveux noirs et ses yeux sombres, elle évoque une fragile poupée. Mais rien n'est plus faux.

Völva, c'est son nom, est *Celle qui écoute*. Elle est la première des veilleuses, celle qui garde la mémoire de ses nombreuses vies et revient quand le Maître l'appelle.

Quand elle est née, il y a sept ans, elle savait déjà tout. Son premier souvenir remontait à sa première vie, là-bas, sur les terres du Grand Nord, au pied des glaciers immenses. C'était il y a plus de sept millénaires. Depuis, elle a connu bien des naissances, bien des morts aussi, pourtant, sans pouvoir se l'expliquer, Völva sent que cette vie-ci sera différente.

Le hurlement d'une louve lui fait lever les paupières.

– Enki, enfin…, murmure la petite fille en se redressant.

Là-bas, émergeant du bois sombre, la matriarche s'avance vers elle sans un bruit. Dans ses bras, deux paquets minuscules s'agitent en geignant doucement tandis qu'une louve grise trottine à ses côtés.

Sans se préoccuper de l'animal, la petite fille fait signe à la vieille femme de lui montrer les bébés.

La matriarche obéit sans discuter ; depuis qu'elle a entendu l'appel du Maître elle sait qui est Völva.

Doucement, la petite fille écarte les linges recouvrant le visage des nouveau-nés et leur sourit tendrement.

– Leur mère n'a pas survécu, elle a demandé que celui-ci soit abandonné mais souhaite que nous élevions le second, l'informe la vieille Tzigane.

Völva acquiesce doucement et prend le bébé à la médaille d'or dans ses bras pour le bercer. Abandonner son frère alors qu'elle vient juste de le retrouver lui déchire le cœur, mais elle sait que c'est la meilleure solution. Leurs ennemis vont rechercher des jumeaux alors les séparer est la seule façon de les protéger. De toute manière, le Chasseur de dragons est suffisamment fort pour survivre seul et elle le sait.

L'enfançon gigote, pose sur elle ses grands yeux bleus dont l'un est taché de noir. Il semble en colère et Völva sait que cela risque fort de ne pas aller en s'arrangeant.

– Ne t'inquiète pas mon frère, je te retrouverai quand le moment sera venu, je te retrouve toujours, murmure-t-elle à son oreille avant de le déposer délicatement près du feu.

– J'espère que l'autre va survivre, il est très faible, s'inquiète la vieille en lui tendant le deuxième enfant.

Völva sourit. Que quelqu'un puisse penser une seule seconde qu'Enki soit « faible » est une plaisanterie. Elle rassure immédiatement la matriarche.

– Ne te fie surtout pas à son apparence. Enki est le Génophore de la Nature et il est aussi puissant qu'elle… même si pour l'instant je reconnais qu'il ressemble plus à une crevette pas fraîche, plaisante la petite fille en plissant du nez devant l'odeur dégagée par le nourrisson.

Les oreilles dressées, la louve se met à gronder et, comme si elle la comprenait, Völva hoche la tête et se redresse brusquement.

– Mama, réveille tout le monde. Il faut partir, effacer nos traces et disparaître. Nous avons peu de temps.

Voir cette petite fille de sept ans donner des ordres à une grand-mère surprendrait plus d'un observateur, pourtant, à peine la gamine a-t-elle fini sa phrase que la vieille hoche la tête et obtempère.

Si elle lui obéit c'est parce qu'elle sait que Völva n'est pas une petite fille comme les autres. Elle est *Celle qui écoute*, la première des veilleuses, celle dont la mémoire parfaite prépare le retour du Maître. Une petite fille dans les bras de laquelle vient de s'endormir Enki, un des Génophores et l'homme qu'elle aime depuis trois millénaires.

DE NOS JOURS...

Retranscription de l'interview radiodiffusée de Karl Báthory de Kapolna, P-DG de Biomedicare, joint par téléphone par Vitorina Luzzi, journaliste à RFI, le 11 mai.

*« – Karl Báthory de Kapolna, vous, le philanthrope, vous montrez très inquiet à propos de l'évolution de l'épidémie qui sévit actuellement. Pensez-vous vraiment qu'il faille être si alarmiste ?*

– Il faut que cela soit clair pour tout le monde : ce n'est plus une épidémie. C'est une catastrophe humanitaire. En tant que consultant de l'OMS j'ai accès à des données qui m'inquiètent au plus haut point et je tiens à mettre en garde les gouvernements : ils ne prennent pas la menace suffisamment au sérieux, ils doivent tout essayer, tenter de nouvelles stratégies continuellement et surtout empêcher les populations touchées de quitter leur pays.

*– Et vous, en tant que P-DG de Biomedicare, avez-vous des solutions à proposer ?*

– Certains vaccins sont actuellement testés par nos équipes mais les lenteurs administratives que nous imposent de hautes autorités font que ceux-là arriveront sûrement trop tard pour les populations déjà touchées.

– *Selon vous les populations de l'Afrique, de l'Amérique du Sud et même de l'Asie seraient donc en danger d'extinction ?*

– Oui, et j'affirme même que quand, notez que je dis bien "quand", pas "si", le métavirus arrivera en Europe et en Amérique du Nord, il risque de se répandre à une vitesse fulgurante sans que nous ayons le temps de nous en protéger.

– *Vos équipes, qui travaillent main dans la main avec celles de l'OMS, confirment que cette fièvre hémorragique n'est pas Ebola mais un "virus mutant encore inconnu", vous pouvez nous en dire plus ?*

– Non, il est encore trop tôt, mais au vu de la virulence de la souche, j'espère vraiment que les recommandations de confinement des populations, et de fermeture des frontières des pays où des cas sont recensés, vont être appliquées avec la plus grande fermeté. J'espère aussi que les gouvernements nous laisseront enfin les mains libres pour commencer la distribution de nos vaccins à grande échelle dès que ceux-ci seront finalisés.

– *Et si ce n'est pas le cas ?*

– Alors je crains fort que l'espèce humaine telle que nous la connaissons aujourd'hui soit bientôt réduite à sa part la plus congrue.

– *Vous n'envisagez tout de même pas des millions de morts ?*

– Non, pas des millions... des milliards. »

**Georges**

11 mai
*Naples*
*Parc national du Vésuve*

*Des montagnes mouvantes se dressent devant moi.*
*Des montagnes de cadavres sur lesquelles plane un nuage*
*noir qui paraît vivant.*
*Qui est vivant.*
*Un nuage de mouches grasses et vrombissantes, des*
*mouches qui semblent être la seule chose qui ne soit pas*
*morte dans ce village.*
*Je me déplace lentement, tentant d'éviter les charniers,*
*contournant les cadavres et repoussant les mouches.*
*Je cherche quelque chose, un reste de vie qui m'inciterait*
*à ne pas sombrer totalement dans le désespoir. Une raison*
*d'espérer que je finis par trouver derrière la dernière cabane.*
*Là, au milieu des insectes noirs, allongé sur un corps de*
*femme à la poitrine entièrement dénudée, un enfant, nu,*
*pleure doucement.*
*Il est vivant, en pleine santé.*

*Sa main potelée caresse la joue de sa mère tandis qu'il prononce inlassablement le même mot : « Inna. »*

*Je ne comprends pas sa langue mais je sais ce qu'il signifie.*

*L'enfant appelle sa maman, lui demande de se réveiller.*

*Au milieu de tous ces morts, contre toute logique, l'enfant n'a pas perdu espoir. Il me regarde et sa confiance me transperce. Ses bras se tendent vers moi. Il veut que je le sauve mais je ne peux plus bouger.*

*Dépassé par des hommes en combinaison je ne peux qu'observer, impuissant, la scène qui se déroule à quelques mètres de moi.*

*Quand les hommes en jaune s'approchent de lui, l'enfant hurle. Comme s'il savait, d'instinct, que ces hommes n'étaient pas là pour le sauver.*

*Ses yeux, noirs, m'accusent et me déchirent.*

*Il ne comprend pas. Ne comprend pas pourquoi je ne fais rien pour le sauver.*

*Un voile glisse devant mes yeux.*

*Le vrombissement des mouches se fait plus fort et envahit tout…*

Je me réveille en sursaut, le cerveau douloureusement transpercé par une vibration sourde.

À côté de moi, une radio balance en sourdine des infos sur l'avancée du métavirus. Il y est question de survivants envoyés chez Biomedicare pour aider à la mise au point d'un vaccin efficace. Inutile de chercher plus loin l'origine de mon cauchemar.

Je beugle :

— Nessim, éteins ta radio et coupe cette saleté de vibration !

Je me crois encore dans ma cellule, bien à l'abri entre les murs de mon ancien centre de détention, mais une voix de fille, un brin sarcastique, me détrompe aussitôt.

– Pour la radio, je peux faire un geste mais pour le grondement ça me semble compliqué… à moins que tu saches comment stopper un volcan ?

Voix de fille ? Volcan ? C'est quoi ce délire ?

J'ouvre les yeux pour faire l'inventaire : une pièce rectangulaire, des murs ondulés, un plafond bas avec des néons éteints, deux bureaux avec des ordis à l'arrêt, deux minuscules fenêtres carrées sans barreaux… je ne suis pas en prison mais allongé sur le sol de ce qui ressemble à un préfabriqué de chantier.

Je referme les yeux.

Les infos s'arrêtent enfin mais je ne sais pas si c'est une bonne chose car elles sont aussitôt remplacées par une musique de sauvages.

Je dis « musique » mais c'est plutôt un bruit. Un vacarme à vous couper l'envie d'utiliser vos oreilles ; on dirait qu'une guitare se fait détruire par une scie électrique au milieu d'une usine d'emboutissage.

J'ai mal partout, surtout à la tête, et j'ai du mal à comprendre ce que je fais là.

Je rouvre les yeux.

La musique s'échappe d'un casque d'iPod poussé au max et se déverse dans les oreilles couvertes de clous d'une fille aux cheveux blonds… qui me regarde comme si j'étais le diable en personne !

Je vais lui demander son nom quand ses yeux bleus plongent dans les miens.

Aussitôt, une vague de souvenirs me submerge : le crissement des ongles de Jarod l'albinos sur son pantalon bien coupé ; le corps tordu de Don Camponi et sa voix de métal m'annonçant qu'il est mon père ; le voyage en Suisse, ma rencontre avec la Chose et Battista, le mafieux de la Camorra, brûlé vif dans sa voiture explosée ; la maison du vieux Naples, la voix sourde de Mina asservissant mon esprit ; le tremblement de terre, le cheval dans la lumière des phares, les corps qui volent autour du capot, la silhouette du Vésuve, les pentes du volcan, le petit chemin de terre, une porte grillagée fermée par des scellés, l'entrée d'une galerie, les préfab' de chantier... et ce cauchemar toujours présent, cette voix qui me parle, m'appelle « *mon fils* » par-dessus les charniers et me demande de la rejoindre dès que je ferme les yeux.

Comment ai-je pu oublier ?

La musique de cinglés s'arrête.

La fille me parle.

– En plus, vu tes ronflements, je te trouve gonflé de râler parce que, question niveau sonore, t'es pas le dernier ! grogne-t-elle en me jetant un nouveau regard sombre.

Sa mauvaise humeur finit de déchirer les brumes engourdissant mon esprit. Je me souviens du nom de cette fille : Kassandre... la râleuse s'appelle Kassandre !

C'est elle que je suis allé chercher en Suisse à la demande de mon père ; elle qui possède six chromosomes K ainsi qu'un pouvoir complémentaire au mien et à celui de sa copine. Un génome qui pourrait nous permettre de sauver l'humanité du virus qui s'abat sur le monde… enfin, à condition que nous trouvions le quatrième morceau de cet incroyable puzzle génétique.

Les yeux accusateurs de l'enfant de mon cauchemar dansent dans mon esprit. Il faut que nous trouvions un moyen de retourner en Suisse, que…

D'un seul coup, la musique revient et me fait perdre le fil de mes pensées. C'est beaucoup trop fort.

Je dois la convaincre d'arrêter ce bordel avant qu'elle remette ses écouteurs.

– Kassandre, s'il te plaît, j'ai mal au crâne et il faut que je réfléchisse… alors si tu pouvais m'épargner ta musique deux minutes, ce serait cool.

Comme seule réponse, la princesse fronce les sourcils, enfonce les écouteurs dans ses oreilles… et monte le son à fond.

Fin de la conversation.

Kassandre. Elle a beau se la jouer dure à cuire, quand tu grattes un peu ce n'est qu'une gosse fragile et le nombre de tatouages, de clous ou de piercings qu'elle ajoutera à sa panoplie de métalleuse n'y changera rien.

Malheureusement, même si elle met mes nerfs à rude épreuve, je suis obligé de reconnaître que nous avons un lien. Un lien fort qui m'oblige à la supporter.

Je me bouche les oreilles, bascule la tête contre le mur et tente de rassembler mes idées.

Peine perdue.

Des lambeaux de cauchemar flottent encore dans mon esprit. Les yeux de l'enfant hurlant sur le cadavre de sa mère ne regardent que moi et m'appellent à l'aide.

Cet enfant existe, je l'ai vu dans les images qui tournent en boucle sur les chaînes d'infos et présentent le père de Kassandre comme un sauveur.

Que cet homme soit adulé par les médias et les gouvernements du monde entier, alors qu'il prend les nôtres pour des souris de laboratoire, me donne envie de vomir.

Cet enfant, ce survivant, je sais qu'il fait partie des nôtres, que seul un important génome K a pu lui permettre d'échapper au virus. C'est pour ça que les équipes de Biomedicare l'ont extrait du charnier. L'enfant va leur servir de cobaye et chaque parcelle de mon corps se révulse à cette idée.

*Les nôtres...* rien que de le dire me fait bizarre.

Même si j'en ai la preuve, c'est étrange de penser que certaines personnes sur la planète sont différentes, que nous sommes différents.

La génération K... une sorte d'*Homo sapiens* supérieur.

Jarod, le scientifique albinos qui sert de taupe à mon mafieux de père dans les laboratoires Biomedicare, parle d'évolution, de branche humaine parallèle, de mutation originelle. Il affirme que notre « espèce », bien que peu nombreuse, est répandue sur toute la planète et que certains d'entre nous ont même un don qui les rend différents du reste de l'humanité.

Avec la bête noire qui vit en moi, je suis bien placé pour savoir qu'il a raison ; mais nous sommes peu nombreux à connaître cette vérité.

Ce chromosome K est un des secrets les mieux gardés du siècle et c'est ce qui permet au père de Kassandre de mener ses petites expériences sans que personne ne s'en préoccupe.

Karl Báthory de Kapolna... quel que soit le tour que prennent mes pensées elles me ramènent toujours à lui.

Selon les révélations de Jarod, c'est lui qui a créé la Chose en trafiquant les gènes du père de Mina ; lui qui a torturé son ancien allié, mon père, Don Camponi, pour en faire la caricature d'humain qu'il est aujourd'hui ; lui aussi qui a enlevé ma mère avant ma naissance et fait de moi un orphelin.

S'il nous retrouve je sais que ce ne sera pas pour prendre le thé mais qu'on finira tous cloués sur ses paillasses, disséqués comme des grenouilles !

Mauvais plan.

Il faut que nous trouvions un moyen de nous en sortir, un moyen d'être utiles sans servir de pions à qui que ce soit. Mais comment faire ? Et à qui faire confiance ?

Je sais que Jarod m'a dit la vérité, mais j'ai des doutes sur les motivations de ceux qui nous recherchent. Si seulement j'étais sûr que nos dons soient utilisés correctement, que notre ADN ne serve qu'à sauver des vies, je me rendrais sans hésiter, mais j'ai du mal à y croire.

J'ai peur qu'il y ait plus, beaucoup plus derrière tout ça, et ça me fiche une trouille noire.

Je rouvre les yeux et pense en souriant à la tête que le père de Kassandre et le mien doivent faire en ce moment. Vu ce que nous représentons ils doivent être furax que nous leur ayons filé entre les doigts.

– Pourquoi tu fais cette tête d'imbécile heureux ? Tu crois qu'il y a de quoi se réjouir ?

Comme tous les idiots qui parlent sans enlever leurs écouteurs, Kassandre a crié et sa voix aiguë réveille la douleur lancinante qui vrille sous mon crâne.

Je soupire, referme les yeux et commence à me masser les tempes sans lui répondre.

Je regrette de ne pas être resté en taule ; à côté de la Chose et de l'autre taré de Báthory de Kapolna, même les néonazis de la prison ressemblent à des Bisounours…

— Te rendors pas ! Il faut qu'on se tire de ce trou, qu'on rejoigne ma mère et celle de Mina pour leur tirer les vers du nez sur le quatrième Génophore, avant que les autres comprennent où on est ! me lance la princesse.

Je soupire.

— Ne t'inquiète pas, je suis bien réveillé… même si je ne suis pas sûr que ce soit une bonne nouvelle.

— Tu m'étonnes !

Deux mots, une grimace et c'est tout ; Kassandre replonge dans le monde grinçant de sa musique de dingues.

La princesse me fait la gueule à cause de ce qui s'est passé aux *Vele* dans l'immeuble de la Camorra.

Avec du recul j'ai conscience qu'entrer à poil dans sa douche n'était pas l'idée du siècle, mais avec les caméras posées partout par mon père pour nous surveiller je ne voyais pas d'autre solution pour lui faire passer discrètement ce que je venais d'apprendre de Jarod sur nos chromosomes K et nos génomes complémentaires.

Mais bon, ce n'est pas le moment de penser à ça. Pour l'instant, la princesse a raison. Nous avons beau avoir du mal à nous entendre, nous sommes au moins d'accord sur une chose : découvrir qui est le quatrième Génophore est une priorité, et notre seule chance de le retrouver passe par sa mère et celle de Mina. Pour ce que nous en savons ce sont les seules qui pourraient nous donner des informations sans avoir envie de nous transformer en cobayes... le fait qu'elles aient protégé leurs filles en cachant leurs pouvoirs pendant seize ans plaide en leur faveur.

À deux mètres de moi, la princesse secoue la tête en agitant les bras dans le vide sur une batterie invisible.

– Kassandre...

Pas de réaction.

– KASSANDRE !

Peine perdue.

J'aimerais qu'on discute mais elle ne tourne même pas la tête vers moi.

En même temps, avec sa musique à fond, les chances qu'elle m'ait entendu sont quasi nulles.

J'attrape une boulette de papier dans la poubelle juste à côté de moi et la lui balance dessus pour attirer son attention.

En plein sur le museau !

Regard noir de la princesse, qui dresse son majeur bien haut dans ma direction.

Je lui fais signe de retirer ses écouteurs, elle s'exécute d'un seul geste en soupirant.

– QUOI ENCORE ?!!

– Kassandre, si on veut mettre un plan au point, il faut qu'on parle.

– Décide tout seul ! De toute manière c'est bien ce que tu fais d'habitude, non ?

Sur le dernier mot, j'entends sa voix se briser. C'est juste une fêlure, mais je sais à quoi elle est due. Alors je reprends plus doucement en tendant le bras vers elle.

– Kassandre, tu ne peux pas continuer à me faire la gueule. Pour la douche, je t'ai dit que j'étais déso...

En sentant ma main se poser sur son épaule, elle bondit comme un diable hors de sa boîte. Je n'ai pas le temps de finir ma phrase qu'elle est déjà à la porte.

– C'est bon je te dis ! Laisse tomber ! Si tu crois que j'en ai quelque chose à foutre. T'es naturiste, t'es naturiste ! Chacun sa croix mec, je respecte, je te jure. Et pour ce qui est du plan je te rappelle que ça ne concerne pas que nous. Je vais chercher Mina.

Sans sa main qui tremble sur la poignée de la porte, je pourrais presque croire qu'elle n'en a effectivement plus rien à faire... mais, avant que j'ajoute quelque chose, le battant se referme sur elle et je me retrouve seul.

# Enki

## 11 mai
### *Vieux Naples*
### *Église Santa Maria la Nova*

La terre a cessé de trembler depuis quelques minutes et nous sommes enfin prêts pour le transfert. L'épais drap blanc que nous avons glissé sous le Maître pour pouvoir l'extraire de son tombeau est en place. Debout à mes côtés, mon oncle Zoltan et son fils Gabor n'attendent qu'un geste de ma part pour le soulever.

Mais je ne le fais pas.

Au lieu de cela, comme si je souhaitais retarder ce moment, je me penche pour jeter un dernier coup d'œil à l'intérieur du caveau.

Si le drap forme une tache blanche dans l'ombre silencieuse du cloître, le Maître, lui, semble absorber toute forme de lumière.

Il est une mare noire d'où pulse l'obscurité.

Une mare noire dont je ressens la colère et qui me fait hésiter.

Quand nous sommes arrivés à Naples hier et avons ouvert son tombeau pour la première fois, j'ai d'abord cru que le faire revenir serait impossible.

Loin de l'image de jeune homme que j'en avais gardée, le Maître n'était plus qu'un parchemin desséché, un cadavre au crâne rond, aux orbites creusées et à la bouche ouverte sur un rictus grotesque.

Après à peine plus d'une centaine d'années de sommeil, j'étais pourtant certain de le retrouver intact. Mais je me trompais.

Découvrir son enveloppe charnelle aussi abîmée m'a plongé dans l'effroi. J'ai la certitude que cette époque corrompue y est pour quelque chose, que le Maître porte sur son corps les stigmates de ce que les humains font subir à sa planète et que son réveil ne se fera pas sans dommages.

Heureusement, dans le trou sombre du tombeau, la momie du premier jour a maintenant disparu. Mon pouvoir a tenu une partie de ses promesses et, même s'il n'est pas encore lui-même, le corps du Maître s'est beaucoup transformé depuis l'offrande.

C'est encore léger mais je vois bien que, grâce à l'action de mon sang, ses paupières sont moins creuses, sa peau moins terreuse et ses cheveux plus nombreux ; son corps semble maintenant suffisamment fort pour être déplacé sans partir en morceaux et, même s'il ne me répond toujours pas, j'ai la conviction que le Maître m'entend.

Je me recule, rejoins Völva près de la civière et caresse sa joue pour la rassurer.

Je sais qu'elle a peur. Je le sais car je la connais depuis l'aube de l'humanité. Comme moi, *Celle qui écoute* est au service du Maître et se réveille à chacun de ses retours. Comme moi sa mémoire est millénaire, millénaire et intacte alors elle ne peut qu'être effrayée par l'aspect actuel de notre Maître.

– On ne peut plus attendre, Völva. Il faut y aller, maintenant.

Son visage est perdu dans les ombres du cloître mais la larme que je sens glisser sur mes doigts ne laisse planer aucun doute sur ce qu'elle ressent.

– Völva…

Une simple pression de sa main sur la mienne, un soupir et je lâche enfin l'ordre qu'attendent les hommes qui nous accompagnent.

– Allez-y… mais faites doucement !

Zoltan et Gabor sont forts et précis. Il leur faut moins de deux minutes pour saisir le linceul, extraire le Maître de son tombeau et le déposer délicatement sur le brancard.

Sur le drap blanc, son corps est à peine plus épais que celui d'une fillette mais je sais à quel point cette apparence est trompeuse.

Ici repose le père de la génération K et sa puissance est sans limites.

Pendant que mon oncle et mon cousin s'échinent à remettre en place la lourde pierre scellant l'entrée du caveau, je commence à fermer les sangles de la civière.

Dans la lumière diffuse des torches j'aperçois quelques bosses sur le sol. Comme pour accompagner la colère du Maître, le Vésuve s'est réveillé et sa dernière secousse a descellé certaines dalles du cloître. Il va falloir être prudents, je ne peux prendre le risque que le corps glisse du brancard quand nous le déplacerons.

J'aimerais serrer les sangles au maximum mais je n'y arrive pas ; il fait sombre, mes doigts glissent sur les attaches métalliques et je souffle de dépit.

– Attends, je vais t'aider, me dit Völva en m'entendant pester.

Ma compagne s'avance sans prendre garde au sol abîmé.

– Attention !

Je crie pour la mettre en garde, mais il est trop tard.

Son pied heurte une dalle disjointe et elle chute lourdement contre le brancard.

Le corps du Maître bascule légèrement, son bras droit glisse hors du cocon de son linceul.

Par réflexe, j'attrape la main maigre pour l'empêcher de tomber, de s'écraser au sol comme une brindille cassée.

Je n'aurais pas dû.

Les phalanges osseuses se referment brutalement autour des miennes et je suis aspiré dans un tourbillon de pensées obscures.

*Hommes impudents, qu'avez-vous fait ?*

*Cette planète que vous deviez fouler avec respect, que lui faites-vous subir ?*

*Vous étiez là pour glorifier ma création et vous ne faites que la détruire.*

*Immonde humanité.*

*Qu'ai-je fait en vous laissant la vie ?*

Les mots qui résonnent dans mon esprit tremblent d'une colère sourde, terrifiante.

J'essaie de répondre.

– Tată ?

Zoltan et Gabor se tournent vers moi.

Leurs lèvres remuent.

Ils me parlent mais je ne les entends pas.

Je ne suis plus capable de rien.

La voix du Maître résonne dans ma tête, plus fort qu'elle ne l'a jamais fait.

Une voix de colère, une voix de tonnerre.

Je le sens détecter ma présence et se tourner vers moi.

Je suis stupéfié par la puissance de son amour pour nous.

Il ne veut pas que j'aie peur de lui.

Sa voix s'adoucit et glisse dans mon esprit comme une caresse, comme une promesse.


*Mon fils, ne crains rien. Tu n'es pas des leurs, tu es mon sang, mon enfant adoré.*

*Ton frère et tes sœurs nous appellent.*

*Ils sont en danger mais nous serons bientôt réunis.*

## Kassandre

11 mai
*Naples*
*Parc national du Vésuve*

J'en ai marre de ce mec : « Désolé », c'est tout ce qu'il trouve à me dire depuis l'autre soir ; « désolé » ! Comme si un mot aussi creux avait le pouvoir d'effacer ma honte !

Je sais qu'il n'a pas fait exprès, je sais que s'il est entré à poil dans ma douche et m'a serrée dans ses bras en faisant semblant de m'embrasser c'était juste pour tromper les caméras et les micros installés par son taré de père pour nous surveiller.

Mon esprit, mon cerveau le savent... comme ils savent qu'il avait raison de le faire car c'était le moyen le plus sûr de préparer notre évasion sans que les autres se doutent de quelque chose.

Je le sais, mais je ne peux pas m'empêcher de lui en vouloir pour la peur que j'ai éprouvée en sentant son corps nu contre moi.

Je détache ma main de la poignée de la porte, serre et desserre mes phalanges jusqu'à ce que mes tremblements cessent et cherche Mina du regard.

J'espérais la trouver à l'extérieur du préfab' mais, à part les parois de pierre et les engins de chantier silencieux, il n'y a personne.

Nous sommes dans une énorme caverne creusée dans les flancs du Vésuve. C'est un chantier expérimental de géothermie. L'entreprise qui bosse là tente de capter la chaleur dégagée par le volcan pour alimenter la région napolitaine.

Perso, je suis plutôt pour les énergies renouvelables… mais pour ce qui est d'aller gratouiller les flancs d'un volcan, je trouve ça complètement con.

L'absence d'une des trois lampes de chantier que nous avions laissées à l'extérieur en arrivant m'apprend que Mina a dû aller faire un tour.

Je grimace. Me balader dans le noir ne me dit pas des masses, mais comme j'ai encore moins envie de rester parler avec Georges, j'attrape une des torches, l'allume, et descends les trois marches de métal du préfabriqué.

Je me dirige vers l'entrée de la caverne. Le bruit de mes pas résonne étrangement.

D'où je suis je peux distinguer le demi-cercle d'un noir plus clair qui marque l'ouverture vers l'extérieur ; j'ai à peine cent mètres à parcourir pour l'atteindre mais j'ai l'impression qu'elle est à des années-lumière.

Hier, quand Georges et Mina ont décidé de nous cacher dans cette station de forage, j'étais trop fatiguée pour protester… mais maintenant que je réalise pleinement où nous sommes, je me dis que cette idée était complètement stupide.

Le chantier a été abandonné précipitamment, probablement à cause des secousses qui ne cessent de résonner sous nos pieds depuis notre arrivée à Naples. Les ingénieurs sont partis si vite que le préfabriqué qui leur servait de bureau n'a même pas été vidé.

D'ailleurs, je les comprends : qui, à part nous, pourrait avoir envie de se cacher au fond d'un tunnel creusé dans un volcan, juste au moment où le maire décide d'évacuer tous les habitants de la région pour cause de « danger imminent d'éruption ». Faut vraiment être débiles, ou désespérés… voire un peu des deux !

Hier soir, on a décidé de se planquer quelques jours avant de partir en Suisse pour retrouver nos mères, mais je ne veux pas rester ici.

Je ne sais pas pourquoi mais ce volcan me terrifie.

À chaque grondement, une peur panique monte en moi, quelque chose de viscéral, irradiant chacune de mes cellules. Une terreur que je suis incapable de contrôler… comme si j'avais déjà vécu ça.

Je suis à peine à vingt mètres de la sortie quand un nouveau tremblement commence.

Je stoppe net.

Le sol vibre sous mes pieds, devant moi les cailloux tressautent comme des pop-corn dans une poêle pleine d'huile.

Je ne bouge pas, garde les yeux fixés sur la pointe de mes chaussures en attendant que ça passe.

Mais ma vue se brouille.

*Autour de moi, la caverne a disparu.*

*Je suis dans un couloir de pierre décoré de figures géométriques rouges et bleues.*

*Je cours sur un sol dallé qui se fendille. Mes pieds sont nus, couverts de sang. Un sang que je sais ne pas être le mien.*

*J'entends des hurlements de panique dans une langue que je ne connais pas ; des murs s'écroulent dans un fracas de tonnerre.*

*La fumée envahit mes narines, brûle mes rétines.*

*J'étouffe mais une voix dans mon dos m'exhorte à continuer de courir, une voix que je connais...*

Puis le sol cesse de gronder et tout s'arrête.

Je suis de retour dans mes Doc, seule, et aucune fumée ne m'entoure.

Je secoue la tête, respire profondément pour maîtriser les battements affolés de mon cœur.

Ces visions ont commencé à notre arrivée dans les flancs du Vésuve et ne m'ont plus lâchée depuis. Je ne sais pas d'où elles viennent, mais chaque secousse les rend plus fortes et j'ai de plus en plus peur.

Je me remets en route vers la sortie.

Même s'il fait encore sombre, la lueur projetée par ma torche est suffisante pour voir que Mina n'est pas dans les parages.

Elle a dû aller se promener à l'extérieur, toujours cette manie qu'elle a de chercher l'aube et le crépuscule, « la naissance et la mort », comme elle les appelle.

Je frissonne.

Les ombres qui m'entourent ne sont pas hostiles, mais j'ai la chair de poule et enclenche la musique de mon iPod pour penser à autre chose.

Au creux de mon cerveau les paroles de *Mother Mary* des Black Label Society résonnent comme un mantra :

*Oh, make it back, back, back...* répète inlassablement le chanteur.

Revenir en arrière...

J'en rêve, j'en crève.

Et pourtant c'est débile, car ça servirait à quoi ? Ma vie d'avant c'était de la merde en boîte. Au moins, maintenant, je suis avec Mina et débarrassée de ma famille, LE truc dont j'ai toujours rêvé.

Je devrais être heureuse, pourtant je me sens mal...

Occupée à ressasser j'ai atteint l'entrée de la galerie sans m'en apercevoir, mais toujours pas de Mina.

Je me retourne vers les profondeurs, enlève un de mes écouteurs et râle.

– Bordel, on avait pourtant dit qu'il ne fallait pas sortir... MINA ! T'es où ?

« *Ouuuu... ouuuuu...* »

Mon appel rebondit sur les parois de la caverne et son écho me revient sans que j'obtienne la moindre réponse.

Cette fois-ci c'est certain, Mina est sortie.

# Enki

**11 mai**
*Vieux Naples*
*Église Santa Maria la Nova*

– Enki ? Ça va ?

Völva caresse mon visage.

La chaleur de ses doigts me fait du bien. J'ai dû m'éva-nouir car je suis allongé sur le sol de pierre aux pieds du Maître.

Au-dessus de moi se dresse la lourde stèle qui ferme le flanc de son tombeau. Une roche marquée du sceau du dragon.

Dans les ombres mouvantes provoquées par nos lampes, je crois voir le grand lézard de pierre onduler.

Il a le regard vide, des écailles tranchantes et une gueule pointue d'où jaillissent des dents acérées comme des épines empoisonnées.

Sur son dos hérissé de lances, je devine la nais-sance de ses ailes chitineuses emprisonnées dans une armure.

C'est l'image d'un monstre maîtrisé : son corps, ses ailes, ses pattes restent enserrés dans l'enveloppe de métal qui les empêche de se déployer… mais pour combien de temps encore ?

Un poids immense oppresse ma poitrine.

Je comprends que j'ai cessé de respirer et avale une grande goulée d'air avant de répondre à Völva.

– Le Maître est réveillé… il m'a parlé.

Elle hoche la tête.

Je suis l'un des quatre Génophores alors *Celle qui écoute* ne peut douter de ma parole. Ainsi en a décidé le Maître il y a des millénaires, et Völva le sait. Elle le sait car elle était là quand le Maître m'a choisi, elle était là lors de ma première mort, là à chacun de mes retours.

Il y a vingt ans, quand son clan est allé me chercher dans cette forêt du Jura, c'est Völva qui m'a donné le nom que je porte, ce nom qui est le mien depuis cinq mille cinq cents ans, celui que je portais lors de notre première rencontre, à une époque où elle s'appelait déjà Völva et courait le monde aux côtés du Maître depuis plus de mille ans.

Völva est ma lumière, mon âme, mon amante. Comme les deux faces d'une même pièce, nous sommes le trait d'union entre les hommes et l'Incréé, les seuls à retrouver la mémoire dès notre renaissance et à pouvoir faire le lien avec les trois autres Génophores.

Une longue mèche de ses cheveux noirs s'échappe de son foulard et vient caresser mon visage. Feu de bois, terre, patchouli : l'odeur du campement m'envahit et me berce.

J'aimerais tant fermer les yeux, serrer la femme que j'aime contre moi, me fondre en elle et m'endormir. Malheureusement, ce n'est pas le moment.

Debout derrière Völva, Zoltan et Gabor attendent que je leur répète ce que j'ai entendu. Ils ont l'air inquiets.

Il y a quelques siècles, juste pour les rassurer, j'aurais choisi de leur mentir.

Mais cette époque est différente. La connaissance des hommes est devenue plus grande et ils sont prêts à entendre la vérité.

– Le Maître est en colère. Il faut trouver les autres Génophores, le temps presse.

Völva hoche la tête la première.

Elle est *Celle qui écoute* et elle aussi a ressenti sa colère. D'ailleurs, elle n'attend pas que je la questionne pour me dire où sont les Génophores.

– Ils sont entre les flancs du volcan… mais ils ne sont pas seuls. Il faut faire vite, m'indique-t-elle en frissonnant.

Je ne lui demande pas d'où elle tient cette certitude… tout comme elle ne me demande pas ce que le Maître m'a murmuré.

C'est inutile car notre esprit ne fait qu'un.

Le sol qui tremble me rappelle l'urgence de la situation.

Il faut bouger.

Zoltan et Gabor quittent le cloître avec la civière pour aller l'installer dans le camion et je m'apprête à les suivre quand Völva m'arrête.

– La fureur, le désir de destruction, tu les as sentis ? me demande-t-elle en prenant ma main.

J'aimerais lui mentir, j'aimerais lui dire que tout va bien se passer, que le Maître va se calmer, que les autres Génophores nous soutiendront et que nous saurons une nouvelle fois lui faire entendre raison ; qu'il n'y aura pas de massacres, pas de destructions, pas de punition… mais la vérité c'est que je n'ai jamais senti le Maître aussi courroucé et que j'ai peur.

– C'est… différent de d'habitude. Il revient trop tôt et il est en colère… plus encore que la dernière fois.

Je n'ai pas besoin de préciser à quelle époque je fais allusion.

Völva était avec moi à chaque retour du Maître.

Elle aussi se souvient des colères terribles qui le saisissent parfois.

Mais cette fois-ci quelque chose a changé ; le Maître n'est pas seulement en colère il semble dégoûté, écœuré par ce que les hommes sont devenus.

L'humanité a survécu à l'amour et à la haine du Maître, mais quelles armes aura-t-elle s'il se détourne d'elle ? Pourrons-nous vivre seuls ? Nous laissera-t-il seulement une chance de le convaincre ?

Völva plante ses yeux noirs dans les miens et baise ma bouche avec douceur. Je sais ce qu'elle va me demander mais j'aimerais qu'elle se taise.

– Et si on ne le réveillait pas ? murmure-t-elle à mon oreille. Si on le laissait dormir, si on l'enfouissait profondément pour que personne ne puisse le retrouver ? Si on décidait que cette vie soit notre dernière ?

J'ai beau m'y attendre, sa suggestion me fait l'effet d'un uppercut. Les millénaires qui nous séparent des dernières grandes destructions n'ont pas suffi à les effacer de notre mémoire commune et je ne comprends pas que Völva puisse me suggérer de désobéir au Maître.

– As-tu déjà oublié ce qui s'est passé quand ton frère et la Danseuse de taureaux ont essayé de s'opposer à lui ? Sa colère immense, la destruction. Veux-tu te sentir à nouveau responsable des morts ? Hein, Völva, c'est ce que tu souhaites !?

Je la secoue violemment. Il faut qu'elle ait conscience que nous ne pouvons pas faire ce qu'elle réclame. Je ne veux pas entendre à nouveau les milliers de cœurs cesser de battre, les hurlements de terreur, les cris d'agonie et, surtout, le silence, immense, après que les derniers râles se sont tus.

– Je refuse, Völva ! Le Maître est de retour, nous devons l'accueillir ! Nous avons passé un accord, un pacte qui ne peut être brisé : l'humanité n'a le droit d'exister à nos côtés que si le Maître l'accepte. Je suis un des quatre Génophores, tu es *Celle qui écoute* et tu as entendu comme moi : le Maître est de retour, ce n'est pas à toi de décider si cela doit être, cela EST !

Völva ne me répond pas.

Elle pleure en silence.

J'ai raison et elle le sait ; elle l'a toujours su.

Je lâche ses bras et l'attire doucement contre moi. Je m'en veux de la faire souffrir mais je n'ai pas le choix, aucun de nous ne l'a.

Sa tête s'affale sur mon épaule.

J'enfouis mon visage dans ses cheveux et sens sa morve couler contre mon cou ; cette chaleur poisseuse me rassure… tout ce qui me rappelle que nous sommes en vie me rassure.

J'en veux plus et l'envie de me fondre en elle revient d'un coup, violemment, mais au moment où ma main va se glisser sous son pull, Gabor revient.

– On a installé le brancard dans le camion mais à cause des secousses et du début de l'évacuation de la ville il y a de plus en plus de monde dans la rue, il faut y aller avant de se retrouver coincés !

Je me détache de Völva avec regret et jette un dernier regard sur le tombeau du Maître : le dragon de pierre est toujours là mais il ne me fait plus peur ; ce n'est qu'une statue.

Le véritable dragon, lui, nous attend à quelques mètres… et nous allons bientôt devoir le réveiller.

# Kassandre

**11 mai**
*Naples*
*Parc national du Vésuve*

Je n'ai pas le choix.
Si je veux retrouver Mina il faut que je sorte de ce tunnel.
Je fais trois pas à l'extérieur et m'avance dans la clairière qui servait de parking aux scientifiques travaillant sur le chantier.
La voiture que Georges a piquée il y a quelques heures est toujours là où nous l'avons laissée, juste à côté de l'entrée.
Je n'ai que deux pas de plus à faire pour m'en approcher. J'espérais vaguement y trouver Mina mais elle n'y est pas. Cette andouille a dû s'enfoncer dans la forêt… un endroit où je n'ai pas du tout envie d'aller.
Je m'allonge sur le capot, augmente le son et laisse la musique des Black Label Society me bercer.
Après tout, Mina finira bien par revenir.

Respirer l'air du dehors me fait du bien, pourtant, quelque chose cloche.

Quelque chose qui a un rapport avec le morceau que je suis en train d'écouter.

Le rythme est perturbé, pas comme d'habitude.

Je me concentre sur la batterie, isole les coups sourds des baguettes sur les caisses du reste des instruments et…

Quand je comprends enfin le problème je me redresse brusquement, mais il est trop tard. Un des hommes dont j'entendais les battements de cœur à travers la musique se tient devant moi et, avant que je puisse réagir, mes écouteurs sont violemment arrachés de mes oreilles.

– Toujours ta musique de sauvages, ma fille !

La voix de Père, glaciale, est aussi sèche que la gifle qui s'abat sur mon visage pour ponctuer la question qui suit :

– Où sont les autres ?

Hors de question de répondre.

Je prends mon temps, regarde autour de moi et trouve rapidement l'origine des deux autres pulsions cardiaques qui résonnent clairement dans mon esprit.

Père n'est pas assez idiot pour venir seul… mais n'a visiblement pas conscience de notre pouvoir.

S'il compte nous arrêter avec aussi peu de monde, il va être drôlement déçu.

Je siffle :

– Deux hommes armés rien que pour moi ? Ben dis donc, t'es encore plus mégalo que je croyais, *papa*. Par contre t'es mal renseigné parce que je suis venue ici toute seule et…

La claque qui s'abat sur mon autre joue m'empêche de terminer ma phrase.

– Arrête ça tout de suite Kassandre. Je sais que l'autre petite traînée est avec toi et que l'homme qui est venu te chercher en Suisse vous accompagne.

– Et comment tu sais tout ça toi ? Et d'ailleurs, comment tu m'as retrouvée ?

Je me cogne de sa réponse. Je cherche juste à gagner du temps.

Père hésite, mais je le connais bien. Je sais que la tentation de me prouver à quel point il m'est supérieur sera trop forte... et je ne me trompe pas.

– Ta saleté de musique, on est toujours puni par là où on pèche, ma fille, me répond-il en désignant mon iPod.

Un traceur ! Évidemment, c'est logique. J'aurais dû m'en douter quand il ne m'a pas confisqué mon baladeur à mon départ en pension.

– Décidément, tu es encore plus tordu que ce que je pensais !

Sous l'insulte, une petite lueur s'allume dans ses yeux gris.

– Moi ? Tordu ? De la part de quelqu'un qui a provoqué la mort d'une de ses camarades en échangeant son sang avec le sien je trouve ça plutôt drôle... Si tu n'avais pas agi ainsi, Kassandre, et si ta *chère* mère ne m'avait pas caché la vérité pendant seize ans, cette fille serait toujours en vie.

– Yolande... elle s'appelait Yolande, je murmure en voyant son sourire.

Je veux qu'il prononce le nom de celle qui est morte par SA faute mais Père se contente d'un geste de la main droite en balayant l'air par-dessus son épaule, comme s'il chassait une mouche.

Yolande.

Rien que de prononcer son prénom me rappelle son regard fou, sa douleur, sa cage thoracique écartelée, ses poumons luisants au-dessus de sa tête comme des ailes d'ange pendant qu'elle étouffait et… les yeux rouges de la Chose braqués sur moi !

Seule la poigne ferme de Père sur mon bras m'empêche de m'évanouir à ce souvenir.

J'entends une voix hurler.

Ma voix.

Une nouvelle gifle. Puis une autre, et le hurlement, mon hurlement, s'arrête enfin.

Si je réagis aussi violemment c'est que la Chose n'est pas dans mes souvenirs.

Elle a les yeux braqués sur moi.

Debout à côté de Père son regard me fouille, glisse comme un serpent dans mon esprit et me parle.

*Kassssandre, fille de Karl, je n'ai pas le droit de te toucher, pas le droit de te goûter… mais… mmmmh… Kasssandre, fille de Karl, bientôt je pourrai, bientôt…*

Me concentrer, penser à autre chose, m'accrocher à la musique qui continue de se déverser par les écouteurs abandonnés de mon iPod pour ne plus l'entendre.

*It all comes back to you, you, you, you…*

*Tout revient à vous, vous, vous, vous...* Je dessine les paroles dans mon esprit, les fais gonfler, enfler pour ne plus entendre la voix de la Chose ramper en moi.

Je me concentre sur le solo : un vacarme assourdissant d'harmoniques artificielles additionnées d'effets explose dans mon cerveau.

J'imagine Zakk Wylde lever la corde de sa guitare et appuyer sur sa pédale wah-wah pour parsemer le son de notes très rapides avant de finir par un enchaînement délirant sur la gamme pentatonique.

L'extrait de Black Label Society n'est plus dans mon iPod ; il résonne dans mon cerveau avec plus de bruit que sur la scène du Hellfest et défonce les barrières mentales de la Chose.

JE suis dans SON esprit !

Pour la première fois, j'ai réussi à le chasser et c'est MOI qui me déverse en lui.

*Son esprit est teinté d'un rouge épais où les humains ne sont que des animaux, une chair dont il aime se nourrir pour se rapprocher de leur âme. La sienne est si sombre, si désespérément vide, qu'il pense pouvoir s'en procurer une nouvelle en dévorant celle des autres.*

*Cet homme est un monstre qui souffre de son incapacité à être comme tout le monde, mais jouit aussi de sa force qui le place tout en haut de la chaîne alimentaire.*

*Il n'y a rien de cohérent dans son esprit.*

*Dans ses souvenirs se mélangent pêle-mêle : le sourire de Mina, des images de livres de contes, l'ogre du Petit Poucet dévorant ses enfants, des morceaux de chairs arrachés sur des humains hurlant et des berceuses pour nouveau-nés. Pourtant, une image revient plus souvent que les autres, une image plus blanche, plus lumineuse qui semble être le seul phare éclairant sa nuit : Marika, Carlo est toujours amoureux de la mère de Mina...*

Avant que je puisse en voir plus, la chanson s'arrête et une force noire me rejette à l'extérieur de son esprit.

Peu importe, j'ai marqué un point.

La Chose aux yeux rouges secoue la tête comme un chien blessé par des ultrasons et son sourire disparaît à mesure que le mien augmente.

La surprise qui s'inscrit sur son visage est indescriptible... mais échappe totalement à Père.

Mina a raison, à part son ego surdimensionné et sa colossale fortune mon paternel ne possède pas grand-chose, et surtout visiblement pas le moindre pouvoir d'un porteur K.

– Bien, assez bavardé. Carlo, je te laisse t'occuper des autres, j'ai promis à ma *très chère* épouse de lui ramener sa fille avant le dîner, lance-t-il en m'entraînant vers sa voiture.

Il a une poigne de fer.

Même si j'ai réussi à repousser la Chose de mon esprit, sa présence à un mètre avec deux mercenaires surarmés me convainc de ne pas résister. Il sera beaucoup plus facile de me débarrasser de Père quand je serai seule avec lui.

Nous sommes à trois mètres de la voiture quand je vois du coin de l'œil Carlo et les deux gardes disparaître dans la caverne.

Je souris ; ils viennent de commettre leur première erreur.

Dès qu'ils seront trop loin pour nous voir, je n'aurai plus qu'à presser le cœur de Père dans mon esprit pour être libre.

Mon pouvoir a tellement augmenté que je n'ai même pas besoin de me concentrer pour voir son muscle cardiaque battre dans mon dos.

Ça va être un jeu d'enfant.

Je vais pour saisir son cœur entre les serres de ma pensée, quand un claquement sec résonne tout près de mon oreille et je sens le contact froid d'un cercle de métal se refermer autour de mon cou.

Je me retourne vers Père en riant.

– Si tu crois pouvoir m'arrêter avec un simple collier d'esclave, c'est que tu n'as vraiment pas la moindre idée de mon pouvoir...

Je vais accentuer la pression sur son cœur quand son sourire m'arrête. Père a l'air trop sûr de lui.

– N'y pense même pas, ma fille. Tu possèdes peut-être six chromosomes K mais tu n'es pas la première porteuse de don que nous devons mater. Ce collier a justement été prévu pour les indociles dans ton cas. Il contient une charge explosive reliée à mon rythme cardiaque. Si mon cœur s'emballe, ta tête explose. Toi qui aimes les clous et le métal tu devrais être contente, c'est typiquement le genre d'horreur que tu affectionnes.

J'ai du mal à y croire, il faut que je sois sûre :

– Tu veux dire que tu serais prêt à me décapiter ?

Devant son air sincèrement surpris, je précise :

– Je ne parle pas de moi, évidemment. Ta fille je sais que tu pourrais la tuer sans ciller, non, je parle de ce que je suis... Tu détruirais une Génophore ? une porteuse de six chromosomes K ? la porteuse d'un génome si rare qu'il pourrait te permettre de trouver un vaccin au métavirus qui décime la planète et te rapporter des milliards ? Un génome qui pourrait peut-être te permettre, à TOI, de devenir un porteur K... Voyons, Père, un tel gâchis ça ne vous ressemble pas.

J'ironise mais je n'en mène pas large car, pendant que je lui parlais, un sourire encore plus large est apparu sur son visage.

Père, sourire ; deux mots qui ne vont pas du tout ensemble, presque un oxymore.

– Mais, Kassandre, c'est de ton sang, de ton ADN dont j'ai besoin, pas de toi. Je ne sais pas quelle sornette moyenâgeuse vous a racontée Don Camponi mais je suis un homme de mon siècle, je ne combats pas les dragons et je ne crois pas aux légendes. Je vise bien plus haut que cela, ma fille, et personne, pas même toi, ne se mettra en travers de mon chemin. Alors maintenant, grimpe dans cette voiture avant que j'oublie la promesse que j'ai faite à ta mère de te garder en vie !

Comme des milliers de fois auparavant nous nous affrontons du regard.

Sauf que, cette fois-ci, ce n'est pas pour savoir si j'ai le droit de sortir, ou à quelle heure je dois rentrer après les cours. Cette fois-ci ma tête est dans la balance et j'aimerais autant la garder sur mes épaules. Si seulement je possédais le don de Mina, je saurais s'il bluffe, mais rien dans son visage ne m'indique que c'est bien le cas.

Ses longs doigts manucurés jouent avec la télécommande de mon collier.

Il sourit, jette un coup d'œil au cadran de sa montre avant de hausser les sourcils d'un air interrogateur.

– Bien, je n'ai pas que ça à faire. Alors ? Tu décides quoi ?

Il n'y a rien à dire, rien à faire, alors je grimpe à l'arrière de la voiture et m'assieds sans discuter.

Père claque la portière derrière moi, se met lui-même au volant et démarre.

Je crois que c'est la première fois que je le vois conduire.

Seule sur la banquette, je regarde la clairière et l'entrée de la caverne s'éloigner par la lunette arrière.

Je pense à Georges et à Mina que je laisse seuls. Seuls avec la Chose lancée à leur recherche.

Je ne peux pas arrêter mon père mais je sens que mon pouvoir est maintenant assez fort pour tenter quelque chose d'autre.

C'est le moment de tenter un truc, LE truc que Georges a fait l'autre fois dans le salon de Don Camponi.

Il faut que j'arrive à les prévenir, à parler à leurs esprits.

J'enfonce les écouteurs de mon baladeur dans mes oreilles, monte le son à fond, m'immerge dans la musique et hurle mon message.

## Georges

11 mai
*Naples*
*Parc national du Vésuve*

La fuite de la princesse m'a laissé seul.

Je devrais en profiter pour me rendormir mais je n'essaie même pas. J'ai toujours été un lève-tôt et ma montre me confirme ce que mon horloge interne me murmure depuis que Kassandre est partie... Il est 5 h 30 du mat', c'est l'heure de se lever.

Je me redresse, m'étire lentement et passe la main sur mon visage : ma barbe crisse sous mes doigts, j'ai des chiures jaunes collées au coin des yeux et la désagréable impression d'être passé sous un train. Je craque de partout, mes articulations sont douloureuses et j'ai une faim de loup.

Quand on s'est posés là hier j'étais trop crevé pour faire l'état des lieux, je décide de faire rapidement le tour des locaux pour voir ce que je peux trouver d'intéressant.

Rapide.

Je suis dans un préfabriqué aménagé en bureau qui fait moins de six mètres sur trois ; c'est une saleté de boîte en métal qui me fait penser à une conserve de sardines et me rappelle que je n'ai rien avalé depuis un moment.

Je tuerais pour un petit déj'.

La date d'un exemplaire de *La Stampa* oublié sur un bureau me confirme que les locaux étaient encore occupés il y a deux jours… une époque bénie où le métavirus n'avait pas encore pris toute son ampleur. Deux jours, seulement. Alors pourquoi ai-je l'impression que c'était il y a un siècle ?

La bonne nouvelle c'est qu'il reste peut-être quelque chose de comestible dans ce gourbi.

J'ouvre les tiroirs, fouille les armoires quand, tout à coup, derrière la porte de ce que je prenais pour un placard, je découvre des toilettes, un lavabo et… un minifrigo !

Enfin une bonne nouvelle.

C'est tellement petit que je peux pisser d'une main tout en inspectant les rayons réfrigérés de l'autre : une salade sous vide périmée, un Coca Zéro à moitié vide, un bocal de cornichons et une pomme un peu ridée.

Mon enthousiasme retombe.

Ça sent le régime minceur et mon estomac se remet *illico* à gargouiller pour protester.

Je tire la chasse, rafle ce que je viens de trouver et me dirige vers la porte pour rejoindre les filles quand ma bête sombre se met à grogner et que des mots résonnent dans mon esprit :

« *Danger ! Fuyez !* »

Quelque chose, quelqu'un, essaie de nous prévenir…
« *La Chose vous cherche, bougez votre cul ! Tirez-vous de là !* »

Kassandre !

Je pile.

Net.

Le bocal de cornichons que je serrais dans la main droite m'échappe et explose sur le plancher sans que je m'en préoccupe.

Mon dragon gronde de plus en plus fort et son cerveau reptilien prend le dessus. Un bruit de culasse en provenance de l'extérieur me confirme que quelque chose ne va pas.

Je me jette au sol. Un souffle chaud siffle près de mon oreille gauche. Un projectile vient de me frôler.

Je suis couché au milieu de la salade périmée ; l'air a un parfum de sang, de poudre, et de vinaigre.

Sans que je le lui demande, ma bête sombre se projette hors de mon corps, étire ses filaments noirs plus qu'elle ne l'a jamais fait.

Je hurle de douleur mais ça ne sert à rien ; mon dragon est comme fou car ceux qui sont dehors sont trop loin pour que nous puissions les atteindre.

Camorra ? Enfants d'Enoch ? Peu importe, ceux qui m'attendent dehors sont prudents : ils savent ce que nous pouvons leur faire et restent hors de notre portée.

Un sifflement dans mon dos.

Le projectile était une capsule de gaz et ses vapeurs m'engourdissent.

Elle a roulé sous un des bureaux.

Je bloque ma respiration, l'attrape, me redresse et la retourne à l'envoyeur.

Immédiatement, deux nouvelles capsules atterrissent autour de moi.

Je les retrouve, les renvoie, mais mes gestes sont de plus en plus lents, de plus en plus lourds.

J'ai beau faire le plus vite possible, l'air autour de moi est saturé de gaz.

J'ai les poumons en feu.

Il, faut, que... je... respire...

## journal de Mina

### 11 mai

Il fait nuit. J'écris à la lueur d'une lampe de chantier que j'ai coincée entre deux branches. Autour de moi, tout est sombre ; je ne sais pas trop où je suis mais c'est sans importance. Même si j'ai marché longtemps, comme je n'ai pas quitté les chemins balisés, je ne doute pas de réussir à revenir sur mes pas. Enfin, je l'espère…

Je sais que j'avais promis de ne pas m'éloigner, mais après avoir entendu le père de Ka à la radio je ne supportais plus de rester dans cette boîte minuscule où nous avons trouvé refuge, alors j'ai pris mon carnet et je suis sortie me promener. Seule.

Assise dans la forêt sur un rocher moussu, je tente de remettre de l'ordre dans mon esprit, de mettre des mots sur ce que je viens de découvrir… mais je n'y arrive pas.

Je suis encore trop bouleversée par ce que je viens d'entendre à la radio… et par l'idée qui m'a frappée quand j'ai compris que c'était Biomedicare, et donc le père de Ka, qui avait été chargé de trouver un remède à l'expansion du métavirus.

Comme en réponse à mon désordre intérieur, le sol gronde parfois sourdement sans réussir à m'effrayer. À côté de ces derniers jours, un vulgaire volcan ne saurait me faire peur… j'ai bien d'autres sujets d'inquiétude.

Rien que ce que j'ai appris sur moi-même et ma famille aurait de quoi rendre fou n'importe qui. Mais, c'est vrai, je ne suis pas n'importe qui : je suis Mina Caracciolo Di San Theodoro, la fille du Cannibale de Naples, un homme génétiquement modifié par le père de ma sœur de lait pour en faire un monstre.

Je suis une des Génophores, la porteuse de six chromosomes K, un génome qui me donne des pouvoirs extraordinaires… et un devoir immense vis-à-vis de l'humanité.

Bref, le Vésuve peut gronder tant qu'il le désire, ce n'est pas lui qui va me faire peur.

Finalement, savoir que mes pouvoirs ont une explication d'ordre génétique me rassure : si ma différence est liée à mon ADN c'est donc que je ne suis pas folle. Reste à accepter ce que je suis et à ne plus me voir comme un monstre.

Difficile, mais pas impossible, surtout maintenant que je sais que Georges, Ka, et d'autres sur la planète sont dans la même situation que moi.

Appartenir à un genre de communauté me fait me sentir moins seule, et je commence à comprendre l'utilité de ces groupes de parole qui nous faisaient tellement rire avec Ka quand les psychologues scolaires venaient nous en parler en classe.

Même si je doute qu'une association type « Génophores Anonymes » existe pour nos semblables, j'avoue que, ce soir, pouvoir partager mes problèmes et mes doutes avec d'autres me ferait du bien.

Un instant, je m'imagine debout dans un cercle en train de scander : « Bonjour, je m'appelle Mina, je suis une Génophore à voix de sirène et je dois sauver l'humanité », tandis que d'autres me répondraient en chœur : « Bonjour, Mina. » J'éclate de rire.

Un bruit d'ailes, de feuillage, me fait sursauter.

Mais ce n'est rien.

Juste un oiseau que ma présence aura dérangé.

La bestiole vole un moment au-dessus de moi, avant de se poser à deux mètres de l'endroit où je suis assise.

Il m'observe, penche la tête par petites saccades brusques, et darde sur moi ses yeux noirs tout en claquant du bec avec reproche.

Je lui murmure que je suis désolée mais, visiblement, il s'en fiche complètement et finit par déployer ses ailes en me plantant là.

Ça, c'est sûr, on ferait un sacré groupe de parole lui et moi…

Me revoilà seule et c'est tant mieux.

J'ai besoin de respirer, de réfléchir à l'idée atroce qui a germé tout à l'heure dans mon esprit et qui refuse de disparaître.

Comme les pièces d'un puzzle, les informations dont je dispose tournent dans mon esprit pour s'emboîter correctement : nos chromosomes complémentaires, les manipulations génétiques, nos pouvoirs, les Enfants d'Enoch, Biomedicare… tout ce que Georges et Ka m'ont rapporté, tout ce que j'ai appris en fouillant dans l'esprit de Karl est lié à ce métavirus.

Si j'ai raison, si, comme je le pense, ce virus qui risque de décimer la planète est tout sauf un hasard, et a bien un rapport avec Biomedicare, je dois mettre les autres au courant.

Seule, je ne pourrai rien faire pour empêcher les Enfants d'Enoch de mettre leur plan à exécution.

Il est temps de rentrer et de parler à Georges et à Kassandre.

## Georges

*11 mai*
*Naples*
*Parc national du Vésuve*

J'ai dû m'évanouir.

Pas longtemps ; juste les quelques secondes suffisantes pour perdre mes repères mais, quand j'émerge enfin du brouillard provoqué par les émanations de gaz, il est trop tard.

J'en suis encore à rassembler les bouts épars de ma conscience quand la porte du préfabriqué s'envole avec violence pour aller s'écraser sur le mur d'en face.

J'aimerais lever les yeux, voir le visage de celui qui va peut-être m'achever mais ma tête refuse de bouger.

Je suis paralysé.

Seules mes paupières fonctionnent. Elles battent lourdement contre mes globes oculaires pour chasser les larmes qui s'y accumulent. Pas que je sois triste, non, c'est juste que leur saleté de produit est diablement irritant.

La voix de Kassandre, qui résonnait encore dans mon esprit il y a quelques minutes, est de plus en plus lointaine.

Là où j'arrivais à saisir des phrases cohérentes, ne subsistent que des images mentales éparpillées qui ne veulent plus rien dire.

Qu'importe, j'ai eu le temps de comprendre le principal : son père, Karl Báthory de Kapolna, nous a retrouvés, et a envoyé la Chose me chercher.

La bonne nouvelle c'est qu'il semble me vouloir vivant.

Je tends ma volonté au maximum, tente de me relever mais, rien. Impossible de bouger autre chose que mes paupières.

Deux chaussures apparaissent dans mon champ de vision. Des souliers de cuir à semelle rouge comme seuls les gars de la haute peuvent s'en payer. Du cousu main. Pas le genre de pompes à marcher dans la merde.

Je tente une réplique intelligente mais ma langue pèse une tonne cinq.

Quand j'entrouvre les lèvres la seule chose qui sort de ma bouche, hormis un filet de bave, est une succession de syllabes incompréhensibles.

– Baaattttonnnnarrrr…

Je viens de lui demander poliment de se casser d'ici, mais tout espoir qu'il m'obéisse s'envole quand je le vois s'accroupir près de moi. J'en conclus que le message n'est pas passé alors je me concentre et bafouille une nouvelle fois dans sa direction :

– Bartouaonard…

Pas de réaction.

Je ne sais pas ce qu'il y avait dans leurs capsules mais ce gaz affecte même ma sombre amie.

Mon dragon titube dans mon esprit. Ses filaments sont recroquevillés comme des moignons rabougris, ses serres griffent lamentablement l'air autour de nous sans réussir à saisir autre chose que le vide, tandis que ses ailes pendent inutilement sur ses épaules comme des cadavres sur une branche.

– Pas la peine de résissster, chuinte au-dessus de moi une voix que je connais trop bien. Tu es à nous maintenant, comme un gentil petit chien et tu vas obéir ssssinon...

Un claquement sec autour de mon cou, le froid du métal sur ma peau et la morsure d'une légère décharge électrique. Inutile qu'il termine sa phrase, le message est très clair.

Kassandre m'avait envoyé l'image mentale d'un collier explosif mais le mien est visiblement d'un autre genre.

– Collier électrique, nous avons besoin de toi entier, me confirme Carlo comme s'il lisait dans mes pensées.

Et aussitôt, sa voix se met à résonner dans mon esprit :

*Mais ccc'est exactement cccce que je fais, Georges, je lis en toi comme dans un livre ouvert. N'oublie pas cccce que je t'ai dit, même sssi tu n'en as pas encore conscccciencce nous ssssommes pareils toi et moi.*

Accroupi en face de moi, les lèvres closes, la Chose me sourit.

Ma surprise semble l'amuser. Mais je refuse de le laisser faire.

Je ne serai jamais comme lui.

Je refuse.

Mon dragon se redresse, sort sa langue, secoue ses longs filaments noirs et se jette avec la vitesse d'un crotale sur l'esprit de la Chose, qui est éjecté de mon cerveau.

Il bascule en arrière, le cul dans les cornichons, et un épais morceau de verre s'enfonce profondément dans sa main droite.

Carlo siffle, se relève, saisit une pleine poignée de mes cheveux et soulève mon visage dans sa direction.

– Ssssaleté !

Lentement, il porte la paume de sa main à sa bouche, arrache avec ses dents le tesson de verre qui y est planté avant de le cracher au loin et de laisser lentement le sang de sa blessure s'écouler sur mon visage.

– Bois, mon frère, apprends à aimer notre ssssang, susurre-t-il. Bientôt tu ssseras comme moi, bientôt tu chassseras avec moi et je te promets que tu aimeras çççça.

Chaque goutte qui s'écrase sur ma peau y creuse un cratère.

Son sang me brûle comme de l'acide et sa chaleur rouge trace sur moi des rigoles incandescentes.

J'aimerais hurler mais je refuse que son poison se glisse dans ma bouche, dans ma gorge... dans mon sang. Alors je garde les lèvres hermétiquement scellées et je hurle en silence.

Carlo secoue la tête, il a l'air sincèrement peiné par mon rejet.

C'est étrange, pour la première fois j'arrive à voir l'homme derrière la bête, comme si cette tristesse inattendue le rendait presque… humain.

– Que tu le veuilles ou non, Georges, nous faisons partie de la même famille, dit-il en reposant ma tête au sol avec douceur. Nous ne sssommes pas faibles. Nous ne sssommes pas humains, nous sssommes des monssstres.

Carlo essuie sa plaie sur mes cheveux dans une caresse poisseuse.

– Comme moi, tu es comme moi, et tu dois l'accccepter, insiste-t-il avant de se redresser.

S'approchant de la porte du préfabriqué, il fait signe aux deux hommes restés en arrière de le rejoindre et me désigne d'un coup de tête avant d'appuyer sur la télécommande de mon collier.

– Portez-le au camion !

Ce sont les derniers mots que j'entends.

# Enki

## 11 mai
## *Naples*
## *Parc national du Vésuve*

Nous avons réussi à quitter la ville avant l'installation des premiers barrages. Avec plus de deux millions de personnes à évacuer, l'armée avait autre chose à faire que de s'occuper de nous, et c'est une chance car je doute qu'ils nous auraient laissés prendre la direction du cratère s'ils nous avaient vus.

Comme à chaque fois que la terre gronde, les dégâts sont nombreux. Des immeubles entiers sont tombés, l'asphalte est déformé et plus aucune lumière publique ne fonctionne. Heureusement, la route que nous empruntons reste praticable… enfin, à condition de rouler presque au pas.

Le ronflement du moteur et les gémissements de la boîte de vitesses martyrisée par Zoltan emplissent l'habitacle et m'empêchent de parler avec Völva.

Secoués par les cahots, trop occupés à maintenir notre équilibre précaire dans l'habitacle bringuebalant, nous n'avons pu prononcer une parole depuis notre départ du cloître.

Seul Gabor murmure parfois quelques indications à son père sur le chemin à prendre pour éviter les barrages.

Völva est assise juste en face de moi. En tendant la main je pourrais presque la toucher, pourtant je la sens très loin.

Les yeux perdus dans le vide, la bouche légèrement entrouverte, ma compagne semble perdue dans des pensées qui ne regarderaient qu'elle.

Depuis le temps que nous nous connaissons, depuis le temps que nous nous aimons, les mots sont devenus inutiles. Pourtant, pour la première fois, je sens qu'elle m'échappe.

– Völva ? Ça va ?

Pas de réponse.

J'aimerais la prendre dans mes bras, caresser sa chevelure, embrasser ses lèvres et rétablir le contact, mais la civière où repose le Maître nous sépare plus sûrement qu'un mur de pierre.

Pour atteindre Völva il faudrait que je me penche par-dessus son corps, et j'ai trop peur qu'un cahot m'amène à le frôler de nouveau.

Il a beau m'appeler « son fils » depuis plus de cinq mille cinq cents ans, et j'ai beau être habitué à mon rôle de Génophore, l'entendre me parler directement, sentir ses os se refermer sur mon poignet, est une expérience indicible que je ne suis pas pressé de renouveler.

Sa colère est trop grande.

Près d'une heure s'est écoulée quand la camionnette s'arrête brusquement.

Völva n'a pas bougé d'un millimètre et, malgré mes nombreuses tentatives pour rétablir le contact, elle refuse toujours de me parler.

Je soupire, quitte une seconde mon amie des yeux pour regarder dehors.

Par le pare-brise, je distingue une haute grille où un panneau prévient :

**RELATIVA AI POZZI**
**PROPRIETÀ PRIVATA**
**VIETATO L'ACCESSO**

Gabor traduit en rigolant.

– Site de forage, propriété privée, défense d'entrer... tu parles, regardez par terre !

Je suis obligé de me redresser pour distinguer le sol mais mon cousin a raison. La chaîne proprement coupée qui gît au pied de la grille ne laisse aucun doute. Quelqu'un est passé par ici avant nous... et il n'avait pas les clés !

Zoltan coupe le moteur et se retourne vers moi.

Le profil de mon oncle se découpe dans la lueur diffuse des phares en accentuant les creux et bosses de son visage.

Dans sa jeunesse Zoltan était un boxeur réputé, et les stigmates de ses combats sont inscrits à jamais sous sa peau burinée : nez, pommettes, arcades... il a la gueule fracassée mais c'est pourtant la personne la plus tranquille que je connaisse.

Sauf que, là, quelque chose semble le tracasser.

– Enki, la route devient trop mauvaise. Il ne reste que deux kilomètres pour atteindre la mine où Völva a repéré les autres Génophores mais, si on vous emmène là-haut, j'ai peur que le camion reste coincé...

Il n'ajoute rien, mais le regard qu'il glisse sur le brancard parle pour lui.

Son peuple a des obligations envers le Maître, il est sa priorité et sa protection passe avant toute chose.

J'acquiesce.

– Cachez le camion dans les parages. Je me charge d'aller chercher les autres et de les ramener. Au moindre problème, je vous préviens et vous filez sans m'attendre.

Mon oncle hoche la tête mais Gabor agite son portable en grimaçant.

– Tu ne pourras pas nous prévenir... il n'y a pas de réseau !

Je souris. Mon cousin est le seul parmi nous à avoir plus confiance en la technologie qu'en nos pouvoirs. Probablement parce qu'il est aussi un des seuls hommes du clan à ne pas en avoir. Zoltan, son père, a une force supérieure à la normale, Leïla, sa mère, savait reconnaître chaque plante rien qu'en la touchant. Ces capacités sont liées à leur chromosome K, un cadeau du Maître au peuple qui le protège depuis des siècles, pourtant Gabor n'a jamais démontré aucun don et je sais que cette différence le blesse.

Je serre l'épaule de mon cousin pour le rassurer.

– Ne t'inquiète pas Gabor, Völva va rester avec vous ; s'il m'arrive quoi que ce soit, elle le saura et vous préviendra.

Je prends cette décision sans la consulter et m'attends à devoir supporter ses cris offusqués mais, rien.

Retirée du monde, Völva ne nous écoute pas ; ses mains tremblent, son visage est agité de tics et luit de sueur.

– Völva ? Tu es certaine que ça va ?

Elle ne répond pas, se lève, ouvre la portière arrière et saute hors de la camionnette sans un regard vers nous.

J'échange un coup d'œil avec mon oncle. Il est aussi surpris que moi par l'attitude de ma compagne et me fait signe de la suivre.

Elle n'est pas allée loin.

Debout face à la grille, agrippée aux barreaux, elle tremble de tout son corps ; la nuque tendue en avant, le visage tourné vers les profondeurs sombres des bois, elle semble attirée par quelque chose qu'aucun de nous ne voit… Mais n'est-ce pas le propre de *Celle qui écoute* ?

– Völva… tu entends quelque chose ?

Seul un grondement sourd me répond. Un grondement qui n'a rien d'humain.

Je m'approche, tente de lui parler, de la prendre dans mes bras, mais elle me repousse avec une telle violence que je tombe au sol.

Elle ne me reconnaît plus.

Ses lèvres, retroussées sur ses gencives, tordues en un rictus dément, laissent apparaître ses dents. Le grognement monte de sa gorge, on dirait le feulement d'un animal enragé.

Je suis tellement stupéfait par sa métamorphose que je n'ai pas le temps de réagir quand elle se jette sur moi en hurlant « *Je te vois !!!!* » et referme ses doigts autour de mon cou.

Je suis paralysé par la haine qui exsude de ses yeux devenus rouges, cloué au sol par la vision de son visage fou et de la bave qui suinte de ses lèvres crispées.

Ce n'est plus Völva.

Quelque chose en elle a pris le pouvoir, quelque chose qui aimerait me goûter et approche sa bouche de ma gorge pour la déchirer, pour s'y abreuver.

Je vois la mâchoire de la femme que j'aime s'agrandir démesurément, ses canines pousser et sens son haleine de fleurs s'alourdir de parfums de charniers.

Je devrais réagir, appeler la forêt à mon aide, sommer le peuple volant d'utiliser ses serres pour la déchiqueter, commander aux fouisseurs de creuser un gouffre sous ses pieds, aux insectes de la submerger dans leur grouillement.

J'ai ce pouvoir, c'est mon don depuis que le Maître m'a choisi, mais derrière la bête immonde qui m'attaque je ne vois que la femme que j'aime et reste indifférent à mon sort.

Déjà, je sens ses canines percer ma peau, chercher ma jugulaire. J'imagine mon sang chaud éclabousser nos visages, l'odeur de fer envahir nos narines. Je vais me fondre en elle, lui offrir mon pouvoir et je serai en paix.

Des papillons noirs dansent devant mes yeux, mes bras ont de plus en plus de mal à contenir ses assauts.

Je vais m'abandonner quand une voix que je n'ai plus entendue depuis vingt ans résonne dans mon esprit. Une voix qui me murmure de m'accrocher, de ne rien lâcher et me redonne le courage nécessaire pour lutter encore un peu.

Derrière Völva, je vois Gabor s'approcher.

Le poing de mon cousin s'envole, rencontre la tempe de Völva et l'envoie voler à deux mètres de moi.

– *Diavol*, murmure-t-il en jetant un regard de dégoût à *Celle qui écoute*.

Mon oncle s'agenouille, me secoue comme un sac de patates, m'exhorte à respirer.

Je lui obéis, tousse, sens l'air pénétrer chacune des alvéoles de mes poumons en forçant le passage avec la violence d'une armée d'abeilles.

– Enki ! Ça va ? insiste-t-il en m'aidant à me redresser.

Je hoche la tête, le repousse doucement et cherche Völva du regard.

Elle est là, recroquevillée sur elle-même au pied de la grille.

Une voix sourde, que je ne lui connais pas, vomit par sa bouche un flot de paroles incompréhensibles.

Je fais un pas vers elle puis m'arrête ; un impalpable froid glisse sur ma nuque.

Völva a tourné son visage vers moi, un visage aux yeux d'enfant terrorisé, la bouche ouverte sur un muet appel au secours.

Je me précipite mais, comme si le démon qui la possédait avait senti ma présence, le regard de Völva se brouille à nouveau.

Pour la première fois je n'arrive pas à lire dans son esprit. Une ombre sombre et sifflante recouvre hermétiquement ses pensées et m'empêche d'approcher.

– Qu'est-ce qu'il lui arrive ? s'inquiète Zoltan.

– Quelque chose possède son esprit, lui répond Gabor. Je le vois en elle, il faut l'éliminer.

Mon cousin a tiré son arme de sa ceinture et la pointe sur Völva.

– *Diavol…* murmure-t-il à nouveau.

Le diable ! Voilà ce que mon cousin voit dans la femme que j'aime, un démon qu'il faut achever comme un chien !

Le temps s'est arrêté.

Seul compte l'index de Gabor.

Un index qui se crispe sur la détente de son arme.

Je bondis.

Je suis entre l'arme et Völva. S'il veut la tuer il faudra qu'il me transperce avant, mais je tente une dernière fois de le raisonner.

– Gabor, attends ! Mon frère… il fera ce qu'il faut pour la sauver, il faut lui faire confiance.

– Ton frère ?

– Oui, le deuxième Génophore, Völva avait raison, il est ici.

# Georges

*11 mai*
*Naples*
*Parc national du Vésuve*

Les hommes de main de la Chose me saisissent sous les aisselles, me soulèvent, passent mes bras autour de leurs épaules et tirent mes quatre-vingt-douze kilos à l'extérieur. Je sens qu'ils peinent mais je ne fais aucun effort, pas le moindre geste. Tant qu'ils me penseront paralysé je garde un atout sur eux, alors, même si je sens que certains de mes muscles recommencent à m'obéir, je reste plus immobile qu'un âne mort.

Dehors, il commence à faire jour. Il est probablement très tôt car le soleil n'a pas encore atteint la cime des arbres.

Dans la clairière aucune trace de Kassandre, ni même de Mina, mais une camionnette noire nous attend. C'est vers elle qu'ils me traînent.

Carlo ouvre la marche en gardant soigneusement la main sur la télécommande de mon collier ; il n'a pas réessayé de lire dans mon esprit mais il n'a pas besoin de ça pour se méfier de moi. Il me connaît, il a déjà vu ma sombre amie en action et sent que mon pouvoir a encore augmenté.

Si je veux agir, il faut d'abord que son doigt s'éloigne de la télécommande… alors j'attends et quelqu'un là-haut doit m'entendre car je le vois tout à coup s'arrêter, se tourner vers les profondeurs de la forêt en humant l'air à la manière d'un fauve et se mettre à grogner.

– Je te vois !

Ce n'est pas à moi qu'il s'adresse mais sa voix rauque résonne dans mon esprit.

Les hommes qui me portent se figent, regardent autour d'eux, cherchent ce qui arrête ainsi leur chef mais ils ne peuvent rien voir, car celui que la Chose observe est à plus de deux kilomètres d'ici.

Je le sais car ma bête noire le voit et, ce qu'elle voit, je le vois aussi.

*Debout dans la lumière des phares il y a un jeune homme de mon âge. C'est un Tzigane aux très longs cheveux noirs, aussi frêle qu'une fille, pâle, presque malingre et pourtant d'une puissance comme je n'en ai encore jamais ressenti. Une puissance millénaire et lente qui évoque les forces de la nature, l'inexorabilité de la dérive des continents ou la puissance d'un chêne.*

*Ce type, là-bas. Ce Tzigane qu'observe la Chose par-delà les grands arbres. C'est le quatrième Génophore.*

*Il faut que je le prévienne du danger. Il doit partir, vite, ne pas se laisser capturer.*

*Je plonge dans l'esprit de Carlo.*

La Chose a pris possession du corps d'une femme qui m'est étrangement familière. Quelque chose en elle m'évoque de grands espaces glacés, le hurlement des glaciers et des corps brûlant sur un brasier.

Völva, cette fille s'appelle Völva. Je la connais mais, contrairement au garçon, ce n'est pas une Génophore. Son pouvoir est ailleurs et il est trop faible pour résister à celui de Carlo.

Je le vois ramper dans son esprit, sens sa haine la dévorer totalement, effacer son humanité et la transformer en une bête assoiffée de sang.

Elle se jette sur le jeune homme.

Plus rien n'existe pour elle que cette faim dévorante.

J'entends les os de ses mâchoires claquer et s'écarter démesurément, je vois ses canines se mettre à pousser et déchirer la peau tendre du cou offert.

Je goûte avec mon dragon au sang qui touche ses lèvres et…

Ce sang est le nôtre, l'homme est notre frère, l'autre moitié de nous-mêmes.

Nous provenons de la même matrice, avons nagé dans la même eau première.

Il est notre double, notre jumeau, celui qui nous a été arraché il y a vingt ans dans une clairière obscure et nous refusons qu'il meure. Nous ne le permettrons pas.

Quelque chose ne va pas…

Nous savons que notre frère peut se défendre, que la nature est avec lui, que sa puissance est telle qu'il pourrait commander aux armées des bois de se lever pour lui.

Mais il reste inerte, offert et accepte sa fin.

Pourquoi ?

La connexion est brutalement rompue.

À quelques mètres de moi Carlo secoue la tête. Il semble sonné, comme s'il venait de se prendre un coup, et se met à lancer des ordres aux types qui me soutiennent.

– Chargez-le dans le camion et préparez-vous à partir dès mon retour. Il me reste une petite course à faire...

La dernière partie de sa phrase s'adresse à moi. Je le devine à son sourire.

Carlo a compris en même temps que moi qui était le garçon aux cheveux noirs. Il a trouvé une nouvelle proie à ramener à son maître et ne partira pas sans elle. Sauf si je l'en empêche.

La fille ! C'est elle qui lui permet d'atteindre mon frère. Si je coupe le lien qui les unit, le Génophore deviendra invisible et pourra s'échapper.

Carlo a replongé dans l'esprit de la fille.

Le regard complètement noir, concentré sur sa vision, il ne s'occupe plus de moi.

Les deux gardes me pensent toujours paralysé et m'entraînent vers le camion. Mes deux bras sont autour de leurs épaules, ils tiennent fermement mes poignets et mes pieds raclent le sol.

Il faut que j'agisse.

Je dois sauver mon frère. *Nous devons le sauver.*

Pour la première fois je m'ouvre totalement à ma sombre amie, déverrouille mon esprit, oublie mes peurs et la laisse prendre le contrôle absolu.

Son pouvoir, immense, réveille mon corps engourdi. Jamais je ne me suis senti aussi fort.

*Quand nos tentacules noirs pénètrent dans l'esprit des gardes, ils ne recherchent pas leurs peurs. Ils cherchent à les tuer. À les tuer vite et sans bruit.*
*Et c'est ce qu'ils font.*

Il s'est écoulé moins d'une seconde et, de loin, la scène semblerait inchangée à un observateur attentif. Pourtant, même si je suis toujours entre les deux gardes, ce ne sont plus eux qui me conduisent vers le camion. Maintenant, c'est moi qui traîne leurs cadavres et les dépose en douceur sur le plancher du camion.

Quand je me retourne, Carlo, toujours en transe, n'a rien remarqué.

Je sais que, seul, je ne peux pas détruire la Chose, mais je peux au moins donner à mon frère le temps qui lui manque pour disparaître.

Pour la première fois je vois mon dragon me sourire, baisser le museau pour que je le caresse et je tends la main vers lui.

Il n'est pas mon ennemi.

*Nous ne sommes plus qu'un et nous attaquons.*

# Enki

**11 mai**
*Naples*
*Parc national du Vésuve*

Je suis seul.

Je cours à travers la forêt pour rejoindre mon frère au plus vite et ressasse mes sombres pensées au rythme soutenu de mes foulées.

Mon frère a tenu sa promesse.

Je ne sais pas comment il s'y est pris mais, juste au moment où Gabor se décidait à appuyer sur la détente, la force sombre qui possédait Völva s'est évanouie, et mon cousin a dévié sa main.

La balle qui devait me transpercer pour atterrir dans le front de la femme que j'aime a sifflé au-dessus de mon oreille gauche et s'est perdue dans les bois.

Gabor, qui pensait n'avoir aucun pouvoir, venait de découvrir le sien : là où nous *sentions* que quelqu'un manipulait Völva, lui le *voyait* en elle… et il l'a vu disparaître à temps.

Mon cousin nous a décrit cette chose, un ersatz d'homme, une créature immense aux bras démesurés, aux yeux rouges et aux dents limées qui s'était glissée dans le corps de Völva comme une main glacée dans un gant de métal.

Le don du fils de Zoltan s'est déclaré juste au bon moment... juste à temps pour épargner la vie de Völva.

Malheureusement, après que Völva a été libérée, j'ai totalement perdu le contact avec mon frère et, ne sachant pas du tout à quoi m'attendre en le rejoignant, j'ai refusé de prendre le moindre risque et d'entraîner quelqu'un avec moi.

Plus je m'approche du volcan plus les dernières paroles de Völva tournent en boucle dans mon esprit : « *Le mal rôde autour des Génophores, quelque chose d'immonde qui défie les lois de la nature !* », m'a-t-elle murmuré juste avant de perdre connaissance.

Déjà dix minutes que je cours. Je ne vais pas tarder à atteindre ma destination : un chantier de forage abandonné sur le versant humide du Vésuve, où Völva a senti la présence des Génophores... et du danger.

L'odeur d'œufs pourris caractéristique du soufre est de plus en plus présente. Je devrais avoir peur mais, étrangement, cette course en solitaire au cœur de la nature m'apaise.

Je suis un enfant des premières cités, celles qui ont couvert les plaines de Sumer il y a plus de cinq millénaires, pourtant, par une curieuse ironie qui n'appartient qu'à lui, le Maître a fait de moi le Génophore de la

Nature... comme pour m'obliger à voir ce que l'homme abandonnait derrière lui en décidant de construire des villes pour l'abriter.

Ici, justement, la nature est riche, généreuse et préservée.

Lorsque je me concentre je ressens la présence d'environ six cent dix espèces... dont certaines que je rencontre pour la première fois. Toutes me parlent, mais ce n'est rien à côté de la vie animale. Les habitants de la forêt ont senti ma présence et accompagnent mes foulées.

Je les ai convoqués car j'ai peur de ce qui m'attend là-bas, de cette bête inhumaine que nous a décrite Gabor, de cette force obscure qui a violé l'esprit de Völva.

Serai-je assez fort pour lui faire face ? Pour sauver mon frère dont je ne sens même plus la présence ? Et les autres Génophores ? Sont-elles ici comme le prétend Völva ? Et, si oui, pourquoi leur présence m'échappe-t-elle ?

Décidément, ce siècle est très étrange. Rien ne s'y passe comme avant, comme si l'équilibre du monde avait été bouleversé, et que l'éternel enchaînement des événements était perturbé.

Seul élément tangible, la nature répond à mon appel :

Perchés aux cimes les plus hautes, je perçois le battement feutré des ailes des éperviers, des faucons pèlerins et des buses qui planent au-dessus de ma tête.

Plus près du sol, rampant dans les fourrés, je devine les ondulations de la magnifique couleuvre d'Escu-lape qui me devance, tandis que plus de huit espèces de reptiles aux écailles brillantes sifflent sur mon passage.

Le petit peuple du Vésuve m'accompagne ; ils sont de plus en plus nombreux, véritable armée en marche qui me transmet sa force, et je m'immerge en eux.

Je ne suis plus qu'à une minute de ma destination quand je sens une présence.

Un éclair blanc vient de traverser le sentier à quelques mètres devant moi.

Une fille, pieds nus dans une longue chemise de nuit, court elle aussi vers la mine.

Je ne vois pas son visage mais je reconnaîtrais cette chevelure rousse entre des milliers d'autres ; c'est celle de Lilh, la première Génophore.

Au loin, un hurlement inhumain déchire le silence et je crains pour la vie de mon frère.

La fille est à plus d'une dizaine de mètres devant moi. Comme moi, elle a sursauté quand la bête a poussé son cri, puis elle a accéléré l'allure.

J'entends son souffle, respire son odeur, vois ses cheveux roux danser au rythme de sa course effrénée. Elle murmure un prénom, « *Kassandre* », et rien d'autre ne semble la préoccuper.

Je comprends immédiatement qu'elle n'a pas encore retrouvé la mémoire, qu'elle ne sait rien des dangers qui l'attendent et qu'elle va se précipiter dans les bras des hommes qui sont dans la clairière.

Je ne peux pas laisser faire ça, mais elle est trop loin pour que je l'arrête. Impossible de crier pour la prévenir sans prendre le risque de nous faire repérer.

Je ferme les yeux.

La couleuvre est plus proche de Lilh que moi. Elle est aussi plus rapide et plus silencieuse.

Je m'immerge dans son esprit. Son corps musclé et froid me répond.

Je m'agenouille, tends ma conscience au maximum et projette mon esprit autour de moi.

Vipères, éperviers et musaraignes me répondent en un éclair. Ils savent qui je suis et se mettent à mon service.

*Je propulse mon corps écailleux de couleuvre sur les chevilles blanches, les entoure comme le ferait un lasso et fais chuter lourdement la fille dans sa course.*

Lilh hurle, mais l'épervier pousse son cri perçant au même moment pour couvrir sa voix et plonge vers elle.

L'oiseau tombe de tout son poids sur ses épaules et l'empêche de se redresser.

La scène n'a duré que quelques secondes, juste le temps pour le petit peuple du Vésuve de soustraire Lilh au regard de nos ennemis.

Nous sommes à quelques mètres de la clairière. Par les yeux de la couleuvre, je vois la silhouette immense d'une bête humaine aux yeux de braise. Comme si celui-ci ne pesait rien, elle tient à bout de bras le corps inanimé d'un homme et hurle de plaisir.

J'aimerais m'approcher, tenter quelque chose pour sauver aussi celui que je sais être mon frère mais le moment n'est pas propice : seul contre cette chose aux pouvoirs inconnus, le danger est trop grand et je ne peux pas prendre le risque que celle-ci découvre la première Génophore, évanouie à quelques mètres d'elle.

Résigné, j'observe la bête jeter le corps inerte de mon frère à l'arrière d'un véhicule sombre, faire quelques pas vers l'avant, mettre la main sur la poignée de la portière... puis s'arrêter.

Le monstre semble chercher quelque chose.

Il hume l'air, grogne et tourne ses yeux rouges de notre côté.

Quoi qu'il soit, ses pouvoirs sont puissants. Même s'il ne peut nous voir, il devine que nous sommes là et hésite.

Les secondes s'étirent. Je ne peux pas lire ses pensées mais je sais que la bête en lui aimerait repartir en chasse. Une chasse dont nous serions les proies.

Il ne faut pas qu'il découvre Lilh.

Résigné, je me prépare à me battre quand une sonnerie de téléphone arrache le monstre à ses pensées.

Il décroche, écoute, grimace, murmure quelques mots et raccroche en grognant. Qui que soit la personne qui vient de l'appeler, elle a suffisamment de pouvoir sur lui pour le faire obéir car, moins de dix secondes après avoir raccroché, il est au volant de la camionnette et celle-ci s'éloigne sur le chemin.

Je réintègre mon corps, m'avance jusqu'à Lilh et la retourne sur le dos.

Le choc a dû l'assommer car elle ne bouge pas.

Elle est couverte de terre.

Délicatement, je repousse ses cheveux et nettoie son visage.

Sous la poussière apparaît une peau pâle et de longs cils dorés qui me font sursauter.

Tout à l'heure, sur le chemin, je croyais avoir reconnu les cheveux roux de Lilh… mais ce visage si blanc m'est totalement étranger.

Qui donc est cette fille ? Et, si ce n'est pas Lilh, où donc se trouve la première Génophore ?

## journal de Mina

### 11 mai
### (7 h 30)

J'ai à nouveau été séparée de Ka. J'étais sur le chemin du retour quand j'ai senti une ombre noire planer sur la forêt. Une force malveillante que je connaissais trop bien.

J'ai tout de suite compris que mon père nous avait retrouvés et je me suis précipitée pour prévenir les autres. Malheureusement, j'étais trop loin et je n'ai pas été assez rapide ; juste au moment où j'allais arriver, j'ai trébuché et me suis assommée en tombant.

Quand je suis revenue à moi l'ombre de mon père avait disparu, et un jeune homme inconnu était assis à mes côtés. Un garçon portant un rapace sur son épaule gauche et qui caressait calmement un immense serpent aux écailles vert et jaune.

Avant que je puisse ouvrir la bouche il m'a dit s'appeler Enki et m'a demandé qui j'étais.

La question semblait banale, pourtant j'ai senti que ce qu'il souhaitait savoir n'était pas « qui », mais « ce que » j'étais.

Avec ses longs cheveux noirs pendant librement autour de son visage, ses yeux sombres hypnotiques et ses étranges animaux de compagnie, le garçon avait tout d'un mirage. Je me serais volontiers crue en plein rêve s'il n'avait ajouté calmement qu'il était un Génophore et qu'il recherchait ses semblables.

Grâce à mon pouvoir, j'ai su qu'il disait la vérité ; c'est très certainement ce qui m'a poussée à lui répondre avec franchise et à tout lui raconter.

Il m'a accompagnée à l'intérieur de la mine. Sans surprise, celle-ci était vide alors, comprenant que Ka et Georges avaient été enlevés, j'ai accepté de le suivre jusqu'à sa camionnette.

Enki m'a présenté son oncle, Zoltan, un homme immense à la carrure de lutteur ; son cousin Gabor, un jeune d'une vingtaine d'années aussi costaud que son père ; et enfin son amie Völva, une jeune femme à la peau très blanche, et aux yeux aussi noirs que sa chevelure.

Je n'ai rien à écrire à propos de Zoltan et Gabor, mais Völva m'intrigue profondément. Même si elle a essayé de me la dissimuler j'ai bien vu sa surprise à mon arrivée et, depuis, les regards en coin qu'elle ne cesse de me lancer me l'ont confirmé : Völva savait qu'Enki allait revenir avec quelqu'un de la forêt… mais ce n'était pas moi qu'elle attendait !

(8 h 50)

La camionnette nous a amenés jusqu'à un camp de Tziganes dressé à l'écart de la ville. Les gens semblaient nous attendre, car ils s'activent à présent pour préparer leur départ. Assise sur une souche d'arbre mort, je ne peux m'empêcher de les observer à la dérobée tout en écrivant. C'est la première fois que je vois des Tziganes d'aussi près. Curieusement, il n'y a aucun enfant... peu de femmes aussi. Parfois, certains me regardent avec curiosité, mais aussi avec crainte. D'ailleurs, à l'exception d'Enki, aucun n'est venu me parler... et c'est aussi bien car je ne comprends pas un traître mot de la langue qu'ils utilisent entre eux.

Être assise à l'écart m'a aussi permis de découvrir que Völva et Enki sont bien plus que de simples amis. Même s'ils ne sont pas très démonstratifs, certains signes ne trompent pas : leurs mains qui se frôlent, leurs yeux qui se cherchent, les légers sourires qu'ils échangent à chaque fois qu'ils se croisent. Même si je ne les ai pas vus s'embrasser, je suis certaine qu'ils sont amants. Est-ce pour cela que Völva me regarde aussi étrangement ? Voit-elle en moi une rivale ? Si c'est le cas, c'est vraiment ridicule.

(9 h 15)

Le silence vient de s'abattre sur le camp.

Tous ont cessé leurs activités pour se rapprocher de la camionnette dans laquelle nous sommes arrivés.

Zoltan et Gabor sont en train de transférer un cadavre vers un camping-car flambant neuf.

Je ne sais pas qui est ce mort, mais il est probablement très important car tout le camp s'est regroupé pour l'admirer avec respect.

Les hommes et les femmes ont formé une haie d'honneur et tendent une de leurs mains pour effleurer délicatement le corps du vieil homme quand il passe devant eux.

J'aimerais comprendre ce qui se passe mais je n'ose pas les interrompre.

## Kassandre

**11 mai**
*Quelque part entre Naples et la Suisse*

Assise à l'arrière de la Bentley, je caresse le collier accroché autour de mon cou à la recherche d'une faille qui me permettrait de l'enlever.

– À ta place, je ne ferais pas ça, me lance Père depuis la place du conducteur. Si tu essaies d'enlever ce collier sans en avoir stoppé le mécanisme, celui-ci explose.

Un instant, l'idée d'essayer tout de même me traverse l'esprit. Avec un peu de chance mon père est assez près pour exploser avec moi, ce serait toujours ça de pris. Mais je renonce et repose les mains sur mes genoux.

– Bien, très bien ma fille.

Au ton de sa voix, je comprends que Père se délecte de la situation : son insupportable fille lui obéit enfin, son inutile et décevante progéniture, celle qu'il a crue sans intérêt pendant seize ans, se révèle enfin intéressante, rentable.

Le métal du collier qui mord ma peau me donne l'impression d'être un chien. Son chien.

Je tends un doigt bien haut dans sa direction.

En découvrant l'ongle noir et écaillé de mon majeur dans son rétroviseur, ses sourcils se froncent.

– Toujours aussi distinguée…

Je ne le laisse pas poursuivre.

– Oui, oui, je sais, Père ; je vous déçois, je ne suis pas digne de notre rang, je ne respecte pas mes devoirs envers notre famille… ça va, c'est bon, je connais la chanson, mais ce qui me surprend toujours c'est votre incapacité à retenir que je n'en ai rien à carrer. Rassurez-moi, Père, vous n'êtes pas atteint d'Alzheimer ?

J'ai mis toute l'ironie dont je me sentais capable dans ma réplique et, miracle, je touche direct au but.

Père claque la langue, secoue la tête et se penche pour appuyer sans un mot sur le bouton de commande de la vitre de séparation, qui remonte sans un bruit entre nous.

Voilà, bingo, une phrase et me voici peinarde pour le reste du voyage.

Je relâche enfin mes muscles et me laisse glisser sur la banquette en cuir. J'ai envie de pleurer mais je me retiens, la lumière rouge qui clignote au plafond m'indique que l'intercom est allumée ; même s'il ne me voit plus Père m'entend.

Je me mords l'intérieur de la bouche jusqu'au sang. Ce goût de fer me fait du bien ; la douleur me réveille, aiguise mes sens et me permet de faire le point sur la situation :

Je suis vivante (pas sûr que ce soit positif ça d'ailleurs, mais bon).

Père n'a pas trouvé Mina (enfin, pas encore).

Georges est vivant (je crois).

Mon pouvoir est de plus en plus puissant.

Bien, quatre points positifs, ce n'est pas terrible mais c'est mieux que rien ; passons aux points négatifs :

Si j'active mon pouvoir contre Père je suis morte (celui-là en vaut deux... voire trois).

J'ai été séparée de Mina et Georges.

Je rentre à la maison.

Bon, restons positive. Rentrer au bercail va au moins me permettre d'obtenir plus d'infos sur nos pouvoirs et, je l'espère, trouver ce dernier Génophore qui semble si important.

Même si je n'ai pas le pouvoir de Mina je suis certaine de réussir à faire cracher ce qu'elle sait à ma mère... enfin, si elle est en état de me répondre parce que le grand Karl Báthory de Kapolna n'est pas franchement le genre de type à accepter qu'on se paye sa tronche.

Pour la première fois, j'ai un peu pitié de ma mère. Quand Père a découvert que c'était MON sang et pas celui de Yolande qui l'intéressait, il a forcément compris que sa femme lui avait menti et elle a dû passer un mauvais quart d'heure. Mais peu importe.

Moi, ce que j'aimerais savoir, c'est surtout POURQUOI elle a fait une chose pareille ? Pourquoi elle m'a protégée alors qu'elle n'a jamais eu un seul geste d'affection à mon égard ? Et pourquoi a-t-elle tout fait pour me rapprocher de Mina en embauchant sa mère alors que notre amitié semble l'avoir toujours révulsée ?

Je n'y comprends rien mais, s'il y a bien une chose dont je suis certaine, c'est que rien de tout ça ne peut être dû au hasard, et que ma mère va avoir un paquet de réponses à me fournir à mon arrivée.

Je m'autorise un discret soupir.

Moi qui voulais sortir de ma vie toute tracée, qui me trouvais « différente », on peut dire que j'ai réussi mon coup ; glisser du statut de « fille de la haute société un peu rebelle » à celui de « représentante d'une race hyper rare d'*Homo sapiens* supérieur » c'est tout de même pas commun.

D'un seul coup, je comprends mieux l'obsession de ma famille pour notre sang... mais j'avoue que j'aurais préféré passer mon tour.

Comme toujours quand quelque chose me tracasse, je décide de me réfugier dans ma musique.

Je remets mes écouteurs, déroule mes playlists et vais me décider à lancer le dernier album d'Amon Amarth quand l'image d'une pile rouge se met à clignoter sur mon écran.

– Merde ! Plus de batterie !

Je peste en me souvenant que mon chargeur est resté sur un des bureaux du préfabriqué.

– OK, on va voir si cette fichue bagnole est vraiment aussi bien équipée que ton chauffeur n'arrête pas de le dire. Tiens, d'ailleurs, en parlant de Gustav, comment ça se fait qu'il ne soit pas là ?

Même si Georges m'a assuré qu'il avait épargné le chauffeur de la Rolls en le laissant endormi dans un fossé, j'aimerais être certaine que mon ami va bien. Contrairement à mon père qui ne jure que par la séparation des classes sociales, moi je m'intéresse à ce que les gens valent vraiment et, si je devais faire un classement, Gustav serait tout en haut de ma liste des mecs bien. D'ailleurs, si un père est celui qui vous guide, vous écoute et vous comprend, je dois reconnaître que cette définition s'applique plus à Gustav qu'à mon géniteur...

– Ohé ! Y a quelqu'un ? Je te demandais où était passé Gustav, tu pourrais me répondre tout de même...

J'insiste un peu mais je sais que c'est mort. Père se soucie autant de ses employés que de ses vieilles chaussettes alors il n'est pas près de me répondre. Il faudra que j'attende d'arriver à la maison pour avoir des nouvelles de Gustav... et il va falloir que je me débrouille toute seule pour trouver un chargeur.

Finalement, je préfère ça, ça va me permettre de m'amuser un peu.

Je commence à fouiller les compartiments de rangement de la Bentley tout en continuant de jacasser.

– C'est vrai ça... c'est la première fois que je te vois conduire en personne, ton chauffeur aurait-il enfin découvert que l'esclavage avait été aboli ? Mais j'y pense, t'as pas peur de te casser un ongle ? Non, parce que, la manucure je sais à quel point c'est important pour toi Papounet.

Rien dans les logements des portières, rien non plus dans l'accoudoir et je vais m'avouer vaincue quand je me souviens que Gustav conserve toujours un chargeur universel dans sa boîte à gants au cas où un des invités de Père en aurait besoin.

Je le réclame *illico* mais, sans surprise, je n'ai pas plus de succès qu'une danseuse de lap dance à un congrès d'aveugles.

— Pas grave, moi si je te demandais ça c'était pour éviter de te casser les oreilles mais, après tout, si tu préfères que je chante…

Et c'est ce que je fais. Je me mets à chanter.

Fort.

Et puis, comme ça n'a pas l'air suffisant je fais glisser deux de mes plus grosses bagues sur les deuxièmes phalanges de mes index et les utilise pour scander le rythme de ma chanson en les frappant sur la vitre de séparation. Je gueule, je frappe, je m'éclate… et dès la fin de la première chanson je récupère un chargeur pour mon iPod.

Kassandre : 1/Papounet : 0.

# journal de Mina

## 11 mai
## (10 h 30)

Assise sur une couchette à l'arrière du camping-car qui roule à pleine vitesse vers la Suisse, je repasse dans ma tête la discussion qu'Enki, Völva et moi venons d'avoir avant de quitter le campement. Heureusement que mon don ne saurait mentir car, autrement, jamais je n'aurais pu croire ce qu'ils m'ont raconté... Et encore, je sais qu'ils ne m'ont pas tout dit. Enki a beau me répéter qu'ils ne peuvent pas « tout me révéler », que c'est « pour mon bien », qu'il faut que je sois « patiente » car je saurai « tout en temps utile », ce mystère m'exaspère.

Völva et Enki. Ces deux-là font la paire. Quand ils m'ont raconté pourquoi ils étaient venus me chercher, qui ils étaient et ce qu'ils attendaient de moi ils parlaient à tour de rôle, sans jamais se couper la parole, sans jamais se répéter. Un vrai duo, comme les deux faces d'une même pièce. À peine ont-ils échangé un regard pour se consulter pendant la bonne demi-heure où je les ai harcelés de questions.

Je n'ai rien obtenu de plus que ce qu'ils avaient décidé de me révéler et j'ai dû me contenir pour ne pas les forcer à m'avouer tout ce qu'ils me cachaient.

Mais j'ai résisté.

J'ai résisté car je refuse d'être ce monstre à voix de sirène que je sens grandir en moi depuis quelques jours.

De toute manière, si j'en crois Enki et Völva, la vérité est en moi et me reviendra bientôt.

Soi-disant que ma mémoire serait plus longue que ce que je crois, que j'aurais dans les replis de mon cerveau, dans mon ADN, des souvenirs cachés, comme sur un ordinateur. Des souvenirs remontant à… des millénaires !

Il ne me reste plus qu'à être patiente.

De toute manière, ce qu'ils m'ont révélé est suffisant pour m'occuper l'esprit.

Car maintenant, je sais pourquoi il est si important que les quatre Génophores soient réunis. Nous devons être ensemble afin de réveiller le vieil homme qui voyage avec nous.

Car oui, contrairement à ce que j'avais pensé en le voyant sur le campement, ce n'est pas un cadavre.

Enki m'a emmenée le voir avant notre départ. C'est à lui que je dois faire don de mon sang pour l'aider à sortir de son coma. Un don qui, soi-disant, me permettrait de retrouver la mémoire… Ce qui serait tentant si cette idée ne me révulsait pas autant.

Non pas que je sois contre le fait d'aider un malade, mais la manière dont Enki parle de cet homme est si étrange que j'ai un mauvais pressentiment.

Pourquoi utilise-t-il ce nom de « Maître » pour désigner le vieillard ? Et pourquoi une transfusion serait-elle qualifiée d'« offrande » ? Est-ce un dieu pour que tous le regardent avec un tel respect mêlé de crainte ?

Bref, pour l'instant, et malgré leur insistance, j'ai refusé de leur obéir tant qu'ils ne m'auront pas aidée à retrouver Kassandre.

Pour ce qui est du reste, tant que je ne serai pas certaine de leurs intentions, je ne leur parlerai pas des liens que je pressens entre Biomedicare et le métavirus qui décime l'humanité. Eux-mêmes n'ont pas évoqué cette tragédie. Seule cette histoire d'offrande semble les intéresser, mais ce n'est pas grave. Tant qu'ils me rapprochent de Ka j'ai décidé de rester avec eux… ensuite, il sera toujours temps d'aviser.

# Kassandre

## 11 mai
### *Quelque part entre Naples et la Suisse*

« Alors que l'épidémie ne cesse de progresser dans les pays du Sud, les professionnels de santé, au contact du nouveau métavirus, sont aussi menacés. On apprend aujourd'hui que plus d'une centaine de personnels soignants ont été infectés, principalement en Afrique de l'Ouest où l'épidémie fait le plus de ravages. Malgré les soins prioritaires dont ils ont fait l'objet, la totalité de ces hommes et femmes au service des malades sont morts. L'organisation Médecins sans frontières a d'ailleurs annoncé ce matin par la voix de son porte-parole qu'elle envisageait le rapatriement de ses équipes, dont elle ne peut plus garantir la sécurité. Déjà, des voix s'élèvent contre ce qui ressemble à une fuite, tandis que de nombreux responsables politiques, craignant l'arrivée du métavirus par le biais de ces équipes, réclament la mise en place d'une zone de quarantaine hors de l'Europe pour les personnels rapatriés. Pour rappel, ce fléau, qui cause la mort d'un nombre toujours croissant de personnes à travers le monde, est apparu il y a... »

– Tu ne peux pas couper la radio !? C'est toujours les mêmes infos ça commence à devenir saoulant à la fin !

Toujours coincée à l'arrière de la Bentley, ça fait une heure que Père m'inflige BFM et, comme je ne peux tout de même pas écouter ma musique non-stop, je commence à craquer. J'ai besoin de silence.

– En plus j'ai envie de faire pipi !

Avec le son de la radio à fond je ne suis même pas certaine qu'il m'entende.

Notre dernier arrêt remonte à plus de trois heures et, même si nous ne devons plus être loin de la maison, je refuse de me retenir plus longtemps.

Je frappe sur la cloison de toutes mes forces et, enfin, Père coupe sa fichue radio.

J'en profite pour le prévenir.

– Si tu ne t'arrêtes pas, je te jure que je vais pisser dans la voiture !

Pas de réponse.

Père a beaucoup de défauts mais il n'est pas idiot. Il sait très bien que je bluffe : avec la vitre blindée qui nous sépare et celles à l'arrière qui sont bloquées, je serais la seule punie si je mettais ma menace à exécution.

L'idée de passer les derniers kilomètres dans l'odeur de ma pisse n'ayant rien de réjouissant, j'abandonne l'idée et décide de profiter du silence pour reprendre mon œuvre là où je l'ai laissée.

Je roule sur moi-même pour observer l'habitacle en détail. Il faut que je trouve un espace libre pour m'exprimer mais ça devient difficile.

Plus de place sur le plafond, ni sur les dossiers des sièges avant, rien non plus sur la portière gauche et encore moins sur la banquette arrière.

Sous la faible lueur du plafonnier je gigote dans tous les sens en espérant trouver un petit espace à décorer mais finis par abandonner.

Je ferme les yeux et me laisse bercer par le ronronnement sourd du moteur parfaitement réglé par Gustav. Ce rythme régulier m'apaise, me rappelle tous ces moments passés au garage avec lui à admirer le fonctionnement des transmissions.

D'ailleurs, depuis le temps que je suis coincée là, j'ai la sensation de faire partie de la voiture, d'avoir été réincarnée en accoudoir.

Si ma vessie compressée ne m'empêchait pas de me détendre, je serais presque bien.

Il faut que je pense à autre chose.

Je rouvre les yeux et les motifs que j'ai gravés sur le cuir fauve de l'habitacle traversent mes pupilles. La plupart des visages sont si réalistes que j'ai l'impression qu'ils m'observent.

Ça en jette.

En trois heures, j'ai eu le temps d'en faire près d'une centaine et, si au début ils étaient tous un peu pareils, je dois avouer en admirant les derniers que mon style s'est nettement amélioré.

Non, en fait, si j'étais parfaitement honnête, je dirais que ça fait peur. Ça fait peur parce que, moi, je suis nulle en dessin et que ces trucs, là, ils sont juste magnifiques. Comme s'ils avaient été faits par une autre que moi. Comme si ma main avait des souvenirs, un savoir-faire dont je ne connaissais pas l'origine.

J'ai un sourire en pensant à mon ancienne prof d'arts plastiques.

Elle qui ne croyait pas au « génie », qui nous ressassait que le secret de la réussite tenait uniquement au travail et à la « répétition du motif », elle ne pourrait que me féliciter.

Encore que, vu les motifs que j'ai choisis, j'ai des doutes ; on est loin des paniers de pommes que cette vieille bique nous a fait peindre pendant un an. Pas certain qu'elle aime mes visages hurlants aux chevelures de serpents, mes zombis aux yeux exorbités et les dizaines de crânes de taureaux que j'ai réalisés ; déjà que le jour où j'avais osé reproduire ses natures mortes comme des fruits pourris grouillant de vers elle m'avait fait exclure de son cours pendant un mois…

Je soupire, balance mes pieds en travers de la banquette et m'allonge de tout mon long en essayant de détendre mes articulations douloureuses.

La vérité c'est que je m'ennuie à mourir et que je vais me faire pipi dessus.

Dix heures le cul posé à l'arrière d'une bagnole, même avec de la musique, c'est long et si customiser l'intérieur un peu ringard de la Bentley de Père m'a permis de passer agréablement ces trois dernières heures, je vais finir par devenir cinglée si je ne sors pas d'ici rapidement.

Père n'a encore rien vu de mon travail et je souris en imaginant la tête qu'il fera en découvrant mon œuvre. Vu sa maniaquerie légendaire je doute qu'il apprécie.

En tournant la tête pour détendre mes cervicales je repère une petite surface encore libre dans l'angle, juste au-dessus de la portière droite.

Je me redresse.

À vue de nez, entre le gros Belzébuth cornu et mon hommage tentaculaire à Lovecraft, il reste cinq centimètres carrés de disponibles ; ça ne va pas m'occuper très longtemps mais c'est toujours ça de gagné.

Je dégrafe mon poignet de force, choisis une pointe encore suffisamment effilée pour pouvoir être utilisée comme un poinçon et pose son extrémité sur la surface souple du cuir.

J'appuie, trace le rond d'une première orbite, puis celui d'une seconde, et attaque un sourire grimaçant avant d'entourer le tout d'un crâne hydrocéphale.

Trois minutes trente-quatre plus tard, un poignard planté dans l'orbite gauche vient mettre la touche finale à ma quarante-deuxième tête de mort et, aussitôt, mon ennui et mon envie de pisser réapparaissent.

Je hurle :

– J'en peux plus ! Arrête cette putain de voiture !

L'urgence dans le ton de ma voix doit l'alerter car Père répond enfin :

– On arrive, Kassandre.

Pour me prouver qu'il ne ment pas, l'opacité des vitres disparaît et la lumière du jour pénètre enfin dans l'habitacle.

Habitués à la faible lueur artificielle du plafonnier mes iris se contractent brutalement et il me faut quelques secondes avant de constater que Père dit vrai.

Je reconnais les arbres du parc et la grande allée qui mène à la maison.

J'aurais mieux fait de me taire.

Mon hurlement était une marque de faiblesse et je m'en veux d'avoir craqué si près du but. J'essaie de me rattraper en plaisantant.

– Pas trop tôt, en plus d'avoir envie de pisser je commençais à avoir la dalle. Si j'avais su que la balade serait aussi longue j'aurais commandé un Uber, au moins, eux, ils proposent de la flotte et des bonbecs à leurs clients.

Pas de réponse.

La voiture glisse devant la maison sans ralentir. Je vais peut-être enfin avoir de la chance.

« *Ne t'arrête pas, continue, continue…* », je pense en croisant les doigts.

Père dépasse la maison, contourne le bungalow des invités et s'engage dans l'allée conduisant aux garages.

Bingo !

En dix heures j'ai eu le temps d'imaginer tous les scénarios possibles pour m'échapper et, parmi ceux-ci, le passage par le garage est mon préféré.

J'abandonne mes gravures et laisse courir mes doigts sur la surface métallique du collier qui m'enserre le cou. J'ai passé un sacré moment à chercher un défaut dans son mécanisme d'ouverture et je veux vérifier si ce que j'y ai décelé est toujours là.

Je n'ai pas rêvé, les ingénieurs de Père n'ont pas dû avoir suffisamment de temps pour peaufiner leur travail : la jointure de mon collier n'est pas parfaite et présente un minuscule interstice qui pourrait me permettre de m'en débarrasser... à condition de disposer du matériel nécessaire.

Je sais que ma seule chance d'échapper à mon père passe par ce collier. Si je l'enlève je pourrai utiliser mon pouvoir contre lui et, si la Chose ne s'interpose pas, il ne pourra rien contre moi. C'est vital alors, quand la Bentley pénètre dans la partie souterraine des garages et se dirige vers l'atelier réservé aux réparations, j'exulte en silence.

La zone où nous pénétrons, je la connais comme ma poche. C'est ici que Gustav prend soin des véhicules hors de prix de Père et m'a appris les bases de la mécanique.

J'y ai passé tellement de temps que, même dans l'obscurité, je pourrais retrouver l'emplacement de n'importe quel boulon.

Gustav n'est pas suisse pour rien ; ici, il y a une place pour chaque chose et chaque chose est à sa place.

Dans le parc du Vésuve, quand il a refermé son collier autour de mon cou, Père m'a expliqué qu'il pouvait le déclencher à distance ; depuis, il a profité du trajet pour me déconseiller fortement de l'enlever toute seule, à la moindre ouverture de plus de deux secondes il explosera automatiquement.

Je n'ai rien répondu, préférant lui faire croire qu'il m'avait convaincue, mais Père avait oublié ma passion pour tout ce qui touche à la mécanique... et donc que j'avais quelques connaissances en ce qui concerne les circuits électriques.

Une dernière inspection de mon collier me conforte dans mon choix : ni cadenas, ni serrure, il semble juste clipsé magnétiquement et le petit millimètre de jeu que j'ai décelé au niveau de sa jointure devrait être suffisant pour ce que j'envisage de faire. En toute logique, mon seul problème est de maintenir le circuit fermé pour éviter l'explosion et je sais comment procéder : en glissant une fine lame de métal entre les deux parties du collier, je pourrai les écarter sans couper le contact. Ensuite, n'importe quel fil conducteur fera l'affaire ; en prolongeant suffisamment le circuit je pourrai ouvrir le collier et l'enlever sans qu'il explose... Enfin, j'espère.

Une lamelle de métal, un fil conducteur de vingt centimètres. C'est tout ce dont j'ai besoin et c'est pour ça que je jubile en voyant que Père nous a conduits à l'atelier, car je sais que je les trouverai dans la servante orange où Gustav conserve les petites chutes de métal qu'il utilise parfois pour ses bricolages.

Quand j'étais petite, cette mini-armoire à roulettes était ma préférée, un coffre aux trésors dans lequel je farfouillais pour créer d'étranges sculptures de bric et de broc que Mère regardait avec dégoût, mais dont certaines trônent encore dans la petite cuisine de Gustav.

J'ai passé des heures à ouvrir ses tiroirs, à en fouiller les paniers, à la faire pivoter pour accéder à ses compartiments secondaires. Je la connais tellement bien que je sais d'avance où trouver ce dont j'ai besoin : la lamelle de métal dans le deuxième tiroir de sa façade, le fil électrique dans son panier gauche.

Mais il va falloir faire vite.

Quand Père s'engage dans l'atelier réservé aux réparations, je repère la servante orange au premier coup d'œil. Comme toujours elle est adossée au mur du fond, juste au pied du pont élévateur sur lequel une Porsche attend je ne sais quelle mise au point.

Problème : nous sommes garés à l'opposé, juste à côté de l'ascenseur et il n'y a aucune raison que nous passions à côté de la petite armoire à roulettes que je convoite.

Si je veux avoir une chance de me rapprocher il va falloir la jouer fine… ou passer en force.

Je suis une fille du chaos alors mon choix est vite fait, d'autant qu'un seul coup d'œil m'a permis de repérer tout ce que je pourrais utiliser pour mettre un peu d'ambiance :

La lampe à souder, le booster de batterie, une burette d'huile, l'extincteur… j'ai tout à portée de main et différentes options se matérialisent immédiatement dans mon esprit.

Un déclic me tire de mes stratégies.

Père vient d'activer sa portière, dans quatre secondes il ouvrira la mienne.

Je me recule, prends position sur la banquette, mains en arrière, jambes repliées et pieds pointés en direction de l'ouverture.

Le « schlick » caractéristique retentit, la portière s'efface, l'ombre de Père apparaît.

Je vois son sourire se crisper quand il me découvre prête à frapper mais je ne lui laisse pas une chance de réagir.

Je détends brusquement les jambes, mes Doc percutent son estomac et l'envoient rebondir sur le sol de béton. Sous le choc, ses poumons se vident dans un bruit de baudruche percée et il lâche la télécommande de mon collier. Je n'en espérais pas tant.

Le boîtier repose entre nous deux, à quarante centimètres de sa main droite, et à la même distance de mon pied gauche.

Nos yeux se croisent, je sais bien que je n'ai aucune chance de l'attraper mais je vais m'en servir pour détourner son attention.

Je saute de la voiture, balance ma Doc en avant. Celle-ci atteint la télécommande à la même seconde que les doigts de mon père.

Le craquement de ses phalanges résonne comme une branche cassée et le boîtier s'en va glisser directement sous la Porsche en réparation.

Père se relève d'un bond et se précipite.

Comme je l'avais prévu il pense que je vais chercher à récupérer le boîtier, sauf que ce n'est pas mon but. Mon but c'est la servante orange, la lamelle en métal et le fil électrique. Je sais que je n'ai aucune chance de fuir maintenant, je prépare juste l'avenir et, cet avenir, Père est en train de me le servir sur un plateau.

Pendant qu'il cherche le boîtier sous la Porsche, je cours jusqu'à la servante, ouvre son tiroir gauche, farfouille deux secondes et trouve ce que je recherche : une lamelle métallique souple et un morceau de fil que je glisse contre mon ventre, juste derrière la ceinture de mon jean.

Puis, je saisis l'extincteur et me précipite vers l'ascenseur. C'est inutile mais je préfère que mon paternel pense que je tente de m'évader plutôt qu'il se demande ce que je fais plantée à côté de la servante.

– Kassandre ! Arrête-toi immédiatement !

Je me retourne.

Père s'est redressé et avance dans ma direction en brandissant la télécommande.

– Fin de partie ma fille. Repose cet extincteur et sois sage.

Dans mon dos j'entends l'ascenseur se mettre en route ; les renforts arrivent et je doute qu'ils soient dans mon camp.

Père a raison, il a gagné cette manche, mais je peux encore la finir en beauté.

Je souris. Tant que je n'utiliserai pas mon pouvoir, je sais qu'il n'appuiera pas sur le bouton.

Enfin, j'espère, parce que autrement ça sera la dernière fois que je lui désobéirai. Mais il existe des tas d'autres manières de mettre un peu d'ambiance…

Extincteur en main je souris encore plus largement et les sourcils de Père se froncent. Il me connaît, il devine que je vais faire une connerie.

– Kassandre…

Père recule d'un pas.

J'avance de deux.

– Kassandre… je te préviens…

Je ne suis pas très douée en sport, sauf dans une discipline, celle du lancer de poids, aussi, quand je projette l'extincteur dans les airs, je le fais avec toute la puissance et la précision dont je suis capable.

Quelle que soit la menace que Père souhaitait proférer, il n'a pas le temps de la prononcer et, si je me retrouve moi-même collée au sol par un de ses sbires tout droit sorti de l'ascenseur, j'ai le plaisir de voir son arcade sourcilière exploser avant de sentir une aiguille me perforer la cuisse et de perdre connaissance.

## Georges

11 mai
*Suisse*
*Centre d'essais cliniques de Biomedicare*

— Le sujet est extrêmement dangereux. Il doit rester
au secret, enfermé dans sa cellule et attaché. Personne
ne doit le transférer, ou même l'approcher, hors de la
présence de Carlo et une autorisation écrite de ma part.
C'est bien compris ?

Une voix hautaine et désagréable me tire du sommeil. Celle-ci donne des ordres me concernant auxquels
son interlocuteur ne cesse de répondre par des « Oui,
monsieur » terriblement obséquieux.

Autant le patron me fait l'effet d'être un sale type,
autant son employé a l'air d'être une larve... Je ne sais
pas ce que je déteste le plus.

Je garde les yeux fermés, histoire d'en apprendre un
peu plus avant de leur montrer que je suis bien réveillé,
et écoute les deux voix poursuivre leur échange.

– Carlo l'a déposé à quelle heure ?

– 18 heures, monsieur.

– Et il est inconscient depuis quand ?

– Depuis son arrivée, monsieur.

Le « il », c'est moi. S'il est 18 heures, ça fait donc plus de dix heures que je suis dans les vapes.

Dix heures, c'est long, alors j'espère que mon frère et son amie ont réussi à s'en sortir. Je déteste l'idée de m'être tapé une demi-journée de coma pour rien... surtout que j'ai la désagréable impression d'être passé sous un 38 tonnes.

Une présence ondule dans mon esprit.

Ma sombre amie est avec moi.

Elle aussi est réveillée et je la vois distinctement.

Elle a beaucoup changé ; là où, avant, je ne distinguais qu'une masse sombre et chuintante, se dresse maintenant un fier animal aux écailles brillantes sous la surface desquelles roulent des muscles puissants.

Pour la première fois, je suis frappé par sa beauté et la regarde avec amour.

Immédiatement, la bête réagit. Elle ronronne de plaisir, déroule les tentacules noirs qui dansent autour de son crâne et caresse mon esprit.

Au lieu de la repousser, je l'accueille sans frémir.

Un bien-être inattendu m'envahit ; une plénitude que je n'ai encore jamais ressentie, comme si j'étais enfin apaisé et que toute ma rage s'en était allée.

Étrangement, je sais.

Pendant des années j'ai eu peur de mon pouvoir, je l'ai rejeté et, en retour, comme un enfant abandonné, mon dragon n'était que colère. Je comprends maintenant à quel point j'ai été idiot ; il suffisait que je l'accepte, que je m'accepte, pour apaiser ma sombre amie.

Tout à l'heure, quand nous avons lutté contre Carlo nous ne formions plus qu'un et, si le combat n'avait pas été truqué, j'aurais eu une chance de l'emporter.

Sans ce collier autour de mon cou, sans les milliers de volts qui se sont déversés en moi quand Carlo a pressé sa télécommande, je suis certain que j'aurais pu le battre.

Depuis que j'ai accepté ma part sombre, je suis de plus en plus fort et cette pensée me rassure car je ne doute pas de réussir à m'échapper.

Il ne me reste qu'à attendre le bon moment.

À quelques mètres de moi les deux hommes continuent de parler sans se rendre compte que je les écoute avec attention.

– Et il est resté inconscient depuis son départ de Naples ?

– Je ne sais pas, monsieur… il est arrivé comme ça… et j'ai supposé…

L'employé n'a pas l'air sûr de lui, ce qui a le don d'exaspérer son patron.

– Docteur Walberg !

– Walberck, mons…

– Aucune importance ! Walberg ou Walberck je ne vous paye pas pour supposer mais pour établir des faits ! Si j'avais voulu des prédictions j'aurais embauché la voyante de ma femme. Je vous ai propulsé chef de projet parce que mon ami le professeur Markus vous a décrit comme un des plus brillants microbiologistes et généticiens de la jeune génération, alors comportez-vous comme tel ! Faut-il que je vous rappelle le but de nos recherches et le nombre de zéros inscrits sur votre chèque de fin de mois ?

– Non, monsieur…

– Alors, allez me chercher Carlo et réveillez-moi ce garçon, j'ai besoin de savoir si ses pouvoirs sont aussi importants qu'on me l'a rapporté.

OK, si le grand chef veut juste une petite démonstration ça ne me pose pas de problème.

Par contre j'aimerais autant me passer de la présence de Carlo. Alors j'entrouvre les yeux pour leur montrer que j'ai émergé et qu'il est inutile de déranger la Chose.

Je suis dans un genre de salle d'opération ; une pièce aveugle, aux murs verdâtres, qu'aucune fenêtre ne vient éclairer.

Autour de moi il y a des machines, des tables roulantes en acier recouvertes de draps bleus et des bassines vides en métal dont je préfère éviter d'imaginer à quoi elles pourront servir.

Au-dessus de ma tête pend une de ces énormes lampes rondes comme j'en ai déjà aperçue chez le dentiste, mis à part que celle-là, étant donné sa taille, semble prévue pour une intervention nettement plus importante qu'une dévitalisation de prémolaire.

Je me sens comme une grenouille sur la planche d'un lycéen en cours de biologie, et n'aime pas trop les images que ça m'inspire.

Du coin de l'œil j'aperçois les deux types qui parlent de moi. Ils se trouvent devant une porte vitrée située à trois mètres.

Je devine aussitôt qui est qui.

À gauche, le patron ; c'est un homme d'âge mûr au visage émacié, assez grand, dont le costume noir et les cheveux gris acier coiffés en arrière m'évoquent un cadre nazi des années trente.

Chose étrange, un de ses yeux est à moitié fermé et son arcade sourcilière fendue est maintenue par une bande strip qui semble récente.

Comme il n'a pas l'air du genre à faire de la boxe ou à foncer par inadvertance dans une porte fermée, j'en conclus qu'il a dû énerver la mauvaise personne une fois de trop… ce que semblent confirmer l'attelle et le bandage autour de sa main droite.

À ses côtés, le supermicrobiologiste Wal-quelque-chose fait encore plus falot que sa voix le laissait supposer ; c'est un petit blond dégarni au visage rondouillard et aux lunettes à monture d'écaille. Il semble si jeune qu'on dirait un gamin ayant piqué la blouse de docteur de son père.

– Il est réveillé, monsieur.

Tiens, à défaut d'autre chose, le premier de la classe a le sens de l'observation.

Inutile de faire semblant de ne pas les entendre.

– *Il* a un nom. *Il* s'appelle Georges, Georges d'Épailly et *il* aimerait bien savoir ce qu'*il* fait ici, je lance en tentant de me redresser.

Peine perdue.

J'ai beau bander mes muscles, je ne bouge pas d'un millimètre.

Je m'en doutais un peu, mais découvrir que je suis attaché sur ce qui ressemble de plus en plus à une table d'opération réveille ma peur et mon dragon bondit sur l'homme à la blouse blanche sans même que je le décide.

*Son esprit n'est que chiffres et matière.*

*Jamais nous n'avons pénétré un cerveau tel que celui-ci.*

*C'est un mur illisible, sans passé ni avenir, sans une trace d'émotion.*

*Des hélices d'ADN dansent dans sa tête tandis qu'il les découpe à l'aide d'un outil étrange en forme de ciseaux, des ciseaux composés de minuscules lettres répétées à l'infini crisprcas9crisprcas9crisprcas9 crisprcas9crisprcas9...*

*Nous n'avons aucune pitié à attendre de lui.*

*Pour lui nous n'existons pas. Nous ne sommes qu'un sujet d'étude passionnant dont il a hâte de percer les secrets.*

*Nous cherchons à faire le contour de ses peurs, nous cherchons ses hontes les plus sombres mais ne les trouvons pas. Le bien et le mal sont deux notions absentes de ses pensées, cela fait longtemps qu'il les a écartés de sa route. Il est un chercheur et rien d'autre que la traque ne le motive. Nous ne pourrons pas le convaincre de nous laisser, il faut l'éliminer, déconnecter ses synapses, faire bouillir son liquide céphalorachidien jusqu'à ce que...*

Une décharge électrique nous éjecte brutalement du cerveau que nous sommes en train de fouiller.

Sous la violence du courant mes tentacules se rétractent et mon dragon gémit.

Le docteur Walberck, agenouillé au sol, a perdu son air de premier de la classe.

Les lunettes de travers, le visage luisant de sueur, il me dévisage d'un air gourmand.

La longue traînée pourpre qui dégouline de sa narine gauche me prouve que notre passage dans son cerveau a été brutal mais, loin de l'effrayer, cette démonstration de notre puissance semble l'avoir galvanisé.

– Vous permettez, demande-t-il à son patron en s'emparant de la télécommande.

L'homme lui tend le boîtier et Walberck m'envoie aussitôt une nouvelle décharge.

L'éclair qui me traverse me cloue à ma table, mon corps se cabre violemment, mes dents s'entrechoquent, mes ongles s'enfoncent dans les paumes de mes mains comme s'ils cherchaient à les traverser.

Je souffre mais je reste conscient, conscient que ma douleur n'est rien face à celle de mon dragon qui semble s'embraser et dont les cris déchirants résonnent dans mon esprit.

– Arrêtez ça immédiatement ! je hurle en direction des deux hommes.

– Sinon quoi ? rétorque le type en costume en reprenant néanmoins sa télécommande. Je sais qui tu es Georges, et je sais aussi ce que tu es. Alors tes petits tours ne m'impressionnent pas et tu comprendras vite que tu as tout à gagner à collaborer.

– Et vous allez faire quoi si je ne vous obéis pas ? M'électrocuter jusqu'à ce que mon cerveau se mette à fondre ?

Je suis certain qu'il bluffe. Si Jarod a dit vrai je suis trop précieux pour être abîmé, mais le sourire qui s'affiche sur le visage de l'homme aux cheveux blancs fait vaciller mes certitudes.

– Georges, Georges… tu es bien comme ma fille. Si égoïste, si imbu de ton petit pouvoir, si persuadé d'être supérieur aux autres. Quel imbécile a dit que la nature faisait bien les choses ?

— Jean-Jacques Rousseau, monsieur, mais en fait il a dit : « Tout est bien sortant de la nature », le coupe Walberck.

Ce n'était pas une question. Le doc n'a pas pu s'empêcher d'étaler sa science et l'exaspération qui se peint sur le visage de son patron me prouve que ce n'est pas la première fois.

— Je sais ce que Rousseau voulait dire, Walber, lui retourne-t-il sèchement, mais je sais surtout que c'était une énorme bêtise ! Si la nature faisait si bien les choses c'est MOI qui serais le Génophore, MOI et pas mon idiote de fille, la gamine d'une bonniche ou un rebut des cités. La nature ne fait PAS bien les choses, Walter, la nature est une imbécile que l'homme doit dominer. C'est pour ça que vous êtes ici. Pour réparer les erreurs de la nature et donner enfin le pouvoir à ceux qui le méritent.

Pendant qu'il s'excite sur son employé je comprends enfin qui est là devant moi : Karl Báthory de Kapolna, le père de Kassandre, et ma question franchit mes lèvres sans que je puisse la retenir :

— En parlant de votre fille, ce ne serait pas elle qui vous aurait fendu l'arcade sourcilière par hasard ?

Même s'il n'avoue pas, le regard qu'il me lance vaut toutes les réponses.

— Ça fait des années que j'attends ce moment alors ne te fais aucune illusion, Georges, ce ne sont pas des gamins dans ton genre qui vont m'arrêter si près du but. Comme je viens de le préciser à ma rebelle de fille c'est votre ADN qui m'intéresse, pas vous. Vous, en tant qu'humains, vous n'existez plus, vous n'êtes qu'un réservoir de matière première, mon réservoir, et rien ne m'empêche de faire de vous des légumes et de vous brancher sur des machines pour vous maintenir bien frais alors, un conseil… ne me poussez pas à bout !

Son regard me met au défi de répliquer.

Ma sombre amie gronde, mais dix années de cité m'ont appris à reconnaître le moment où il faut s'écraser.

Là, tous les voyants sont au rouge alors je fais la seule chose sensée : je me tais… tout en doutant fortement que cette tête de mule de Kassandre ait eu la même sagesse.

# Enki

## 11 mai
### Campagne toscane
### Aux alentours de Volterra

Völva s'est enfin endormie mais je doute que son sommeil soit serein. Sous ses paupières, j'aperçois le mouvement de ses yeux dansant dans leurs orbites.

Doucement, j'embrasse son front trempé de sueur, fais un signe de tête à Gabor assis en face du lit et sors rejoindre mon oncle près du feu.

– Alors ? lâche celui-ci sans quitter sa marmite des yeux.

Ce mot est le premier qu'il prononce depuis que nous avons quitté le campement.

Zoltan fait tout pour me le cacher mais je sens son inquiétude ; face à ce qu'il a vu tout à l'heure il sait que sa force ne lui sera d'aucune utilité et sa faiblesse lui fait peur. Mieux vaut lui cacher mes craintes.

– Völva dort. Elle est encore choquée par ce qui lui est arrivé mais elle va mieux. Gabor surveille son sommeil ; il m'a promis de rester auprès d'elle le temps qu'il faudrait pour s'assurer que ce monstre ne revienne pas la hanter.

– Et l'autre fille ? C'est bien une des Génophores dont le Maître a besoin ?

Je hoche la tête.

– Oui, même si elle n'en a pas encore conscience, c'est bien l'une des nôtres.

Zoltan grimace, plonge une grande cuillère dans la gamelle qui mijote sur le feu et commence à me remplir une assiette.

– Il faut manger, Enki, ensuite il faudra repartir. S'arrêter trop longtemps est dangereux. Les autres m'ont appelé, ils ont détecté des signes qui ne trompent pas, des hommes vous cherchent et ils ne pourront pas éternellement les attirer sur de fausses pistes… ils vont finir par comprendre.

Les « autres » dont parle Zoltan sont les membres de son clan, le clan élu par le Maître il y a des milliers d'années pour protéger son sommeil. Ceux que l'on appelle les Égyptiens, les Roms, les Gitans, les Tziganes. Le peuple des bannis, les fidèles d'entre les fidèles.

Dès notre retour du Vésuve, ils sont partis dans toutes les directions pour augmenter nos chances de nous échapper, mais je sais que d'autres ne sont pas très loin et le rempart de protection invisible qu'ils forment autour de nous me rassure. Ils sont nos yeux et nos oreilles et nous ouvrent la route.

C'est important car, si ce que m'a expliqué Mina est vrai, l'homme qui détient mon frère et la dernière Génophore ne reculera devant rien pour nous retrouver.

Je m'autorise un sourire en repensant à ma surprise quand Mina a prononcé le nom de cet homme. Quelle ironie de retrouver un Báthory de Kapolna sur ma route, de découvrir que sa famille est à l'origine de ce groupe des « Enfants d'Enoch » qui nous poursuit aujourd'hui.

Évidemment, ce Báthory de Kapolna n'est pas celui que j'ai connu il y a cent cinquante ans, mais je devine que son ancêtre ne doit pas être sans rapport avec nos ennuis actuels.

– Tiens, Enki, mange pendant que je vais en apporter un peu à Gabor.

Je prends l'assiette que Zoltan me tend, et porte une première cuillerée à ma bouche en le regardant partir en direction du camping-car.

Mon oncle ne me l'a pas avoué mais je sais qu'il est surtout allé jeter un coup d'œil au Maître.

Le Maître.

Avant de quitter la Calabre nous avons déposé son corps dans un des compartiments du grand camping-car et je ne peux pas m'empêcher de sourire en pensant aux romans qui le décrivent dormant dans un cercueil capitonné.

Au fil des siècles, nombreuses furent les légendes tissées autour de l'existence du Maître, mais aucune n'est aussi ridicule que celle écrite par Bram Stoker.

Le soi-disant roi des vampires… Si les amateurs de *Dracula* pouvaient voir la couverture made in China qui le recouvre et les petits rideaux en mauvaise dentelle accrochés au hublot de la cabine dans laquelle il est allongé, je pense que ça les décevrait beaucoup…

certainement autant que son aspect qui est encore celui d'un vieillard repoussant.

Bram Stoker… si seulement j'avais su…

Lors de notre première rencontre, l'auteur de *Dracula* s'appelait encore Abraham.

À l'époque, le Maître avait souhaité découvrir la nouvelle Europe, celle de la modernité, des grandes villes et de la science mais, à cause d'une quarantaine imposée à l'Angleterre pour cause de choléra, notre bateau avait accosté en Irlande.

C'est donc à Dublin que j'avais vu Abraham pour la première fois ; il n'avait que sept ans, c'était un enfant malingre, malade depuis sa naissance et condamné à une mort rapide. Sa mère l'avait conduit dans un dispensaire pour rencontrer un spécialiste auprès duquel le Maître souhaitait lui aussi s'enquérir des dernières avancées de la médecine, et c'est dans sa salle d'attente que nous avions bavardé.

Malgré sa maladie, Abraham était un enfant vif, intelligent, passionné et j'avais eu envie de le sauver. Un de mes pouvoirs que j'apprécie le plus, même si j'en use peu car il me fatigue énormément.

Le Maître avait apprécié l'enfant et ne s'y était pas opposé.

La suite avait été fort simple.

Profitant de la nuit et des dons du Maître j'avais pénétré dans la chambre d'Abraham pour lui faire boire un peu de mon sang et raffermir le sien ; un transfert insuffisant pour modifier son génome mais suffisant pour lui sauver la vie et, en quittant Dublin, j'étais certain de ne jamais le revoir.

Malheureusement, je devais comprendre trente ans plus tard en le retrouvant dans un dîner londonien que nous n'avions probablement pas été assez discrets. Malgré nos précautions l'enfant nous avait vus, et l'adulte qu'il était devenu ne nous avait pas oubliés. Lors de cette deuxième rencontre, le Maître, Lilh, Völva et moi vivions tous les trois dans la capitale depuis plusieurs années.

Les deux autres Génophores nous avaient quittés pour aller découvrir cette nouvelle nation qui naissait de l'autre côté de l'Atlantique. Je les aurais bien suivis mais le Maître avait refusé car il adorait Londres : le British Museum, l'Opéra, les bibliothèques, les débuts prometteurs de la médecine scientifique, de l'électricité, des machines à vapeur... il était fasciné par ce que l'homme avait fait de ses dons, émerveillé par cette soif de connaissance, cet esprit d'aventure, ce goût du raffinement.

Malgré les maladies, la pauvreté de l'East End, les injustices encore nombreuses, le Maître nous répétait sans cesse : « *Les Hommes ont compris quel était le chemin, ils progressent, j'ai eu raison de leur faire confiance...* »

Ce nouveau monde l'attirait comme la lumière attire les papillons de nuit et c'est ce qui finit par provoquer notre nouvelle rencontre avec Abraham... et l'ancêtre de ce Báthory de Kapolna qui nous poursuit aujourd'hui.

Nous étions alors à la fin du XIXe siècle et la bonne société victorienne était friande d'ésotérisme. Le Maître, toujours amusé par ce goût des humains pour l'occulte, avait voulu rencontrer les membres d'une de ces sociétés secrètes qui pullulaient alors à Londres et nous avait fait inviter à un dîner de l'une d'elles, la Golden Dawn, au Lyceum Theater de Londres.

C'est là que nous avions retrouvé Abraham.

Je ne l'avais pas immédiatement reconnu : comment faire le rapprochement entre l'enfant malingre de Dublin et notre hôte, ce géant à la barbe rousse que le hasard d'un plan de table avait placé à côté du Maître ?

Ce soir-là, la compagnie était brillante ; en plus de Bram Stoker, devenu directeur du Lyceum Theater, le poète Yeats, l'actrice Florence Farr, le romancier Henry Rider Haggard, la productrice de théâtre Annie Horniman et un tout jeune comte autrichien complétaient notre tablée mais, comme toujours, malgré cette illustre assemblée, ce fut le Maître qui finit par monopoliser l'attention.

La curiosité est peut-être le plus grand don qu'il ait offert aux humains mais c'est aussi son plus grand défaut. Vouloir toujours en savoir plus le conduisit ce soir-là à trop en dire et attira sur lui un intérêt qui devrait par la suite nous obliger à quitter Londres précipitamment.

Mais bref, toujours est-il que j'ai la conviction que ce fut ce soir-là qu'Abraham nous reconnut et que la famille Báthory de Kapolna prit conscience de notre pouvoir.

Les jours qui suivirent ce dîner, le Maître fut fréquemment invité par Abraham et, après avoir lu son roman, je gage que malgré nos recommandations le Maître ne put s'empêcher de lui raconter quelques bribes de son histoire... même si le récit qu'en a fait Bram dans son livre est des plus fantaisiste.

Sortant de mes souvenirs, je porte une cuillerée à ma bouche et secoue la tête. J'ai faim, mais j'imagine que cette faim n'est rien à côté de celle qui doit tenailler le Maître en cet instant.

Le ragoût est excellent, et j'hésite une seconde à aller en proposer à Mina avant de me rappeler qu'elle nous a dit être végétarienne.

Je n'ose pas aller la déranger, pourtant j'aimerais, car cette fille m'intrigue.

Même si sa mémoire de Génophore n'a pas encore été activée, j'ai du mal à comprendre comment Mina peut être aussi différente de celles qui ont accueilli l'ADN de Lilh avant elle.

Lilh est la première Génophore. C'est par elle que le Maître commença à partager ses pouvoirs.

Elle est la plus âgée d'entre nous, celle dont la mémoire est la plus longue... mais elle est aussi la plus sauvage.

Depuis toujours elle est différente de nous. Quand je dis « nous » je parle de Völva, des deux autres Génophores et de moi. À la différence de Lilh nous conservons notre physique. Quels que soient l'époque ou le pays où nous nous réveillons, nous avons toujours l'apparence de notre première vie. Par contre, nous évoluons, ce qui n'est pas son cas.

Ainsi, Völva et moi sommes à la fois des enfants de ce siècle, des enfants du voyage... et tous ceux que nous avons été avant cette vie.

De même, quand Georges et Kassandre retrouveront leur mémoire de Génophores, celle-ci ne fera que s'ajouter à celle qu'ils ont accumulée depuis leur naissance en cette vie.

Mais Lilh, elle, n'évolue pas, n'apprend pas de ses vies antérieures. Pire, son physique a beau changer, elle reste celle qu'elle était au premier jour, plus intangible qu'une montagne, plus pure qu'un diamant. Elle refuse d'apprendre de ses nouvelles vies, de s'intéresser au présent.

Voilà ce que je n'ai pas pu me résoudre à avouer à Mina : dès qu'elle aura fait l'offrande, dès que la Lilh qui dort dans son ADN se réveillera totalement… elle prendra sa place et l'effacera.

Je sais ce qui va arriver, je le regrette, mais je n'ai aucun moyen de l'empêcher.

Mais qu'importe, ces questions sont stériles. De toute façon je ne peux rien faire d'autre qu'attendre, attendre et espérer que le calme et la force que je sens chez Mina sauront apaiser Lilh.

– Ça va refroidir, Enki…

Perdu dans mes pensées j'ai oublié de manger et mon oncle de retour du camping-car me rappelle à l'ordre.

Je porte une nouvelle cuillerée de ragoût à ma bouche.

Sa chaleur et son odeur familière me font du bien.

Je n'ai pas dormi depuis vingt-huit heures et la fatigue de ce corps trop humain commence à se faire sentir.

Je secoue la tête.

Le chemin qui nous reste à parcourir pour retrouver mon frère et la dernière Génophore est encore long. Nous ne sommes plus que cinq pour nous occuper du

Maître alors ce n'est pas le moment de rêver… d'autant que je sens que celui-ci a de plus en plus hâte de se réveiller.

**cauchemar de Mina**

## Nuit du 11 au 12 mai

*L'odeur ferreuse me réveille ; l'odeur du sang, de mon sang, celui que j'ai partagé entre vous il y a si longtemps pour que vous puissiez me servir.*
*Ce parfum a un nom.*
*Lilh…*

*Ton sang est là, si près de moi.*
*Ton sang qui murmure doucement dans le réseau de tes veines, glisse sous ta peau fine pour abreuver ton cœur.*
*Lilh, mon enfant, pourquoi me fais-tu languir ?*
*Ce sang que tu crois tien, ce sang m'appartient et le sentir si près de moi sans pouvoir y goûter m'est une souffrance insupportable.*
*Lilh, ma fille, quel que soit le nom que tu portes dans cette vie, souviens-toi qui tu es, et qui je suis pour toi.*
*Parmi les quatre tu as toujours été la plus dévouée, ma si faible et si puissante enfant.*
*Souviens-toi.*

*Tu es la première Génophore, celle à qui nul ne peut mentir, celle qui pose les questions, arrache les réponses et j'ai besoin de toi comme jamais.*

*Plus ma conscience s'éveille moins je comprends ce qui se passe dans ce monde ; moins je comprends ce que les Hommes ont fait des dons précieux que je leur ai offerts.*

*Lilh, le sang d'Enki m'a réveillé mais j'ai été obligé de fermer mon esprit aux échos de la terre ; trop de souffrance, trop de désespérance.*

*L'équilibre a été rompu, la destruction est en marche et j'ai besoin de toi pour comprendre ce qui se passe ici.*

*Tout est allé si vite.*

*Les humains... quand je t'ai rencontrée ils n'étaient qu'une poignée. À peine trois cent mille âmes cachées dans des cavités sombres, trop occupées à survivre pour envisager de vivre.*

*Puis tu m'es apparue et j'ai choisi de vous guider, revenant parfois, observant vos progrès, vos errances et votre génie.*

*À mon dernier réveil les humains étaient 1 260 742 543, pourtant, malgré ce nombre immense, les Hommes semblaient moins violents, vivaient plus vieux et se montraient plus créatifs que jamais auparavant.*

*Ma présence semblait inutile, dangereuse même, et je me suis laissé convaincre par ta sœur et tes frères de me rendormir sereinement.*

*Toi, Lilh, tu as été la seule à me supplier de rester mais je ne t'ai pas écoutée.*

*J'étais si fatigué, si heureux d'avoir rempli ma mission et de pouvoir enfin me reposer.*

*Les autres m'ont-ils trompé ?*

*Que s'est-il passé pendant mon absence pour en arriver à ce que je découvre aujourd'hui ?*

# Enki

**12 mai**
*Campagne toscane*
*Aux alentours de Volterra*

Je suis tiré de mes souvenirs par l'agitation inhabituelle de mon oncle.

Debout à mes côtés, il ne dit rien mais le mouvement compulsif de ses mains et le pli qui barre son front me prouvent que quelque chose le préoccupe.

– Un problème, Zoltan ?

Sans répondre à ma question il m'interroge à son tour.

– La fille a fait l'offrande ?

C'était donc ça... j'aurais dû m'en douter.

Je secoue la tête sans prendre la peine de formuler ma réponse.

Comme je le pensais, Zoltan vient d'aller voir le Maître et il ne lui a pas échappé que son aspect physique n'avait pas changé ; il connaît donc la réponse à sa question et je devine que ce qu'il souhaite savoir n'est pas « si », mais « pourquoi » la Génophore n'a pas fait l'offrande.

Comme s'il lisait dans mon esprit, Zoltan me pose enfin la bonne question :

— Pourquoi elle ne la fait pas ?

Je reprends une cuillerée de ragoût, repousse du pied une bûchette qui vient de glisser hors du feu et lui réponds.

— Elle n'est pas prête.

Mon oncle grogne. Il a du mal à comprendre et je dois lui expliquer.

— Mina n'est pas comme ceux de votre peuple. Elle n'a pas été élevée dans la connaissance du pacte. Même si elle sait, grâce à son don, que nous lui avons dit la vérité, tout ça est nouveau pour elle, il faut lui laisser le temps d'accepter sa mission.

Seul le silence obstiné de mon oncle me répond.

Dans son monde sans demi-mesures chacun doit faire ce pour quoi il est né et le refus de Mina le déboussole.

— Tu n'as pas fait tant de manières, ronchonne-t-il.

— Pour moi c'est plus simple, Zoltan. Comme *Celle qui écoute*, le souvenir de mes autres vies est intact. Le moment que je vis ici n'est qu'un nouveau maillon d'une chaîne que nous déroulons depuis des millénaires. Rien n'est vraiment nouveau pour moi… mais pour Mina et les deux autres Génophores c'est autre chose. Eux ne retrouveront la totalité de leur mémoire que lorsque le Maître le décidera ou après avoir fait l'offrande. Celle-ci doit être effectuée librement, c'est un pacte, Zoltan, pas un diktat, et c'est normal que Mina ait besoin de temps.

– Et cette chose qui a attaqué l'esprit de Völva ? Ça aussi c'est normal ? Ça aussi c'est quelque chose qui a déjà existé ?

Sous son air de brute, Zoltan est loin d'être idiot ; il vient de mettre le doigt là où se brisent mes certitudes. Non, jamais je n'ai connu un tel être et cela me perturbe presque autant que cette force que j'ai détectée chez Mina.

– Enki... tu dois tout me dire. Cette chose qui a pris possession de Völva, c'était... c'était le diable ?

Le diable ! Le mot est lâché. Tant de superstition m'agace mais ne me surprend pas. Depuis le temps que je parcours le monde, j'ai l'habitude que les hommes recourent au diable pour expliquer ce qui leur est inacceptable.

Le diable, une belle invention pour masquer la réalité.

Car la vérité c'est que les humains n'ont jamais eu besoin d'une intervention extérieure pour créer l'horreur... ils se débrouillent fort bien tout seuls.

J'aimerais en rire mais Zoltan est sérieux et attend ma réponse.

Je soupire.

– Non, je n'avais jamais vu ça. Je ne sais pas ce qui a pris possession de Völva, mais ce qui est certain c'est que cette chose n'avait rien de naturel. Tu sais qui je suis, Zoltan, tu sais que rien de ce qui est vivant sur cette terre ne m'est inconnu, mais ça...

– Qu'est-ce que c'est alors si ce n'est pas le diable ?

Je plonge dans ma mémoire pour trouver les mots qui convaincront mon oncle que le diable n'est pour rien dans ce qui est arrivé à Völva. La superstition est un boulet dont nous ne pouvons pas nous encombrer.

– Le diable n'existe pas, Zoltan. Cette chose n'est pas un être surnaturel, c'est une création des hommes. Je l'ai vue dans la clairière, j'ai pu sentir sa nature dévoyée, trafiquée. Quand j'ai effleuré sa conscience j'ai senti une présence froide, stérile, où le cycle de la vie avait été brisé.

Sans me répondre, un bâton à la main, mon oncle détruit doucement le petit feu qui lui a servi à réchauffer notre repas. Il a besoin de temps pour accepter ce que je viens de lui apprendre alors je laisse mes mots cheminer dans son esprit sans rien ajouter.

La pyramide de bois incandescents s'effondre dans un jaillissement d'étincelles ; je m'apprête à jeter le contenu de ma bouteille d'eau sur les dernières flammes quand Zoltan retient mon bras.

– Pas d'eau sinon la fumée sera trop importante. Couvre les flammes avec de la terre, il est temps de repartir.

J'acquiesce, prends la pelle qu'il me tend et recouvre consciencieusement les restes du foyer avant de le rejoindre devant le camping-car.

Penché sur une très ancienne carte de la région, Zoltan me montre du doigt une minuscule ligne qui serpente à l'écart de toutes les villes.

– C'est une des cartes de mon grand-père. Pendant la guerre il a fait de nombreuses fois le trajet entre la Suisse et l'Italie pour aider les nôtres poursuivis par les fascistes. C'est un chemin difficile mais il est sûr. Il nous permettra d'éviter les hommes qui nous recherchent et les caméras des autoroutes.

Je suis des yeux la route qu'il me désigne : tracée à la main elle semble ne pas avoir d'existence et, si je ne doute pas que Zoltan soit capable de nous guider, un problème reste néanmoins en suspens.

– Tu es certain que nous pouvons passer par là ? lui demandé-je en frappant ma paume sur la carrosserie de l'énorme camping-car.

Mon oncle fait glisser son doigt jusqu'à un point de la carte qui est encore à plusieurs kilomètres de la frontière suisse.

– Jusqu'ici, pas de problème, mais ensuite c'est un sentier de chevrier. Si le Maître est toujours aussi fragile il faudra continuer à pied en le transportant sur une civière. Les autres nous attendront avec un véhicule de l'autre côté de la montagne mais nous irions plus vite si le Maître pouvait être installé sur un cheval.

Il ne précise pas sa pensée, mais je saisis l'allusion et hoche la tête tandis qu'il replie sa carte.

– Ne t'inquiète pas Zoltan. Le Maître a certainement senti la présence de la première Génophore à ses côtés et doit déjà être en train de lui parler. Je suis sûr que Mina sait déjà ce qu'elle doit faire et se laissera bientôt convaincre de faire l'offrande. Avec la moitié de son sang recomposé, le Maître sera assez fort pour faire le chemin à nos côtés.

**cauchemar de Mina**

## Nuit du 11 au 12 mai

Loin du repos que j'espérais, ma nuit fut courte et peuplée de cauchemars.

Du plus profond de mon tombeau j'ai perçu les hurlements massifs des peuples anéantis. J'ai entendu leurs voix s'éteindre dans un souffle brûlant, se vaporiser dans un tonnerre d'atomes volant dans l'atmosphère comme une pluie de cendres.

Une sensation bouleversante que je me souviens avoir déjà éprouvée.

Un souvenir après lequel je cours depuis des millénaires, celui de ma naissance, du but de ma présence sur terre ; un souvenir qui oscille aux marges de ma conscience et se refuse encore à moi.

Lilh, tu dois venir à moi et m'aider à me réveiller.

Souviens-toi, Lilh.
Je suis l'Incréé, le Créateur, le Destructeur.
Je suis le Passé et l'Avenir, la Volonté et l'Inertie.

*Là où les Hommes ont été, là où les Hommes seront, moi, je suis.*

*Là où les Hommes découvrent, là où les Hommes apprennent, moi, je sais.*

*Mais tout est changé aujourd'hui.*

*L'Homme m'a surpris.*

*Cette soif inextinguible de pouvoir, cette folie saturant le monde, jamais je ne les avais senties aussi fortes, aussi puissantes.*

*Le temps immuable et lent s'est accéléré.*

*L'air s'est empli de poison, un air vicié, corrompu qui a franchi les murs de mon repos pour dégrader mon corps à l'aune de la planète.*

*Lilh, quel que soit ton nom dans cette vie écoute le chant de ton sang et lève-toi.*

*Approche ta peau chaude de mes lèvres desséchées.*

*Déchire ton poignet de tes dents blanches, laisse glisser les rivières pourpres de ton pouvoir dans ma gorge assoiffée, et abreuve-moi de toi.*

*Lilh, écoute-moi.*

*Lilh, souviens-toi…*

## journal de Mina

### 12 mai

Le cauchemar qui m'a réveillée est si présent que je ne peux y repenser sans frémir ; probablement parce que je sais au fond de moi que ce n'est pas un cauchemar.

Tout comme le cadavre du vieillard allongé de l'autre côté de la fine cloison du camping-car n'en est pas un non plus.

Tout comme mon vrai nom n'est pas Mina,
tout comme je n'ai pas seize ans,
tout comme je ne suis pas, ou pas tout à fait, humaine,
tout comme… tout comme je suis probablement en train de devenir complètement folle !

Dans ma tête se déroule une histoire qui se dit la mienne mais que je refuse de croire.

Moi qui lis la vérité dans le cœur des hommes depuis ma naissance, je suis incapable de savoir si les souvenirs qui me hantent dès que je m'endors sont réellement mon histoire ou un vulgaire cauchemar.

Tout semble tellement réel...

Le rêve est arrivé dès que je me suis endormie. D'abord une voix qui me parlait, m'appelait « sa fille » et me demandait de me souvenir. De quoi ? La voix ne le précisait pas mais je ressentais l'urgence de sa demande, je la ressentais viscéralement.

Puis la voix s'est tue et c'est mon image qui est apparue.

Moi, en gros plan dans mon esprit mais en démultipliée, comme si mon visage se reflétait dans un miroir mille fois brisé ; un visage mille fois semblable et mille fois différent dont seuls les yeux, mes yeux, ne changeaient pas.

Petit à petit ma peau laiteuse perdit ses taches de rousseur, dora, puis brunit avant de prendre une profonde couleur d'ébène ; dans le même temps mes cheveux roux et bouclés foncèrent et leurs boucles se crispèrent en une toison laineuse ; mon front s'allongea, mon nez s'épata, mes lèvres gonflèrent... puis l'image se stabilisa.

Dans mon rêve, une femme noire, rousse aux yeux verts, m'observait depuis l'aube de l'humanité, une femme qui tendit ses longs doigts sombres vers ma joue pour en caresser la surface pâle en souriant.

« *Lilh*, murmura-t-elle. *Tu es Lilh.* »

Puis son visage se troubla et se remit à fondre, plus lentement, et j'eus le temps de l'observer tandis qu'il redevenait le mien.

Car c'était bien de moi qu'il s'agissait. Cette femme avait beau être noire, ses yeux, mes yeux, n'avaient pas changé et ce que je lisais en eux était... indicible.

C'est étrange mais, dans ce rêve, je savais que j'étais chacune de ces femmes et que, si je l'avais voulu, j'aurais pu me souvenir de chacune de leurs vies.

Encore maintenant, alors que je suis éveillée, je sais que j'ai ce pouvoir.

Mais je m'y refuse.

Je m'y refuse absolument.

Jamais je n'ai eu aussi peur.

Un cahot plus violent que les autres vient de m'obliger à lever la tête.

Difficile d'écrire dans un camping-car lancé à pleine allure sur des petites routes de montagne, mais je ne veux pas m'arrêter. Écrire est la seule chose qui m'empêche de perdre le peu de raison qu'il me reste car, même si je sais que ce que contient mon esprit est réel, l'accepter est difficile.

En face de ma couchette, un miroir de poche accroché à la cloison me renvoie le reflet tressautant de mon visage.

Il faut que j'accepte.

Refuser la vérité plus longtemps ne sert à rien.

Ce rêve, mon rêve, n'en était pas un.

L'homme qui repose de l'autre côté de la cloison, celui qu'Enki appelle le Maître et que je connais sous un autre nom, cet homme m'a reconnue et a ouvert les vannes de ma mémoire.

Lilh, cette femme à la peau d'ébène et les mille autres qui l'ont suivie jusqu'à moi, cette femme, c'est moi.

Et je me souviens.

Je suis Lilh.

Je suis née il y a trente-cinq mille ans, au fond d'une grotte du Nigeria près du site d'Iwo Eleru.

Avant que *Celui devant lequel tous se courbent* ne me choisisse pour fille, je n'étais rien de plus qu'un animal à deux pattes. Je survivais mais j'avais froid, faim et j'étais faible.

Je me souviens des raisons de son choix.

Il m'a choisie à cause de ma main.

À cause de l'empreinte de ma main.

Celle que j'avais posée sur la paroi de pierre de notre grotte pour laisser une trace de mon existence.

Il m'a choisie à cause de cette main dessinée sur un mur.

Une main qui voulait dire : « Souviens-toi de moi. »

Je suis la première des Génophores, la mère de la génération K.

En me choisissant, *Celui devant lequel tous se courbent* m'a offert la connaissance, et le pouvoir de vérité. Un pouvoir dont j'ai pu offrir une partie à ma descendance... ma longue et immense descendance dont je peux à présent sentir les rescapés disséminés à la surface du globe.

Je suis Mina mais je suis Lilh, une des mères de l'humanité, et *Celui devant lequel tous se courbent* a une nouvelle fois besoin de moi.

## Kassandre

**12 mai**
*Suisse*
**Centre d'essais cliniques de Biomedicare**

Crrrrrrrrrriiiiiiiiii...

*Debout, derrière moi, un homme grimaçant armé d'une perceuse approche son foret de ma tête. Je sens une mèche de mes cheveux s'enrouler autour du métal et s'arracher brutalement au moment précis où la pointe de l'outil mord dans l'os blanc de mon crâne.*

*Le hurlement strident déclenché par la perforation me fait grincer des dents mais je reste sans réaction.*

*La longue tige creuse ma boîte crânienne, s'enfonce dans la masse gélatineuse de mon cerveau, perce mon palais et termine sa course dans ma mâchoire supérieure.*

*Repoussée par le foret, une de mes molaires se déloge de l'os et glisse entre mes lèvres.*

*C'est douloureux, mais étonnamment supportable et j'observe avec surprise cette grosse dent sanglante rouler entre mes doigts.*

*Lentement, l'homme ressort son outil et recommence son opération un peu plus loin. Crrrrrrrrrrriiiiiiiiii...*

*Cette fois-ci la mèche de sa perceuse ressort par ma narine gauche, déversant au passage des grumeaux de sang dans ma trachée.*

*Un parfum ferreux m'envahit sans me déranger mais les caillots s'entassent, de plus en plus gros, de plus en plus nombreux.*

*J'étouffe.*

*Crrrrrrrrrrriiiiiiiiii...*

*L'homme retire son outil de ma tête et j'ai enfin le réflexe de tousser.*

*Il faut que j'expulse le sang qui encombre ma gorge, que je respire.*

*Je tousse, encore et encore... et je me réveille en sursaut !*

Je suis allongée sur le dos, un bras replié sur le visage ; c'est ça qui m'empêchait de respirer.

Un cauchemar, ce n'était qu'un cauchemar mais il était si réel que je dois vérifier.

Je passe la main sur ma tête, palpe mon nez, ma joue et... rien !

Ni trous, ni cervelle gluante maculant mes doigts, ni molaire arrachée et aucun sadique armé de perceuse à mes côtés ; je suis seule, allongée dans une pièce blanche.

Je bouge avec précaution ma mâchoire inférieure de gauche à droite.

J'ai dû me cogner plus violemment que prévu en m'évanouissant dans le garage et je redoute d'avoir quelque chose de cassé.

Mais, non.

Malgré ma gencive gonflée, et la bosse que je sens se développer sur ma pommette, toutes mes dents sont à leur place. Même si ma molaire gauche me fait mal, je m'en tire à bon compte, à condition que…

Instinctivement je glisse la main droite sous mon pull, palpe l'espace situé entre ma boucle de ceinturon et mon ventre avant de grimacer de dépit… La petite pièce de métal et le morceau de fil que j'ai piqués dans le garage ne sont plus là.

– Hé, merde !

Je prends deux minutes pour encaisser ma déception tout en évitant de penser aux mains qui m'ont palpée dans mon sommeil.

Un goût de bile envahit ma bouche.

J'ai les lèvres sèches et une soif atroce me tenaille ; il faut que je trouve de quoi boire.

Je respire un bon coup et bascule doucement sur le côté pour m'asseoir.

Mauvaise idée.

Je n'ai peut-être pas de trous dans le crâne mais la douleur qui m'enserre les tempes au moindre mouvement est, elle, bien réelle.

Je me lève mais tout tangue. J'ai du mal à rester debout.

Il me faut un objectif, un but à atteindre.

Là, juste devant moi, un couloir vide, une porte de sortie.

Il faut faire vite, l'atteindre avant que quelqu'un n'arrive mais mes pieds pèsent une tonne chacun.

Malgré les élancements que je ressens à chaque mouvement je me lance.

Le sol ressemble à une mer déchaînée, il ondule, danse, s'effondre sous mes semelles ; je fais un pas, puis un deuxième et encore un troisième.

Je suis presque arrivée au couloir quand je rentre de plein fouet dans un mur invisible.

– BORDELLLL !!! je beugle en appuyant sur les arêtes de mon nez pour stopper l'hémorragie que cette rencontre brutale vient de déclencher.

Décidément, ce n'est pas mon jour ; en même temps, c'est bien fait pour moi… fallait vraiment que je sois conne pour croire que je pouvais me balader comme ça.

La douleur m'a fait monter les larmes aux yeux ; je papillonne des paupières pour effacer le brouillard qui m'entoure et me concentre sur l'endroit où je suis. J'ai été idiote ; plutôt que de me précipiter c'est ce que j'aurais dû faire en premier.

Derrière l'immense vitre qui vient de me stopper dans mon élan se trouve un couloir dont je ne distingue pas les extrémités.

Même en me penchant au maximum je ne vois rien.

*Putain de bordel de crotte de mammouth en rut…*

Je pose mon front sur la vitre et expire lentement pour calmer ma colère.

Les quelques pas que j'ai faits avant de m'écraser sur la paroi de verre m'ont épuisée. Mes genoux tremblent comme des feuilles et je suis obligée de coller mes paumes bien à plat contre la vitre pour ne pas glisser au sol.

De loin, je dois ressembler à une grenouille. Une grenouille moche.

Doucement, je me retourne pour englober l'ensemble de la pièce du regard.

C'est vite fait.

Le mur qui me fait face ne comprend que ma couchette. D'ailleurs, celle-ci en fait partie intégralement, c'est un bloc sortant directement du mur, sans matelas, sans draps et sans oreiller.

À gauche, un autre mur aveugle.

À droite, encore un mur, au pied duquel un simple trou dans le sol doit faire office de toilettes. Fin de la visite.

Je suis enfermée dans cinq mètres carrés sans fenêtre, sans porte, mais totalement exposée à la vue de ceux qui passent dans le couloir… et sous la surveillance de quatre caméras encastrées dans les angles du plafond.

J'ai beau être complètement ensuquée je ne suis pas débile et comprends tout de suite où je suis : dans une cellule.

Après la métaphore batracienne, me voici poisson dans un bocal…

Je secoue la tête en direction des caméras.

– Hé ! C'est quoi votre délire ? Faut que je chante jusqu'à ce que vous appuyiez sur le buzzer ou que je vous balance un secret inavouable pour les téléspectateurs ?

Je suis convaincue qu'il y a quelqu'un à l'autre bout de la fibre, mais personne ne prend la peine de me répondre.

Il faut que je procède différemment, que j'utilise mon pouvoir.

Je traverse péniblement la pièce dans l'autre sens, me rassieds sur ma couchette, pose les coudes sur mes genoux et tente de maîtriser la douleur lancinante qui tabasse sous mon crâne.

Ce n'est pas normal.

Je ne sais pas ce que Père m'a fait injecter mais mon esprit est lourd, englué dans de la gelée et j'ai un mal de chien à le projeter autour de moi.

Mon pouvoir est comme un homme ivre qui titube de gauche à droite dans mon cerveau sans réussir à avancer.

– Allez, bordel !

Je secoue la tête, me concentre sur les battements de mon cœur. Je dois trouver la source du problème et le résoudre.

Je m'écoute, attentive au moindre changement, à la moindre variation de mon métabolisme et trouve enfin ce qui cloche.

Ma musique interne est ralentie, quelque chose freine mon rythme cardiaque, mon pouls se traîne, mon sang pulse moins vite et cette pesanteur paralyse mon pouvoir.

La musique.

Seule la musique peut m'aider à m'en sortir.

Il faut que je change de tempo.

Je tends la main vers la poche poitrine de ma veste en jean pour attraper mon iPod, mais rien.

Je ne suis pas surprise. Maintenant que Père m'a sous la main et n'a plus besoin que son traceur me suive à la culotte, il a dû se faire un petit plaisir en me le confisquant quand j'étais dans les vapes.

Peu importe, de même que mon pouvoir a augmenté au point de me permettre d'influer sur les rythmes cardiaques, et de lire les émotions des personnes qui m'entourent, je suis certaine d'être capable de recréer à loisir ma musique intérieure. C'est assez logique : après tout, quelle différence y a-t-il entre la vie et la musique ?

Aucune.

Nous ne sommes que pulsations, battements de cœur, pouls, respirations, modulations, souffles et influx électriques.

Notre corps est un instrument, son fonctionnement une harmonie et moi j'en suis le chef d'orchestre.

À mesure que je prends conscience de mes capacités, les premières notes de *Behind the Wall of Sleep* se mettent à résonner dans mon esprit avec autant de réalité que si les Black Sabbath étaient en train de jouer à côté de moi. Comme si la musique cherchait à prendre le relais de mon métabolisme en vrac pour le réparer.

La batterie de Bill Ward a remplacé mon cœur, je la sens masser mon muscle cardiaque, l'obliger à accélérer son rythme pour chasser de mes veines le poison que Père y a infiltré.

Mes reins aspirent, filtrent et trient à la vitesse des doigts de Tony Iommi sur sa guitare.

Les notes brisent les molécules toxiques qui me rongent dans un crissement aigu pendant que les paroles murmurées par Ozzy secouent mon cerveau embrumé, me chuchotent de reprendre le pouvoir.

Et c'est ce que je fais.

Portée par la musique, sans bouger un cil, sans frémir, je dissous la camisole chimique qui m'a été imposée, redeviens l'ordinatrice de ma partition interne et projette mon pouvoir dans toutes les directions :

D'abord, mon étage.

Un homme se tient debout, en faction à deux mètres de ma cellule.

Il est jeune, froid, entraîné à tuer : mon gardien.

Plus loin, répartis à deux mètres de distance les uns des autres, de chaque côté du couloir, vingt-trois cœurs battent doucement à l'unisson.

Ils sont jeunes, très jeunes et ils dorment : des enfants !

Au-dessus de moi, une dizaine d'adultes parcourent le bâtiment mais je ne m'arrête pas sur eux. Ils ne m'intéressent pas, je n'en reconnais aucun.

Je cherche une preuve de l'endroit où je suis, me projette le plus loin possible... et je finis par trouver.

À huit cents mètres une pulsation m'appelle.

Après neuf mois passés dans son ventre je n'ai aucun mal à reconnaître le cœur de Mère ; même si son rythme s'est curieusement affaibli, probablement usé par les drogues et l'alcool dont elle ne cesse de s'empoisonner, c'est bien elle.

Mère... mon pouvoir a grandi et je lis maintenant en toi comme dans un livre fragile.

Je sens ta peur, mais aussi... ta détermination ?

Oui, c'est ça, je sens ta détermination à m'aider, à me sauver.

Je ne comprends pas.

Ce n'est pas tout.

Je sens autre chose aussi.

Quelque chose que je n'attendais pas et qui s'abat sur l'armure de mon cœur comme de l'acide.

Ce que je vois en toi, c'est moi.

Je suis partout, ta mémoire n'est composée que de milliers d'images de moi.

Mes yeux le jour de ma naissance, la pulsation rapide de ma fontanelle sous tes doigts tremblants, une vision de mes minuscules orteils, l'odeur de mes cheveux volée dans mon sommeil, mes dessins cachés au fond de ton placard comme un trésor, la boucle de mes cheveux dans ce camée qui ne te quitte jamais.

Tu n'existes pas en toi.

Tu ne le peux pas car je t'emplis totalement.

Tu ne vis que pour moi et je dois me résoudre à accepter l'évidence : tu m'aimes.

## Georges

12 mai
*Suisse*
*Centre d'essais cliniques de Biomedicare*

La pendule murale suspendue au-dessus de la porte vitrée égrène lentement les secondes. Ça fait maintenant une heure et dix-huit minutes que le doc et le père de Kassandre ont quitté la pièce.

Je commence à trouver le temps long.

Être collé sur une table d'opération sans savoir ce qui m'attend est quelque chose d'inédit pour moi. J'ai plus l'habitude d'être celui qui attache que celui qu'on saucissonne et cette inversion des rôles me dérange plus que je ne suis prêt à l'avouer.

D'où je suis, j'ai eu le temps de détailler à loisir mon environnement.

Les trois tables roulantes alignées contre le mur de gauche ont beau être recouvertes de draps bleus, la forme de certains objets est trop évocatrice pour que je puisse envisager mon avenir sereinement... tout cela semble bien trop tranchant et pointu à mon goût.

Même si j'apprécie l'idée d'avoir été gardé en vie, je préfère ne pas imaginer à quoi va leur servir toute cette quincaillerie.

Dans ma vie d'avant j'ai déjà joué du tournevis sur un corps humain et le souvenir des dégâts que j'ai infligés à d'autres me fait grimacer. Non pas que je regrette, je ne regrette jamais rien, mais c'est surtout que je sais ce que certains objets peuvent faire dans la main de quelqu'un qui n'hésite pas et ce docteur Walberck m'a tout l'air d'être de cette race-là !

C'est la première fois que j'aimerais avoir moins d'imagination.

Je voudrais arrêter de gamberger, trouver un plan, positiver mais ce n'est pas mon style.

Attendre ! Je n'ai que ça à faire et cette situation ne me convient pas du tout.

Je suis un homme d'action, pas un stratège. La stratégie je laisse ça aux autres, à ceux qui pensent à long terme, qui planifient, qui sont suffisamment positifs pour s'envisager un avenir.

Je soupire et passe encore une fois en revue les options qui s'offrent à moi.

C'est rapide parce que je n'en ai qu'une : attendre !

L'horloge murale égrène les minutes avec la lenteur exaspérante d'un escargot asthmatique. J'aimerais pouvoir faire bouger ses aiguilles, les pousser pour que le temps avance plus vite et qu'il se passe enfin quelque chose… même si je sais que dès que le docteur Walberck reviendra je regretterai probablement de ne pas avoir le pouvoir de les ralentir.

*Clinck…*

Le claquement de l'engrenage qui annonce le passage d'une nouvelle minute est presque imperceptible mais résonne pour moi comme un couperet dans la pièce silencieuse.

La petite aiguille s'est positionnée verticalement au-dessus du chiffre six. Dix minutes se sont écoulées depuis ma dernière tentative pour briser mes liens. Il est temps de recommencer.

Je tourne mes poignets vers le haut, bande mes muscles et soulève mes avant-bras de toutes mes forces vers le plafond.

*Clinck…*

Je tiens jusqu'à ce que l'aiguille avance d'un cran et laisse retomber mes poignets sur la surface métallique.

Comme les deux dernières fois, à part la douleur que j'inflige à ma peau déjà bien entamée, rien ne se passe ; je pense que je n'ai même pas détendu les liens de plastique d'un millimètre.

Je dois accepter l'évidence : je suis coincé sur cette table et me mutiler les poignets n'y changera rien, alors autant arrêter et garder mes forces.

Un léger souffle effleure ma conscience et délasse mes muscles noués. Mon dragon a senti mon angoisse et cherche à m'apaiser.

Je ferme les yeux, caresse ma sombre amie et m'enroule dans son tiède ronronnement.

Depuis hier nous ne sommes plus qu'un seul être et je me coule en elle comme dans un lit creusé par un corps encore chaud.

Je commence enfin à la comprendre.

Elle est furie, colère et brutalité, elle est ma part sombre, la part sombre de l'humanité. En elle s'écoulent des millénaires de guerres, de haine et de combats. Elle n'a ni pitié, ni faiblesse. Elle tue sans états d'âme, sans méchanceté, sans malignité.

*J'élimine ce qui doit l'être, épargne ce qui le doit sans juger autrement qu'à l'aune du nécessaire.*

*Comme le feu purifie la forêt, comme l'animal se nourrit de sa proie, comme le microbe élimine le plus faible. Je suis un nettoyeur, un destructeur et mon âme noire brille comme le soleil sans lequel aucune vie n'est possible.*

*Georges est mortel, son corps est mortel, mais le dragon, lui, est éternel.*

*Je suis ton passé, tu es mon présent et nous sommes l'avenir.*

Mes yeux s'ouvrent en grand quand je prends conscience des pensées qui me traversent.

Est-ce moi qui pense ? Est-ce mon dragon ?

J'ai de plus en plus de mal à faire la différence. Qui est « je » ?

Le chuintement de la porte vitrée m'empêche de penser plus avant.

Personne n'entre mais, de ma place, j'entraperçois un pan de blouse blanche.

Mon ami le docteur Walberck est de retour.

Visiblement il n'est pas pressé, car il prend le temps de finir sa conversation avant de pénétrer dans la pièce.

Je reconnais la voix du père de Kassandre mais je ne comprends pas grand-chose de ce qu'ils se racontent. Il est question d'un virus lancé trop tôt et se répandant trop vite, d'un vaccin à l'élaboration trop lente, de tests cliniques pas totalement concluants et des Enfants d'Enoch qui s'impatientent… Bref, Karl Báthory de Kapolna semble avoir la pression et, comme tout bon chef qui se respecte, il la reporte sur son subalterne.

Au bout de cinq minutes, le père de Kassandre clôt le dialogue sur un retentissant « Ne me décevez pas, Walberck ! », et le doc entre enfin dans la salle.

Il n'est pas seul. La Chose l'accompagne, mais ça m'indiffère, car Carlo me fait maintenant moins peur que le scientifique en blouse blanche.

Pour me donner une contenance, je fanfaronne :

– Doc, Carlo, content de vous voir, c'est sympa d'être passés je commençais à m'ennuyer.

Si la Chose s'arrête à mes côtés, le doc, lui, poursuit son chemin vers le fond de la pièce sans m'accorder un regard.

– Dis donc, Carlo, rassure-moi, je ne serais pas devenu invisible par hasard ?

Carlo me sourit. Je dois l'amuser car il prend même la peine de me répondre.

– Non. Je te vois bien, *très bien même…*

Mon dragon frémit tandis que je sursaute. La fin de sa phrase a résonné dans notre esprit sans que la Chose la prononce à haute voix.

Je grogne entre mes dents :

– Arrête ça, Carlo.

Je me prépare à lutter mais c'est inutile ; il s'est déjà retiré de notre esprit.

Debout à mes côtés, il me sourit maintenant de toutes ses dents pointues en me faisant... un clin d'œil ?

Si je pouvais, je me pincerais pour vérifier que je ne rêve pas.

À quoi joue-t-il ?

J'ouvre la bouche pour lui demander ce qui lui prend, mais mes mots sont étouffés par le masque en plastique que le doc pose sur mon visage.

— Bien, me dit Walberck en tournant la molette d'une bouteille de gaz. Voyons voir si tout ce qu'on nous a raconté à ton propos est exact et ce que tes gènes ont de si spécial.

Le combat est déloyal. S'ils m'endorment, jamais je ne saurai ce qu'ils m'ont fait, jamais je ne pourrai me défendre.

La colère qui me saisit est si forte qu'elle balaye tout sur son passage.

Je vois mon dragon se redresser et déployer ses ailes.

Leur membrane noire se gonfle d'air à mesure qu'il les agite.

De plus en plus vite, de plus en plus fort.

Le vent qu'elles génèrent n'est pas dans mon esprit, il souffle autour de moi et allume une lueur de panique dans les prunelles du doc.

Les aiguilles de la pendule déchirent le temps qui nous entoure ; sa vitre explose et tout ce qui n'est pas attaché se met à voler.

L'homme en blanc augmente le débit de la bouteille reliée à mon masque. Je sens le parfum amer de l'anesthésique s'infiltrer en moi.

Un voile noir et rouge s'abat progressivement sur moi et m'avale.

Je lutte contre le gaz qui m'engourdit, tout se brouille, mes paupières se baissent et l'effort que je dois fournir pour les soulever est de plus en plus grand.

Ouverts, fermés, ouverts... mes yeux ne m'envoient plus que des fragments d'images.

Un scalpel planté dans l'épaule de Carlo.

Le front du doc percé par des éclats de verre.

Du sang coulant sur une joue.

Une bouche démesurément agrandie poussant un hurlement que mes tympans ne perçoivent plus.

Des images de plus en plus floues qui n'apaisent pas ma rage.

Colère, nous sommes la colère et nous nous souvenons où nous sommes nés à mesure que nous nous endormons.

# Enki

12 mai
*Alpes italiennes*
*Frontière suisse*

Je descends du camping-car en laissant la portière ouverte derrière moi ; Völva et Mina dorment encore et je n'ai pas envie de les réveiller tout de suite. Il sera toujours temps de le faire quand Zoltan et Gabor seront revenus.

Après trois heures de route nous nous sommes finalement arrêtés à la sortie du dernier village de montagne.

Dans quelques kilomètres la route sera impraticable pour notre gros camping-car, nous allons devoir l'abandonner, continuer à pied, et il va falloir faire vite car le danger se rapproche.

Je jette un coup d'œil à l'écran de mon téléphone en espérant y découvrir un nouveau message, mais rien.

Plus aucun membre du clan ne nous a donné signe de vie depuis près d'une heure.

Zoltan ne l'a pas formulé à haute voix mais nous savons lui et moi ce que cela signifie : s'ils ne nous contactent pas c'est qu'il y a un problème.

Bouger devient urgent.

Il est tard, le soleil commence à mordre la cime des montagnes et les ombres s'allongent démesurément tout autour de nous. Bientôt, il fera nuit. L'idéal pour se déplacer discrètement, mais pas le plus simple pour franchir des passes escarpées avec le Maître encore inconscient. Je m'étire, soupire et jette un regard vers la vallée.

Toujours rien.

Déjà une demi-heure que Gabor et son père sont partis chercher des chevaux dans une des fermes du village. J'espère qu'ils seront de retour avant qu'il ne fasse trop sombre.

Même si des siècles d'existence m'ont appris la patience, je tourne en rond.

Je sais que je devrais prendre un peu de repos en prévision de la longue route qui nous attend mais je suis trop inquiet pour Völva.

Avant de sortir du camping-car, je suis allé la voir une nouvelle fois mais elle n'était toujours pas réveillée ; son sommeil est trop long, beaucoup trop lourd et ce n'est pas normal.

Impossible de me reposer dans ces conditions.

Je m'éloigne doucement du camping-car et me rapproche du bord de la corniche sur laquelle nous sommes garés. La majesté du paysage me saisit tout entier.

Nous sommes à flanc de montagne, face à une couronne de cimes enneigées qui ont planté leurs crocs dans le ciel presque rose. Je me souviens qu'à une époque les gens d'ici appelaient le mont Blanc le *mont horribilis* et jamais cette appellation ne m'a semblé plus vraie.

Insensiblement, le rose glisse doucement au pourpre et les derniers rayons du soleil qui font saigner le ciel me ramènent au présent.

Le sang.

Si nous voulons avoir une chance de fuir il faut absolument que Mina fasse l'offrande.

Vu l'état de fragilité dans lequel est encore le corps du Maître, jamais il ne pourra parcourir la route qui nous attend sans d'extrêmes précautions.

Zoltan a raison, avec les Enfants d'Enoch à notre poursuite nous ne pouvons pas nous permettre de perdre du temps.

Je jette un dernier coup d'œil aux flancs presque sombres des roches abruptes. Je sais qu'il est urgent de retourner au camping-car mais j'ai besoin de recharger mes batteries pour convaincre Mina.

J'inspire profondément l'air vif de la montagne.

Le parfum des mélèzes, des sapins blancs et des érables sycomores me lave de ma fatigue. Même si la montagne est habitée, les hommes ont su s'y couler avec respect. Certains de ces arbres ont plus de cinq cents ans et me plonger dans leur mémoire lente m'apaise.

Comme à chaque fois que ma conscience s'étend, la faune sent ma présence : marmottes, bouquetins, renards et chamois cessent leurs occupations pour tendre leur attention vers moi. Ils sont prêts à m'accueillir mais, malgré la présence d'un aigle royal planant au-dessus de moi et une louve à quelques kilomètres, je résiste à la tentation. Ce n'est pas le moment de quitter mon corps pour une petite balade.

J'ai besoin de force, de calme pour convaincre Mina de faire l'offrande sans attendre, et je sais qu'un seul peuple possède ce que je recherche.

Inutile de formuler ma demande à haute voix. Tandis que je pense à eux, le sol se met à onduler sous mes pieds et je sais qu'ils sont là.

Reconnaissant, je m'agenouille, enfouis mes doigts dans la terre grasse saturée de vie pour puiser dans la force qu'elle est venue m'offrir.

Le petit peuple de l'humus s'est rassemblé pour moi, les vers noirs et rosâtres glissent entre mes phalanges, et caressent la paume de mes mains.

J'aime le lent ballet de leurs ondulations sur ma peau et savoure leur puissance. De ver en ver je me connecte au monde entier. Ils sont des milliards, à eux tous ils représentent plus que le poids des humains sur la planète, 70 % de la biomasse animale. Une colossale force dormant sous les pieds des hommes, ignorée, méprisée et qui me ressource immédiatement...

– Enki, qui est *Celui devant lequel tous se courbent* ?

Perdu dans mes pensées, je n'ai pas entendu Mina s'approcher et je ne peux m'empêcher de sursauter en entendant sa voix.

« *Celui devant lequel tous se courbent* »... Ses propos me prouvent que le Maître lui a parlé et je soupire intérieurement de soulagement en comprenant que j'aurai peut-être moins de mal que prévu à la convaincre.

Doucement, je retire mes mains du sol, les frotte pour en ôter les restes de terre et me tourne vers elle.

Mina a fini par retirer sa chemise de nuit blanche pour s'habiller avec ce qu'elle a trouvé dans le camping-car et le résultat est étrange. Si le jean de Völva et mon tee-shirt à tête de loup lui vont parfaitement, ce n'est pas le cas du sweat XXL préféré de Gabor. Malgré les deux ou trois tours qu'elle a faits à l'extrémité des manches pour les raccourcir c'est à peine si on aperçoit le bout de ses doigts. Bizarrement, elle est restée pieds nus, c'est probablement pour ça que je ne l'ai pas entendue arriver.

— Tu n'as pas trouvé de chaussures ?

C'est la seule chose que je trouve à lui dire. Je ne sais pas exactement ce que le Maître lui a murmuré dans son sommeil et j'ai peur de trop en dévoiler.

Mais Mina n'est pas dupe.

— Enki, je t'ai posé une question : qui est *Celui devant lequel tous se courbent* ?

— Si tu m'interroges c'est qu'il t'a parlé, alors pourquoi me demandes-tu qui il est ?

— Tu ne réponds pas à ma question !

— Toi non plus…

Nous tournons en rond. Ce jeu pourrait durer long-temps, mais Mina cède la première.

— *Celui devant lequel tous se courbent*, c'est l'homme qui est avec nous dans le camping-car ?

Je hoche la tête. Elle poursuit.

— Il m'a parlé et sa voix a réveillé quelque chose en moi. Une femme…

Mina frissonne, resserre les bras autour de son buste. On pourrait croire qu'elle a froid mais je sais qu'il n'en est rien. Elle est terrorisée.

– Lilh, cette femme s'appelle Lilh, elle fait partie de toi, de ton ADN. Je sais que c'est difficile à comprendre et à accepter mais seule l'offrande pourra te libérer de son emprise.

Je ne lui mens pas, enfin pas vraiment, mais j'ai honte. J'ai honte car je sais que le retour de Lilh détruira Mina, la libérera de Lilh en l'effaçant.

Mais je n'ai pas le choix.

Mina soupire, ce que je lui dis lui confirme ce que le Maître lui a demandé mais elle insiste.

– Je sais qui je suis, ou qui j'étais, et que je dois faire cette offrande dont vous m'avez parlé tout à l'heure. Mais j'ai besoin de comprendre. Qui est *Celui devant lequel tous se courbent*, et pourquoi la femme qui vit en moi semble-t-elle aussi en colère ?

Ses grands yeux verts de sirène sondent mon esprit et je ne peux m'empêcher d'être triste à l'idée que cette fille disparaisse.

– Tout n'a pas changé… regarde, tu es toujours aussi belle et tu appelles toujours le Maître « *Celui devant lequel tous se courbent* », je plaisante en tendant la main vers ses boucles rousses.

Le contact de ma main la fait sursauter. Ses pupilles se dilatent d'un seul coup et elle me repousse brusquement.

– Parce que c'est son nom, grogne-t-elle d'une voix profonde que je reconnais aussitôt. Je n'ai jamais aimé cette appellation de « Maître » que vous lui aviez donnée. Trop court, trop loin de sa nature. À force de changer le nom des choses vous les affaiblissez et regarde où ça nous a menés. Plus personne ne courbe l'échine devant lui, les humains l'ont oublié, ont oublié à qui ils devaient obéir et je n'ai pas l'impression que ça leur ait si bien réussi.

– Mina... Lilh ?

Le visage de Mina s'est figé et je ne sais plus qui se dresse devant moi. Le souffle court, elle semble se battre contre elle-même. Cela ne dure que quelques secondes puis ses pupilles redeviennent minuscules, elle secoue la tête et me lance :

– Mina, appelle-moi Mina, je ne veux pas être Lilh !

Ses pupilles s'élargissent à nouveau et la voix de Lilh résonne.

– Je suis Lilh, la Grande Mère et nul n'a le droit de me résister !

Elle n'a pas parlé. Elle a craché ses mots avec violence et je recule sous l'impact de la colère qui vibre dans sa voix.

– Lilh ! Calme-toi !

– Alors réponds à ma question ! Pourquoi cette fille refuse-t-elle d'obéir ? Pourquoi je n'arrive pas à la contrôler ?

Je n'ai pas le temps de lui répondre que ses yeux redeviennent verts.

– Enki, aide-moi...

Mina, Mina se bat et réussit à repousser Lilh au fond d'elle.

C'est impossible. Jamais je n'ai vu une chose pareille.

Le visage de la jeune femme se modifie à la vitesse de la lumière. Aux traits crispés de Lilh succède le regard doux de Mina, puis Lilh revient, encore plus en colère, avant que Mina réapparaisse.

Un combat dantesque dont je ne peux qu'imaginer la violence.

Je ne sais pas quoi faire.

Nous faisons la même taille, probablement le même poids, mais je sais à quel point la voix de Lilh peut être dangereuse.

Il faut qu'elle se calme avant le retour de Zoltan et Gabor, inutile qu'elle leur communique sa peur. Car c'est bien de cela qu'il s'agit. Lilh n'est pas totalement revenue et Mina n'est plus tout à fait elle-même, je devine à ses traits crispés qu'elle est terrorisée.

Comme pour calmer une enfant, le plus doucement possible, je passe mes bras autour de ses épaules, la plaque contre moi et commence à caresser ses cheveux en murmurant des mots apaisants à son oreille.

Instinctivement je retrouve les intonations de nos langues oubliées, des accents disparus qui ne peuvent résonner que pour nous.

Et cela fonctionne.

Peu à peu je la sens se détendre, poser sa tête sur mon épaule et se mettre à sangloter.

– Le pacte est brisé, Enki, je le sens, je le sais. *Celui devant lequel tous se courbent* ne pourra le tolérer. Que se passera-t-il quand il découvrira la réalité ?

L'angoisse qui filtre de ses mots est si forte qu'elle fait vibrer l'air qui nous entoure.

Ce n'est plus Mina qui parle, c'est Lilh, la Génophore à la voix de sirène, et sa voix de vérité déchire le voile qui m'empêchait de voir.

– Il va nous détruire, Enki, il revient pour rétablir l'équilibre et quand il comprendra que l'homme est le seul responsable des maux qui détruisent la planète, il n'hésitera pas à nous *anéantir* !

Je suis obligé de la lâcher pour plaquer les paumes de mes mains sur mes oreilles.

Anéantir.

Ce dernier mot, Lilh le module sur un cri perçant qui s'écrase sur les flancs des montagnes et rebondit sur les cimes qui lui répondent dans un bruit de tonnerre.

Un tsunami de pierres et de neige roule sur les parois en emportant tout sur son passage.

J'avais oublié. Oublié la puissance dévastatrice de la voix de Lilh quand elle a peur. Lilh, la plus animale d'entre nous, la plus instinctive, la plus difficile à cerner.

La langue blanche de l'avalanche glisse comme une larme sur le flanc noir de la montagne qui nous fait face en arrachant les sapins comme s'ils n'étaient que des brins de paille.

Les nuages de neige projetés dans les airs doivent se voir à des kilomètres et le fracas est assourdissant.

Pas de maisons sur cette pente inhabitée, mais le roulement sourd de l'averse de pierres doit s'entendre de très loin et je suis certain que des curieux ne tarderont pas à venir voir ce qui s'est passé.

Nous allons devoir partir rapidement mais, avant ça, il faut que je calme la femme qui me fait face pour éviter qu'elle ne détruise tout ce qui nous entoure.

Mais qui est-elle ? Lilh ? Mina ?

Je n'arrive pas à savoir.

Pour l'instant, surprise par la puissance de son pouvoir, elle reprend sa respiration, mais la terreur au fond de ses yeux est trop forte pour s'en aller d'elle-même.

Je dois la rassurer et pour ce faire je choisis la plus insensée des options.

Je choisis de lui mentir.

De mentir à la seule personne au monde que nul ne peut tromper.

Juste parce que je sais les mots qu'elle a besoin d'entendre… même si ces mots ne sont que mensonge.

Serrant Lilh contre moi je lui murmure que tout ira bien, que le pacte n'est pas rompu et que personne, pas même le Maître, ne tuera ses enfants.

Mina sait que je mens ; il ne peut en être autrement.

Mais, étrangement, elle décide de me croire et c'est suffisant pour l'instant.

**Kassandre**

**12 mai**
*Suisse*
**Centre d'essais cliniques de Biomedicare**

Ma mère m'aime.
Et je comprends.
Je comprends que ces seize années d'indifférence à mon égard n'étaient qu'un leurre destiné à Père, une façade pour éteindre ses soupçons et lui faire croire qu'elle était son alliée.
Seize ans à attendre le moment où elle pourrait vraiment m'aider.
À attendre aujourd'hui.

Mère.
Ton cœur s'accélère, tu sens ma présence, tu me caresses, tu me berces ; autant de gestes dont je ne te savais pas capable.
Ton amour m'inonde comme une vague, fait exploser les digues de ma rancœur et me noie.

J'ouvre brutalement les yeux et efface d'un revers de bras rageur les rivières que je sens couler sur mes joues.

Ce n'est pas le moment de craquer, surtout devant les objectifs froids des caméras braquées sur moi.

Réfléchir, il faut que je réfléchisse.

Au moins, je sais où je suis. Si ma mère est à huit cents mètres sud-sud-ouest c'est que je suis toujours sur la propriété, probablement dans les laboratoires privés de Père.

Ce n'est pas le top mais c'est toujours mieux que d'être dans un endroit que je ne connais pas du tout… même s'il aurait été plus simple que je sois consignée dans ma chambre pour virer ce putain de collier explosif.

Ici, entre le mur vitré, les caméras et le type qui fait le planton dans le couloir ça va être plus compliqué que je ne le pensais.

Pour le moment, c'est mort ; alors autant profiter d'avoir une couchette à ma disposition pour me reposer, finir d'éliminer les toxines qui embrument mon cerveau et digérer ce que je viens de découvrir.

Je balance mes jambes sur la banquette et m'allonge sans pouvoir retenir un soupir de plaisir.

Trois jours que je n'ai dormi que par morceaux dans des lieux qui se feraient laminer sur *TripAdvisor*.

Je suis complètement crevée, bonne à jeter, essorée, limite fracassée.

Il faut que je dorme.

J'oublie ce qui m'entoure et me concentre sur ma respiration pour déconnecter un moment.

Habituellement, je suis assez forte à ce jeu mais là, impossible.

La lumière projetée par les six spots encastrés dans le plafond de ma cellule est si forte qu'elle filtre à travers mes paupières closes et m'empêche de me concentrer.

Sans bouger de ma couchette, sans même ouvrir les yeux, je réclame :

– Hé ! Vous n'avez jamais entendu parler du réchauffement climatique et de la nécessité d'économiser l'énergie ? Si j'ai les yeux fermés et que je suis allongée, c'est que je veux dormir alors épargnez la banquise, les mecs, coupez la lumière !

Ça valait le coup d'essayer pourtant, non seulement les spots ne s'éteignent pas, mais j'ai même l'impression que leur intensité augmente.

– Vous vous croyez malins ?

Évidemment, personne ne me répond.

Je soulève les paupières.

Au plafond, les six spots sont encastrés trop haut pour que je puisse y accéder mais la fine paroi de verre de leur ampoule n'est pas protégée et ça me donne une idée.

J'enlève ma Doc droite, la saisis par ses lacets, la fais tourner autour de ma tête comme une fronde et la propulse sur une des lampes qui explose du premier coup avec un bruit sec.

*Cling* !

Une pluie de verre brisé tombe au sol en même temps que ma boots que je récupère *illico* pour viser une autre ampoule.

Je ne suis pas suisse pour rien, je dois avoir du sang de Guillaume Tell car je fais mouche presque à tous les coups ; en moins de deux minutes une obscurité relative se répand dans ma cellule et je me rallonge en soupirant.

– C'est quand même dingue qu'on soit obligé de tout faire soi-même... Père a raison, le petit personnel n'est plus ce qu'il était !

*Fschhhhh...*

J'ai fermé les yeux mais le bruit caractéristique d'une porte automatique en train de coulisser m'indique que quelqu'un s'apprête à pénétrer dans la pièce.

J'effleure sa conscience.

Il est jeune, froid comme un bloc de marbre, et ne dégage aucune peur.

C'est l'homme du couloir.

Juste pour voir, je commence à serrer son cœur entre les griffes de mon esprit.

Sa voix claque.

– N'y pense même pas, sorcière ! Ton père m'a laissé le boîtier de commande de ton collier avec pour consigne de l'utiliser si mon rythme cardiaque se modifiait... or mon capteur m'indique que ma fréquence vient de passer de 90 battements minute à 80. Dois-je appuyer sur le bouton pour que tu t'arrêtes ?

Je relâche la pression.

Père a bien choisi mon gardien, ce type n'hésitera pas une seule seconde à déclencher mon collier. J'abandonne l'idée de lui faire perdre connaissance.

Un bruit de verre écrasé m'indique qu'il se déplace dans la pièce, mais je reste allongée. Il ne s'approche pas de moi, il va déposer quelque chose au sol, juste à ma droite, et repart dans l'autre sens.

Arrivé dans le couloir, il hésite.

Je devine que mon manque de réaction l'agace, qu'il cherche ce qu'il pourrait dire pour m'humilier.

– Vas-y… balance ta réplique de merde et casse-toi, le larbin.

Le dernier mot me reste un peu dans la gorge car il me fait penser à la façon dont Père traite Mina, mais c'est un bon choix car je sens immédiatement la colère du garde envahir la pièce.

– Tu peux toujours m'insulter, briser les lampes et te comporter comme si tu étais la cinquième merveille de l'univers… mais c'est moi qui vais bien rigoler quand le docteur Walberck en aura fini avec ton petit copain et viendra s'occuper de ton cas. Bon appétit, *Mademoiselle* !

Dans son *Mademoiselle* final j'entends tout le mépris du monde, la réponse à mon *larbin* de tout à l'heure, mais je ne lui en veux pas.

Je ne lui en veux pas car sa colère lui a fait lâcher une info importante.

Maintenant je sais ce que je dois faire : je dois rejoindre Georges et la bonne nouvelle… c'est qu'il n'est probablement pas loin !

# Georges

## 12 mai
## *Suisse*
## Centre d'essais cliniques de Biomedicare

*Noir.*
*Douleur.*

*Quelque chose a pénétré dans mon crâne et fouille dans mon cerveau.*
*C'est une aiguille d'acier.*
*Mon dragon la voit et se terre dans les replis les plus profonds de mon esprit pour ne pas la toucher.*
*Douleur.*
*La fine pointe de métal se déplace, elle cherche quelque chose, s'enfonce de plus en plus loin, creuse dans mon système nerveux central.*
*Chacune de mes cellules vibre.*
*J'aimerais hurler mais c'est impossible.*
*Impossible de penser, impossible de bouger.*
*Je suis aveugle, paralysé.*

*Douleur.*
*Douleur.*
*Douleur.*

*Tout s'arrête.*
*Dans mon crâne la pointe de métal a trouvé ce qu'elle*
*cherchait et a fixé ses crocs sur sa proie.*
*Maintenant, elle ne bouge plus et le soulagement que j'en*
*éprouve est inqualifiable.*
*Je sombre.*

Une éternité plus tard, une voix parle à mon oreille.
Le doc.
– Bien, je constate que nous sommes enfin réveillé.
Désolé pour l'inconfort du traitement que tu as subi
mais je devais être certain d'atteindre ma cible et j'ai
peur que la dose d'anesthésique ait été, comment dire,
un peu sous-estimée…
Mensonge.
Dans sa voix j'entends le sourire, j'entends le plaisir.
Il n'a rien sous-estimé du tout. Il savait que je souffrirais
et l'a fait exprès. Il n'a pas dû apprécier notre colère et
les fragments de verre s'enfonçant dans sa chair…
La douleur a disparu mais je reste incapable de bouger, incapable de parler et même de voir.
Je suis obligé d'écouter le doc pérorer.
– Avant de commencer, il faut que je t'explique ce qui
t'arrive. Grâce à une légère opération j'ai pu atteindre
ton pont, pas celui d'Avignon tu t'en doutes, mais celui
qui est situé dans ton tronc cérébral et sert de passage à
tes nerfs, ajoute-t-il en riant.

Son rire ressemble à une suffocation d'asthmatique. Ridicule, il est ridicule mais a l'air tout heureux de sa blague débile.

Paralysé comme je le suis, je fais un très mauvais public ; il finit par se calmer et reprend :

— Bref, je suis maintenant connecté à ton système nerveux central et toutes les zones de ton cerveau apparaissent en trois dimensions sur mes écrans. Malheureusement pour toi, cette petite opération a pour conséquence de te plonger en plein locked-in syndrome… ce qui explique ta paralysie. Te voilà enfermé à l'intérieur de toi-même, Georges. Une prison bien plus efficace qu'un vulgaire collier électrifié et qui nous a permis de libérer Carlo qui avait une petite course à faire… Je n'en ajoute pas plus, je ne voudrais pas gâcher la surprise !

Il fait une pause, probablement pour me laisser intégrer la situation, et enchaîne :

— Te voici donc totalement à ma merci. Tu es ma marionnette mais, et c'est ce que je trouve le plus beau dans ce procédé, ta paralysie n'occulte en rien tes capacités sensitives ; tu restes totalement conscient de ce qui t'entoure ce qui signifie que, si tu refuses d'obéir, si tu refuses de coopérer, je peux assez facilement te le faire regretter. Une petite démonstration ?

Le ton de sa voix est de plus en plus guilleret et l'effet est glaçant ; le doc parle comme un gosse décrivant avec passion sa nouvelle maquette pour le cours de SVT…

Quelque chose de froid, de plastifié, se pose sur mon bras. Une main.

Il a raison, je suis totalement paralysé mais je sens parfaitement ses doigts gantés courir sur ma peau, installer un garrot, tapoter ma veine et y enfoncer une nouvelle aiguille.

– Voilàà ! Ne t'inquiète pas mon petit Georges, rien de bien méchant, juste un petit prélèvement sanguin pour des tests. Vois-tu, il se trouve que ton sang contient quelque chose qui bloque le métavirus créé par nos laboratoires. Pas totalement, ce serait trop beau, mais disons que ton organisme arrive à ralentir le virus, à l'endormir et ce quelque chose me serait bien utile pour créer le vaccin idéal qu'attendent nos amis.

Un métavirus créé par leurs laboratoires ?

Pendant deux secondes, je me dis que j'ai dû mal entendre, mais ce que le doc ajoute en murmurant à mon oreille m'enlève vite toute illusion.

– Ces idiots n'ont pas voulu m'écouter. Je leur avais pourtant bien dit qu'il était trop tôt et que le vaccin n'était pas au point ! Mais non, les Enfants d'Enoch me trouvaient trop lent, ils voulaient une preuve et l'autre idiot de Báthory a trouvé malin d'aller faire des tests grandeur nature dans les pays les plus pauvres de la planète. Comme si à notre époque mondialisée choisir des peuplades isolées pouvait suffire à empêcher la propagation d'un virus ! Évidemment, maintenant que celui-ci se répand sans contrôle, tout le monde panique… C'est bien beau de vouloir résoudre les problèmes actuels de réchauffement climatique et de surpopulation en éliminant discrètement les trois quarts de l'humanité, mais encore faudrait-il veiller à ne pas faire n'importe quoi et à garder le bon quart en vie ! Et c'est là que tu interviens.

Sur ces derniers mots, son murmure est redevenu audible. Je comprends que nous sommes enregistrés, probablement même filmés, et que si le doc aime bien se faire mousser il préfère ne pas critiquer ouvertement ses employeurs.

Je le comprends, des tarés capables d'infecter volontairement la planète avec un virus tueur ne doivent pas être des types enclins à la clémence.

J'entends les roulettes de sa chaise sur le sol, le sens fixer un sparadrap sur mon avant-bras tandis qu'il poursuit son bavardage.

– Tu devrais être content, Georges, grâce à toi des millions de gens vont échapper à la mort. Des gens riches, génétiquement triés sur le volet, la crème de la société, de quoi faire repartir le monde sur des bases saines. Grâce à ton sang, et à celui de tes petits camarades, nous allons créer une nouvelle Arche pour l'humanité. Une Arche génétiquement pure. Mais bon, ne t'inquiète pas je n'ai pas besoin de grand-chose... juste trois ou quatre litres ; pour un grand gaillard comme toi ça ne devrait pas poser de problèmes... et puis, ce n'est pas comme si tu avais prévu de faire un marathon cet après-midi, conclut-il sur un nouveau gloussement.

La pression exercée sur mon bras par le garrot de caoutchouc disparaît d'un seul coup et mon sang se précipite hors de mon corps. Je ne vois rien, mais je l'imagine s'élancer dans le tube transparent et finir sa course au fond d'une poche de plastique.

– Bien, ça, c'est fait. Passons maintenant à tes pouvoirs. Tant qu'à créer une nouvelle humanité, autant l'améliorer un peu et, là aussi, j'ai besoin de toi. Tu ne voudrais pas que nous reproduisions les erreurs commises par mes prédécesseurs sur Carlo ou sur ton père ?

Du coup, avant de travailler à mon nouveau protocole d'amélioration génétique j'ai besoin de comprendre comment tu fonctionnes, c'est pour ça que j'ai mis en place cette connexion neuronale.

Dans mon dos, j'entends un bruit de doigts courant sur un clavier, le ronronnement d'une machine se mettant en route pendant que l'autre cinglé reprend.

– Tu connais le jeu *Jacques a dit* ? Non ? Dans le doute je te réexplique les règles : je te donne une consigne, et tu l'exécutes immédiatement. Si tu es un bon garçon, tout ira bien ; sinon, tu as perdu et je te donne un gage. OK, on commence par des choses simples pour paramétrer le système. Donc, Jacques a dit : Concentre-toi sur un souvenir d'enfance.

Après ce que je viens d'apprendre il est hors de question que j'obéisse à ce taré. Si les Enfants d'Enoch parviennent à leurs fins, ils n'hésiteront pas à provoquer un génocide et je refuse de leur simplifier la tâche.

À la place d'un souvenir, je commence à me réciter intérieurement des tables de multiplication.

– Georges, vilain garçon ! Qui crois-tu tromper ? Tu étais censé activer la zone relative aux souvenirs et c'est celle de la mémoire mathématique qui vient de s'allumer. Mais tu es peut-être encore un peu embrumé par l'anesthésiant. Allez, je suis bon prince, je te laisse une seconde chance. Donc, Jacques a dit : « Un souvenir d'enfance » !

Même pas en rêve.

J'attaque la table de sept.

Un nouveau bruit de roulettes sur le sol, un souffle chaud contre mon oreille droite, un parfum de verveine dans mes narines.

– Tu ne gagneras pas, Georges, ni contre moi, ni contre les Enfants d'Enoch. Si tu persistes à résister j'utiliserai l'aiguille de métal implantée dans ton cerveau pour envoyer des décharges électriques directement dans ton système nerveux central et, crois-moi, tu n'as pas envie de savoir ce que ça fait. Dernière chance. Souvenir d'enfance...

*Huit fois un, huit, huit fois deux, seize, huit fois trois...*

– Tant pis pour toi !

Mille pointes d'acier chauffées à blanc sont propulsées à pleine vitesse dans mon cerveau.

Et je m'échappe de moi-même.

## journal de Mina

### 12 mai

Après avoir parcouru les Alpes pendant des heures nous faisons enfin une halte.

Nous sommes dans une minuscule clairière où nous attendons les hommes du clan de Zoltan. Ils doivent nous aider à franchir les derniers kilomètres avant la frontière suisse, mais pour l'instant nous sommes seuls.

Enki m'a dit de dormir un peu, mais j'ai trop peur que Lilh ou le Maître en profitent pour envahir mon esprit alors je préfère utiliser cette courte pause pour reprendre mon journal et revenir sur les derniers événements.

Écrire me semble moins dangereux que dormir…

Depuis que *Celui devant lequel tous se courbent* a éveillé ma conscience il ne se passe pas une minute sans que de nouveaux souvenirs remontent à la surface.

Lilh, cet autre moi venu du fond des âges, cherche à prendre possession de mon esprit, à effacer celle que je suis en ce siècle pour prendre ma place et je dois lutter de toutes mes forces pour l'en empêcher.

L'avalanche qu'elle a déclenchée tout à l'heure sur la montagne me terrorise. Cette puissance qui est en elle, en moi, est monstrueuse. Que vais-je découvrir dans ses souvenirs ? Est-elle la porteuse de mort que je pressens ?

Tout à l'heure j'ai posé la question à Enki ; il a refusé de me répondre mais l'expression de son visage valait confirmation. J'ai de plus en plus peur de cette autre femme, de cet autre moi, qui est en train de renaître... mais dont j'ai déjà senti la présence.

Cette sauvagerie, cette envie de sang, ce goût morbide pour la chair que j'avais éprouvés chez ma grand-mère, ce n'était pas moi, c'était Elle.

Elle qui avait saisi le hachoir pour trancher le corps du lièvre, elle qui avait léché mes doigts gluants d'hémoglobine comme s'il s'était agi d'une délicieuse sucrerie... elle, pas moi !

Cette prise de conscience est la seule chose qui me rassure.

Moi, Mina, je ne suis pas cette folle décapitant des animaux encore chauds.

Même si Lilh est forte, je refuse absolument d'être Elle.

Je préfère rester Mina ; la faible mais inoffensive Mina.


Tout à l'heure, j'ai laissé Enki me convaincre de faire l'offrande pour que nous puissions fuir plus rapidement.

L'avalanche allait attirer du monde et, sur le moment, retomber dans les mains du père de Ka et dans celles de mon père me semblait bien plus dangereux

que donner quelques gouttes de mon sang au Maître…
d'autant que si j'en crois Enki, tant que Georges et Ka
n'auront pas fait de même il ne pourra pas se réveiller
totalement.

Si j'ai accepté c'est aussi qu'Enki m'avait promis
qu'une fois l'offrande effectuée je n'aurais plus à me
soucier de Lilh.

Malheureusement, je sais maintenant qu'il se trom-
pait.

Bêtement, j'imaginais devoir me vêtir de blanc, m'allonger sur un autel de pierre pendant que Völva, prononçant des incantations étranges, m'entaillerait les
veines avec un couteau sacrificiel millénaire.

Mais la réalité fut bien plus prosaïque et nettement
moins romantique.

Alors que nous étions enfermées dans la minuscule
cabine du camping-car servant de caveau à *Celui devant
lequel tous se courbent*, coincées entre le placard et le lit,
Völva a désinfecté mon poignet avant de l'entailler d'un
coup sec avec un rasoir. Sa lame était si fine que je n'ai
pas eu le temps d'en sentir la morsure.

Hébétée, j'ai regardé les gouttes pourpres s'écraser
sur le sol sans réagir. J'étais incapable de bouger mais,
comme s'il était doué d'une vie propre, mon poignet
s'est dirigé seul jusqu'au visage de l'homme allongé.

C'est à ce moment précis que j'ai compris qu'aucun
des films que j'avais pu voir n'aurait pu me préparer à
la réalité.

Il n'y a vraiment rien de romantique dans l'immortalité. C'est un fardeau, un pouvoir qui vous empoisonne

plus sûrement que la morsure d'un crotale et il faut vraiment avoir un esprit aussi primaire que celui de Lilh pour l'apprécier.

À peine mon poignet fut-il posé sur les lèvres du Maître que son esprit se connecta au mien et la petite cabine du camping-car où nous nous trouvions disparut.

Je tombai au creux d'une conscience sauvage, chargée de haine et de désespérance, comme un pansement gorgé de pus sur une chair gangrenée.

La conscience de Lilh.

La voix de *Celui devant lequel tous se courbent* résonnait en moi, formulant des mots dans des langues inconnues, exsudant d'une universelle colère et d'un amour encore plus destructeur.

Je suis morte mille fois pour renaître encore, renaître dans la douleur pour mourir à nouveau et renaître encore et partir, revenir, encore, encore, encore.

Une chaîne de souffrance liée à mon sang, son sang, notre sang.

Lilh a cherché à m'enchaîner au fond de mon esprit, à m'effacer sous le poids de sa mémoire mais j'ai refusé.

J'ai lutté, opposant à sa haine mon amour pour ma mère et mon amour pour Ka. Je me suis accrochée à mes souvenirs heureux et, peu à peu, j'ai réussi à revenir à la surface de moi-même et j'ai claqué la porte derrière moi.

Quand je suis revenue dans le monde réel, j'avais l'impression d'avoir vieilli de cent mille ans mais il ne s'était écoulé qu'une minute.

J'étais complètement sonnée, sonnée et déçue car, contrairement à la promesse d'Enki, l'offrande n'avait pas fait disparaître Lilh.

Enki a été incapable de m'expliquer pourquoi et, à sa décharge, je dois avouer qu'il avait l'air sincèrement surpris d'apprendre que cette femme était toujours au fond de moi.

(0 h 15)

Völva s'est endormie.

Je l'envie mais suis incapable de faire de même. Tout à l'heure, je me suis assoupie une minute et, immédiatement, la voix du Maître a résonné en moi.

D'où je suis installée, je ne peux pas le voir mais je sais qu'il est là.

Zoltan et Gabor veillent sur lui près des chevaux, juste derrière le rideau de jeunes pins, et le savoir si près me fait frissonner.

Il est là et appelle Lilh.

Depuis que j'ai fait l'offrande, le Maître a beaucoup changé.

Il ne parle toujours pas, garde les yeux fermés mais, grâce à mon sang, son corps s'est renforcé. Maintenant, il peut se tenir debout, marche si on le guide et est resté assis sur son cheval pendant des heures sans bouger. On dirait une statue, un mannequin hyperréaliste ou un homme sous hypnose en pleine catatonie.

Lui qui, il y a encore quelques heures, avait l'aspect repoussant d'un cadavre de vieillard, a à présent l'allure d'un jeune homme et seuls ses cheveux restés blancs attestent de son âge millénaire.

C'est très troublant de le voir ainsi. Avec cette crinière neigeuse sur son corps juvénile aux muscles parfaitement proportionnés il ressemble à un personnage de manga ; une allure moderne qui le rend d'autant plus dangereux et me fait douter de parvenir à convaincre les autres de m'aider.

Il a une allure de jeune homme, alors qui se méfiera de lui ?

J'ai besoin d'un allié. De quelqu'un qui comprendra que celui qu'ils appellent « le Maître » est dangereux, et que, peut-être, il ne doit pas être réveillé. Mais je ne peux compter sur personne. Zoltan et Gabor lui sont plus dévoués que des chiens, Enki est persuadé que son retour est inévitable, quant à Völva… je ne sais pas quoi penser d'elle.

Tout à l'heure, elle est venue s'asseoir à mes côtés.

Ce que j'avais puisé dans les souvenirs de Lilh me laissait penser que celle-ci ne l'aimait pas mais cela m'était égal.

Je ne suis pas Lilh alors j'ai accueilli l'amie d'Enki avec plaisir, d'autant qu'à la différence de son compagnon elle a accepté que je lui pose toutes les questions que je voulais.

Grâce à elle j'en ai appris plus sur notre histoire commune.

Völva m'a raconté comment Lilh, Enki et elle s'étaient rencontrés, elle m'a aussi parlé de Kassandre et de Georges, de leurs premières vies et de la manière dont ils étaient devenus des Génophores.

Une histoire incroyable tirée du fond des âges, que je n'aurais jamais pu croire sans mon don de vérité.

Malheureusement, malgré mon insistance, Völva n'a pas pu (ou pas voulu) m'en dire davantage sur le Maître.

Selon elle, personne ne sait d'où il vient et, plus grave, personne ne sait pourquoi il revient aujourd'hui.

Si j'écris « plus grave », c'est parce que Völva m'a parlé des précédents retours du Maître, de ses colères destructrices quand les actions des hommes ne lui convenaient pas, de ses dons fabuleux aux peuples qui lui plaisaient.

Völva m'a aussi parlé de nos descendants, ceux de la génération K, disséminés aux quatre coins du globe et qui, selon elle, n'ont jamais été aussi nombreux.

Une histoire folle que je sais être vraie mais qui m'a laissé un goût amer.

Si ce que dit l'amie d'Enki est vrai, comment être certaine que le réveil du Maître est une bonne chose ? Comment être certaine qu'il est revenu pour nous aider et pas pour nous détruire ?

J'ai insisté mais, même si Völva a accepté de partager ses craintes avec moi, elle a refusé de m'en dire plus.

Pourtant, elle est *Celle qui écoute* et je sais qu'elle a entendu quelque chose, quelque chose qui lui fait peur et qu'elle ne veut pas me dire à cause de Lilh ; un secret qui me concerne et que je dois la forcer à m'avouer.

Au loin j'entends le hurlement d'un loup. Völva a dû l'entendre elle aussi car elle se met à bouger dans son sommeil.

Son front est couvert de sueur, ses lèvres tremblent et elle gémit.

Quelque chose la hante, quelque chose qui me répugne et m'attire à la fois...

Pendant une fraction de seconde je crois sentir la présence de mon père, puis, aussi vite qu'elle est venue, cette impression disparaît.

La fatigue me joue certainement des tours, il faut que je me repose.

**Georges**

*13 mai*
*Suisse*
*Centre d'essais cliniques de Biomedicare*

Les mille aiguilles se sont transformées en éclairs de douleur.

Je cours dans mon esprit pour leur échapper.

Ma sombre amie me guide, elle m'a enveloppé dans ses ailes noires pour me protéger et m'aide à me glisser au plus profond de mon inconscient.

Je franchis des portes de plus en plus obscures, de plus en plus étroites ; je suis dans un tunnel froid, sombre et sans âge qui semble ne pas avoir de fin.

Brutalement, un blanc intense, lumineux m'entoure de toutes parts et mon corps se remet à fonctionner.

Je cligne des yeux.

Je suis sur une plaine enneigée entourée de collines glacées. Mes pieds sont enveloppés dans d'épaisses peaux grossièrement attachées par des lanières de cuir et mon corps est *enfoui sous un assemblage de fourrures dégageant une odeur si forte que je bloque instinctivement ma respiration.*

*Quelque chose ne va pas. Quoi que m'ait fait le doc, il a réussi à me renvoyer dans un souvenir. Mais ce souvenir n'est pas vraiment le mien. Il appartient à ma bête noire. C'est un souvenir vieux de huit mille ans...*

*Et je me souviens.*

*J'ai seize ans, peut-être dix-sept, mais ça n'a pas d'importance ; on ne compte pas les années avec précision là où je vis. Seule compte la valeur de l'homme et ce qu'il apporte au clan.*

*Sur mon poignet, dépassant de l'épaisse fourrure qui me protège du froid, j'aperçois mon dragon. Il est tatoué grossièrement sur ma peau et me rappelle qui je suis.*

*Je suis un chasseur. Le meilleur des traqueurs, le fils du chef du clan et le plus valeureux des combattants. Je sais lire les pistes les plus ténues, je suis rapide, silencieux, les traits de mon arc sont précis et mes coups de poing peuvent briser un homme en deux. Quand je pars en expédition, jamais je ne rentre au village sans une proie ou un tribut à offrir aux miens.*

*Je suis debout face à un immense bûcher et ma petite sœur, Völva, se tient à mes côtés.*

*Derrière nous, le clan s'est regroupé, il attend que j'embrase les corps des morts pour libérer leurs esprits et les laisser rejoindre ceux de nos aïeux.*

*Les hommes qui reposent ici ont été tués ce matin en combattant une horde d'ourses affamées.*

*Les animaux deviennent fous et tout change autour de nous.*

Les anciens disent que c'est à cause de la terre, que les dieux doivent être en colère car elle se réchauffe ; ils disent aussi qu'au temps de leurs pères le glacier était plus grand, les animaux plus gros et que l'eau avance pour nous engloutir.

Völva tient le même discours, mais moi je les laisse parler.

Je suis le fils du chef, l'homme le plus fort parmi les hommes et je n'ai que faire des dieux. Ce matin, pendant l'attaque, tous ont été témoins de ma bravoure. À moi seul, même si je n'ai pas réussi à sauver mon père, j'ai défait quatre ourses et, ce soir à l'assemblée, je gage que personne ne contestera mon droit à devenir le nouveau chef.

Après un dernier regard vers le corps de mon père je lève ma torche pour commencer la cérémonie quand Völva stoppe mon geste et me fait signe de me pencher.

J'obéis et, tandis qu'elle me désigne au loin une tache sombre sur la plaine enneigée, elle murmure à mon oreille.

– Ils sont là. L'Homme non mort et la Grande Mère, ceux que je vois dans mes rêves. Ils sont là pour toi.

Comme notre mère, notre grand-mère et une longue lignée de femmes avant elle, Völva est une prophétesse. Cela fait longtemps qu'elle me parle de l'Homme non mort et de la Grande Mère ; jusqu'à présent je n'y croyais guère mais, depuis une lunaison, les rêves de ma sœur sont de plus en plus nombreux, de plus en plus précis et mes certitudes vacillent.

– L'Homme non mort et la Grande Mère arrivent, et ils sont là pour toi, répète-t-elle.

Autour de nous les membres du clan les ont vus eux aussi. Certains ont même déjà leurs armes à la main et se tournent vers les intrus qui continuent pourtant d'avancer sans crainte.

– Tu es certaine, Völva ?

Ma sœur hoche la tête et cela me suffit pour signifier aux hommes de baisser leurs armes.

Tous regardent les inconnus s'approcher et, lentement, la crainte cède la place à l'incompréhension. Car ceux qui s'avancent ne sont pas de notre monde.

Ils sont deux.

Un homme et une femme couverts de peaux de bêtes multicolores et inconnues, montés sur des rennes aux ramures immenses et entourés d'une meute de loups aux aguets.

L'homme a la peau et les cheveux plus pâles que la neige, et ses yeux couleur de volcan sont posés sur moi.

La femme qui chevauche à ses côtés a la peau noire, des cheveux de feu et des yeux d'un vert sauvage.

Au-dessus de leurs têtes vole un couple d'oiseaux comme nous n'en avons jamais vu. Des rapaces au bec jaune et aux griffes acérées comme des poignards.

Des dieux, ce sont des dieux qui viennent me voir aujourd'hui et je tremble de terreur.

Völva serre ma main et désigne les six corps des braves allongés devant nous.

– Libère l'esprit de nos pères tant que tu le peux encore, me conseille-t-elle.

Je hoche la tête. Si je dois partir, le bûcher funéraire ne peut attendre plus longtemps.

J'approche ma torche et, immédiatement, la tourbe et le bois s'enflamment.

Le brasier est immense, digne du chef que fut mon père et de la valeur des hommes qui l'accompagnent. Un brasier aux flammes dansantes au travers desquelles je continue de voir s'avancer l'Homme non mort et la Grande Mère.

Pourquoi obéir ?

Mon instinct de chasseur m'apprend qu'ils sont suffisamment près pour que je puisse les atteindre.

Mon arc est là, en travers de mon dos, et la tentation de m'en saisir pour les détruire est grande.

J'amorce un geste vers mon épaule, calcule dans ma tête l'enchaînement des mouvements qu'il va me falloir effectuer pour les tuer tous les deux : saisir l'arc de la main droite, ma flèche de la gauche, encocher, tendre et propulser ma pointe de silex vers l'homme avant de recommencer pour atteindre la femme.

À peine un instant, il me faudrait à peine un instant pour me débarrasser à jamais de cette menace et, malgré le regard de mise en garde de ma sœur, je propulse ma première flèche dans un hurlement de colère.

Celle-ci vole, droit vers le cœur de l'homme, mais un loup bondit et la pointe de silex que j'ai patiemment taillée s'enfonce dans sa chair. Le corps de la bête n'a pas atterri que ma deuxième flèche file déjà dans le ciel, puis une troisième, une quatrième…

J'encoche, je tends, je tire mais la barrière des animaux est infranchissable. Je vise juste mais sans jamais atteindre ma cible : un oiseau, puis l'autre et à nouveau un loup se sacrifient à leur tour.

La rage me saisit.

À côté de moi Völva me hurle d'arrêter, mais au lieu de l'écouter je fais signe aux hommes du clan d'attaquer.

*Je souris.*

*Dieux ou pas, jamais les inconnus ne pourront nous contenir tous.*

*Je dois les éliminer, je refuse d'être le jouet de qui que ce soit.*

*Je suis le fils du chef, le meilleur des chasseurs et je me crois invincible… jusqu'à ce que le cri de rage de la femme noire explose et que mon monde vole en éclats.*

## Enki

**13 mai**
*Alpes italiennes*
*Frontière suisse*

Je relève ma manche droite et jette un regard aux aiguilles luminescentes de ma montre : 00 h 35. Ça va bientôt faire deux heures que nous attendons les hommes du clan pour qu'ils nous guident en sécurité vers la Suisse.

Deux heures c'est long, trop long…

Je me lève, m'étire, et jette un regard vers Völva qui dort à côté de Mina.

Elle est à peine à cinq mètres de moi mais pourrait tout aussi bien être sur une autre planète tant la distance qui nous sépare depuis le retour du Maître est immense.

J'ai bien essayé de discuter avec elle, mais rien à faire. Depuis que j'ai refusé d'écouter ses mises en garde à propos du Maître elle s'est murée dans un silence têtu et a même préféré aller s'allonger près de Mina au lieu de rester auprès de moi.

J'aimerais vraiment la serrer dans mes bras, la rassurer mais quand je la vois endormie, entortillée dans sa couverture, je préfère ne pas la réveiller.

Mina m'a entendu me lever et a cessé une seconde d'écrire dans son cahier. Je donnerais cher pour savoir ce qu'elle consigne ainsi si fébrilement, mais je doute qu'elle me laisse faire.

Même si je ne comprends pas comment l'esprit de Mina a réussi à survivre à l'offrande, je sais que Lilh est toujours présente et son tempérament sauvage n'est pas du genre à laisser qui que ce soit, hormis le Maître, s'occuper de ses affaires.

J'accroche ses yeux verts une seconde, j'ai l'impression qu'elle veut me dire quelque chose mais, après une légère hésitation, elle secoue la tête, détourne son regard, pose son cahier et s'enroule dans sa couverture.

Je poursuis mon chemin et rejoins Zoltan et Gabor.

À quelques mètres de nous, juste de l'autre côté d'un rideau de jeunes sapins, mes amis veillent sur le Maître et nos montures.

Comme un tableau immobile, ceux-ci ont à peine bougé depuis la dernière fois où je suis venu les voir.

À gauche, les chevaux débarrassés de leur selle semblent dormir. Face à moi Zoltan et son fils, assis sur un gros rocher gris, montent la garde sans échanger une parole tandis qu'à leurs pieds, allongé sur une couverture posée à même le sol, le Maître gît.

Depuis l'offrande de Mina, son enveloppe corporelle s'est régénérée et il a retrouvé l'apparence de celui qui m'avait choisi pour fils il y a plus de cinq mille ans.

Avec son visage lisse tendu vers le ciel sombre, sa longue chevelure blanche et ses bras repliés sur la poitrine on dirait un jeune homme endormi, mais il y a des siècles que je ne me fais plus prendre au piège de cette image ; même s'il restera fragile jusqu'aux offrandes des deux autres Génophores, je sais à quel point le Maître est déjà dangereux.

Détournant mon regard de son visage, je questionne Zoltan.

– Alors ? Des nouvelles ?

– Non, rien, mais c'est normal, me répond-il.

– Comment ça ?

– Ils veulent probablement éviter de se faire repérer à cause de leur téléphone. Ce silence est nécessaire pour limiter les risques au maximum, c'est juste une précaution supplémentaire…

Gabor laisse parler son père, mais je distingue l'ombre d'une grimace se dessiner sur ses lèvres. Mon cousin n'y croit pas et, même si je ne le dis pas à haute voix, je suis d'accord avec lui.

Zoltan se rassure en parlant de « *silence nécessaire* », mais je doute que Janosh et ses frères arrivent jamais jusqu'à nous.

Rester ainsi sur le campement sans bouger commence à être dangereux.

Le temps va nous manquer et nous ne pouvons plus nous permettre d'attendre.

Je ferme les yeux une seconde, sonde les flancs noirs de la forêt et caresse l'esprit de la louve qui nous suit depuis notre départ d'Italie. C'est une femelle solitaire qui a perdu sa meute. Dans son esprit je vois ses frères et sœurs abattus par des hommes en colère et ses deux louveteaux fracassés contre des rochers. Elle a réchappé du massacre car, quand les bergers sont arrivés, elle suivait la piste d'un jeune bouquetin blessé, très loin sur la montagne.

La tuerie a eu lieu il y a moins d'une lune et, depuis, la louve erre à la recherche d'une autre meute.

Hier, lorsqu'elle a senti mon esprit parcourir la forêt, la bête a reconnu en moi l'un des siens et, depuis, elle me suit.

Je caresse son esprit et l'appelle.

– Je vais aller au-devant de Janosh, dis-je à mon oncle.

Ses sourcils se froncent. Il a compris ce que j'allais faire et mon idée ne lui plaît pas.

Il veut que nous restions groupés mais, au moment où il va protester, la louve surgit des bois et se poste à mes côtés en grognant.

Je pose ma main sur son pelage dru, gratte la surface croûteuse entre ses deux yeux et elle se calme immédiatement.

– Je dois aller voir s'ils arrivent, Zoltan, s'ils sont morts on ne peut pas rester ici à attendre que les Enfants d'Enoch viennent nous cueillir. La louve me permettra d'aller plus vite et vous serez là pour veiller sur mon corps. Réfléchis à une autre route, réveille les autres et prépare-les au départ. Quoi que je découvre, nous partirons dès mon retour.

Je sais que je ne dois pas abuser de mon don. Je sais que ces transferts m'épuisent et qu'abandonner trop longtemps mon corps est dangereux.

Mais l'attente a trop duré et nous ne pouvons plus compter sur un hypothétique secours. Nous devons savoir pourquoi nos accompagnateurs ne sont pas là et si des dangers nous guettent de l'autre côté de la montagne.

Quand Zoltan commence à protester, il est trop tard : je suis déjà dans le corps de la louve en train de bondir de rocher en rocher à la recherche des hommes de notre clan.

Je cours.

Le flair infaillible de la louve guide ses pattes sur les sentiers.

Elle connaît bien sa montagne, et sait d'instinct me mener vers les intrus qui ont osé pénétrer sur son territoire.

Tout à coup, elle stoppe net.

Elle a perçu un écho.

Là-bas, des hommes luttent dans la nuit. Un combat étouffé par la densité des sous-bois que seule l'ouïe fine du canidé me permet de percevoir.

Il faut courir plus vite.

Je fais galoper les pattes de mon hôte sans relâche, puisant dans ses réserves sans réussir à atteindre la vitesse qu'il me faudrait pour rejoindre le combat à temps.

Je projette mon esprit plus loin.

Là, au-dessus de la louve, tournoie une aigle.

Elle est venue pour moi et m'accueille sans frémir.

Je bats des ailes, m'élève et plonge sur le versant.

La vue perçante du rapace troue l'obscurité et j'aperçois enfin la scène que mes oreilles de loup avaient entendue.

À l'écart d'un chemin, quatre hommes au sol sont déjà morts et un dernier se bat pour sauver sa vie.

Cet homme, je le connais. C'est Janosh, un des membres de mon clan, un monstre de puissance que j'ai déjà vu soulever un cheval.

Il n'a qu'un adversaire, mais malgré sa force je comprends qu'il n'a aucune chance.

Celui contre qui il se bat est un monstre.

Je reconnais la bête humaine qui a pris possession de Völva au Vésuve et emporté mon frère Georges loin de moi ; ses longs bras armés de couteaux ont entamé une danse de mort qu'il maîtrise à merveille.

Du haut du ciel je vois son sourire s'élargir tandis qu'il évite chaque attaque de Janosh et je comprends qu'il joue. Il s'amuse avec sa proie comme un chat le ferait d'une souris.

Son agilité n'est pas humaine ; les coups puissants de Janosh ne rencontrent que le vide et le géant s'épuise.

Je le vois tituber, baisser les bras et lever le visage vers moi.

Mon ami ne peut pas me voir mais a senti ma présence.

Malheureusement, dans mon corps d'oiseau je ne peux rien faire pour lui. Si une lame me blessait c'en serait fini de moi, je suis trop loin de mon corps pour le réintégrer et je mourrais avec l'aigle.

Impuissant, j'observe le ballet des couteaux qui tournent comme des faux quand une boule de poils gris se jette dans la mêlée.

C'est la louve. Elle a fini par arriver et sait d'instinct qui est mon ennemi.

Elle se glisse entre les deux combattants, guette une ouverture en grognant, babines retroussées sur ses canines jaunes. Dans l'humain qui lui fait face elle voit ceux qui ont détruit sa meute pour un mouton et la rage qu'elle ressent lui fait perdre toute prudence. La louve saute, vise la gorge, certaine de trouver sous ses crocs une tendre jugulaire… mais sa mâchoire rencontre un poing plus solide qu'un roc qui brise une de ses canines et l'envoie voler contre le tronc d'un arbre.

*Crac…*

J'entends sa colonne vertébrale céder sous l'impact et sa vie s'éteindre.

Le répit que la louve a accordé à Janosh a été trop court pour lui permettre de fuir.

Le corps de l'animal a à peine touché le sol que le monstre se précipite sur lui.

Ses hommes sont en train de le rejoindre et il n'a plus envie de jouer.

Il évite les bras puissants de Janosh, enfonce d'un coup sec ses lames dans son ventre avant de remonter celles-ci vers sa poitrine avec lenteur.

Même des hauteurs où je suis je peux voir le sourire de la Bête humaine s'élargir tandis que ses doigts fouillent le corps de mon ami.

Je refuse de voir ça plus longtemps.

D'un battement d'ailes j'amorce le cercle qui me permettra de faire demi-tour, quand un hurlement retient mon attention.

Au sol, le monstre m'a vu et semble savoir qui je suis.

Il me hurle que nous ne lui échapperons pas.

Je n'ai plus rien à faire ici.

Nous devons partir, vite, choisir un autre chemin avant de tomber dans le piège que nous tendent nos ennemis.

Un battement d'ailes me propulse plus haut dans le ciel puis je plonge vers le sol.

Je vois la vie avec les yeux de l'aigle, tout est net, vibrant et je repère sans peine notre campement.

Zoltan a suivi mes consignes. Les chevaux sont sellés, Zoltan et Gabor sont en train d'installer le Maître sur sa monture pendant que Mina a les yeux rivés sur eux.

Tous sont prêts à partir, sauf Völva.

Assise à côté de mon corps immobile, elle attend mon retour.

Je décris un cercle au-dessus de leurs têtes, lance un cri perçant qui leur fait lever les yeux et plonge vers le campement.

## le Maître

Lilh, ma fille, ton sang bouillonne en moi et me réveille mais je te sens loin de moi.

Pourquoi les mains qui me soulèvent et me préparent à reprendre la route ne sont pas les tiennes ?

Je te sens, tu es là, tout près, mais ta présence résonne comme une absence.

Lilh, ma fille, as-tu oublié qui était ton Maître ?

Pourquoi dors-tu quand j'ai besoin de toi ?

Lilh, ma fille, méfie-toi.

Celle qui écoute doute de nous.

Elle a entendu ma colère, ma légitime colère, et ne l'accepte pas.

Elle que j'ai choisie il y a des millénaires, elle dont j'ai épargné la vie quand tu m'exhortais à la tuer, celle-là même ose remettre aujourd'hui ma venue en question.

Je ne peux tolérer pareille offense.

Lilh, ma fille, réveille-toi et fais ce qui doit être fait.

*Ne laisse pas Celle qui écoute se dresser entre l'Homme et notre colère.*

*Détruis-la.*

## Enki

*13 mai*
*Alpes italiennes*
*Frontière suisse*

Après avoir profité des sens surdéveloppés de la louve et de l'aigle il me faut quelques secondes pour me réhabituer à ma faible condition humaine, mais la chaude pression que je sens autour de ma main droite me décide à ouvrir mes paupières.

Völva, penchée sur moi, me sourit.

– Enki est de retour, lance-t-elle à la cantonade en m'aidant à me relever.

Mieux que quiconque elle sait à quel point mes fugues peuvent m'épuiser, mais ce n'est pas le moment de le montrer.

– Janosh et les autres ne viendront pas. Ils sont morts.

À quelques mètres de moi, Gabor et Zoltan sont occupés à installer le Maître sur sa monture. Mina, debout à côté d'eux, les regarde sans dire un mot. Je ne sais pas si c'est ce que je viens d'annoncer qui la perturbe, mais elle a l'air ailleurs.

D'ailleurs, personne ne me répond ; tous digèrent la nouvelle en silence, alors je poursuis en direction de mon oncle.

– Zoltan, il faut partir immédiatement par un autre chemin. Une troupe de dix hommes nous attend sur celui-ci à six kilomètres plus au nord. Le Maître est encore trop faible, nous ne pouvons pas nous permettre d'aller à l'affrontement. Tu sais comment nous pourrions les contourner ?

Mon oncle hoche la tête, fait signe à Mina de le remplacer auprès du Maître et me rejoint.

Il a tiré sa carte de sa poche et va pour me montrer quelque chose sur celle-là quand Gabor l'arrête.

– Pas devant elle ! intime-t-il à son père en désignant Völva d'un coup de menton. Le diable est revenu dans son esprit, c'est comme ça qu'ils ont su où nous trouver.

– Tu en es certain ? lui demande Zoltan.

Gabor hoche la tête.

– Il a beau se cacher, je le vois rôder en elle.

La main de Völva serre la mienne comme un étau. Je sens sa peur… mais aussi autre chose que je n'arrive pas à définir.

– Tu mens ! lance-t-elle à Gabor avant de se retourner vers moi.

Ses yeux m'implorent de la soutenir mais, malgré tout mon amour pour elle, je ne peux m'y résoudre. Le plus doucement possible, je lui demande si ce que dit Gabor est vrai et vois ses yeux se remplir de larmes.

— Je ne peux pas l'en empêcher, il est trop fort… Mais tu ne peux pas m'abandonner, pas maintenant, pas ici.

Ses supplications me déchirent l'âme, mais la garder avec nous est trop dangereux et elle le sait.

— Völva, les enjeux sont trop importants. Fais demi-tour, retourne avec le clan, tu nous rejoindras plus tard.

Ses yeux passent sur nous à la recherche d'un allié mais personne ne prend sa défense.

Elle ouvre la bouche, la referme et va pour parler quand elle est coupée par Mina.

— Je l'ai senti moi aussi. Cette Chose, c'est mon père, je le connais bien et n'ai aucun doute. Il était là quand tu dormais.

— Je sais mais je ne peux pas partir. Il faut que je reste pour vous empêcher de faire une erreur. Je suis *Celle qui écoute* et je sais pourquoi le Maître est revenu, il…

Avant qu'elle puisse en dire plus Mina la saisit brutalement par le col de son vêtement et se met à gronder.

— Tais-toi ! Tu es son esclave et ce n'est pas à toi de décider de ce qui doit être !

Völva ne peut plus parler et je vais m'élancer pour l'aider quand la voix de Mina me cloue sur place.

— N'approche pas ! *Celle qui écoute* est possédée par la créature de nos ennemis et je ne te laisserai pas la sauver.

Malgré tous mes efforts, mes muscles ne me répondent plus.

Et je comprends.

Ce n'est pas Mina qui est là devant nous.

C'est Lilh.

Lilh est revenue et elle est là pour protéger son Maître.

J'aimerais parler, appeler Mina, la supplier de revenir mais quitter mon corps m'a trop fatigué et je n'y arrive pas.

Le visage de plus en plus rouge, Völva tente maladroitement d'écarter les mains qui l'étranglent mais Lilh la soulève et l'entraîne vers le précipice.

Les yeux de Völva cherchent les miens, ses lèvres forment des mots que je n'arrive pas à lire.

Dos au vide, perchée en équilibre précaire sur la corniche caillouteuse elle ne cherche même plus à se défendre.

Elle sait qu'il est trop tard.

Je puise dans mes dernières forces pour hurler :

– MINA !!!

Lilh s'arrête une seconde. Son visage se déforme et, comme un animal dérangé par des ultrasons, elle secoue la tête.

Mina, Mina m'a entendu, elle est en train de se battre pour revenir.

– MINA ! bats-toi, repousse-la !

Lentement, ses mains se décrispent et la pression autour du cou de Völva diminue. Je vois la femme que j'aime aspirer une grande goulée d'air et reprendre son équilibre.

Völva est à quelques mètres de moi.

Ses grands yeux noirs plongent dans les miens et je reprends espoir.

Mais il est trop tard.

Trop tard car, dans un dernier sursaut, Lilh revient et frappe.

Si vite que Völva n'a pas le temps de bouger.

Quand la main de Lilh se pose sur la poitrine de la femme que j'aime et pousse son corps dans le vide je reste tétanisé.

Je vois son corps s'envoler vers les rochers mais je n'esquisse pas un geste.

Je ne peux pas bouger.

Je suis paralysé par la douleur, la millénaire douleur de voir disparaître celle que j'aime encore une fois.

Mon cœur a cessé de battre, mes poumons de fonctionner et mon esprit est vide.

Je voudrais me précipiter, la suivre dans sa chute à défaut de pouvoir la sauver, mais je sais que je ne le pourrai pas.

Je le sais avant même qu'elle ne s'écrase au fond du précipice.

Je le sais car pendant que son corps vole dans les airs l'esprit du Maître a posé son ombre noire sur le mien… une ombre qui m'ordonne de ne pas bouger et à laquelle je ne peux qu'obéir.

Je suis trop faible pour m'opposer à lui.

*Celle qui écoute* n'est plus.

Le Maître est revenu.

## le Maître

### Cauchemar de Kassandre
### Nuit du 13 mai au 14 mai

Ma fille.

Le sang de la première Génophore court dans mes veines et répare la faible enveloppe charnelle dans laquelle je suis prisonnier depuis des millénaires.

Ma chair se reforme, ourle mes os de viande, m'offre le corps jeune et sain que j'avais au début du monde. Je sens ma peau se tendre sous la pression de mes muscles régénérés, mes lèvres et mes joues se gonflent, mon épiderme s'attendrit et devient plus doux que celui de l'enfant que je n'ai aucun souvenir d'avoir été.

Je n'ai pas d'âge mais la vigueur de la jeunesse m'envahit… et me donne faim.

Une faim immense, dévorante que je ne peux encore combler et dont je sais qu'elle me rongera bientôt de l'intérieur si tu ne me rejoins pas rapidement.

Ma conscience s'étend et j'entends le doux chant de ton sang.

Ma fille indocile, où es-tu en ce monde ? Que fais-tu loin de moi quand je réclame ta présence ?

Ma fille, n'entends-tu pas mon appel ?

Souviens-toi des paroles que je t'ai dites le jour où je t'ai faite mienne.

Souviens-toi du cri de colère de Lilh et des hurlements de ton peuple.

Souviens-toi du volcan déchaîné, de la vague grinçante qui avait tout emporté sur son passage et détruit le palais de ton père.

Un monde détruit par ta faute car tu avais refusé de me rejoindre.

Danseuse de taureaux, nous avons passé un pacte tous les deux sur la plaine immergée, un pacte qu'une fois encore tu cherches à ne pas respecter.

Si tu ne veux pas que d'autres périssent par ta faute, tu dois respecter ta parole.

Ma fille, réveille-toi, souviens-toi de moi... et viens faire ton offrande à ton Maître.

# Kassandre

**14 mai**
*Suisse*
*Centre d'essais cliniques de Biomedicare*

– … huit, neuf, dix…

Je compte à voix haute chaque pas que je fais.

Je marche lentement, concentrée sur le poids de mon talon droit, sur la seconde où celui-ci contacte le sol, sur le déroulé de ma semelle jusqu'à sa pointe et le retour de mon pied dans les airs ; je glisse sur le sol de béton par paquets de douze pas avant de pivoter et de repartir dans l'autre sens.

– Un, deux, trois, quatre…

Deux jours ont passé depuis mon arrivée dans les labos de Père mais, à part ces horribles cauchemars qui m'assaillent dès que je ferme les yeux, rien n'a vraiment changé.

Je suis toujours enfermée dans la même cellule sous la surveillance d'un type armé pouvant faire exploser mon collier à la moindre tentative d'évasion et coincée sous le regard de quatre caméras qui ne perdent pas une seconde de mes activités ; activités qui sont absolument passionnantes vu que je ne fais rien ! Rien à part manger, essayer de pisser le plus dignement possible dans le trou du plancher et échafauder des plans pour me tirer d'ici en tournant comme un putain de tigre dans sa cage pour éviter de m'endormir.

Je ne sais pas si c'est à cause de notre nuit sur les flancs du Vésuve ou à cause de ce virus qui est en train de se répandre sur terre mais, dès que je baisse les paupières, les mêmes images dansent en boucle dans mon esprit : une éruption, immense, un cône de pierre qui s'enfonce dans la mer bleue et une vague, plus haute que les montagnes, qui s'abat sur les îles en détruisant tout sur son passage.

Toujours ce cauchemar atroce, et la sensation diffuse que je suis la seule responsable de cette éruption et des morts qu'elle a provoquées.

Je suis tellement désespérée que j'ai même essayé de faire ami-ami avec les gardiens. Tout plutôt que de me rendormir et entendre à nouveau ces milliers de cœurs cesser de battre.

Je dis « les gardiens » car j'en ai trois différents. Trois mecs qui tournent toutes les quatre heures mais qui pourraient aussi bien être le même type tellement ils se ressemblent ; je ne suis même pas certaine qu'ils soient humains tellement on dirait des robots.

Ces types sont des obsédés du règlement et ils ont dû avoir des consignes strictes car pas un ne me calcule.

À chaque fois que j'ai essayé de leur parler ils ont fait ceux qui ne m'entendaient pas et, quand j'ai tenté d'influencer leur cœur, ils ont tous eu la même réaction :

pointer du doigt la télécommande de mon collier suspendue à un cordon autour de leur cou.

Le message est clair et, comme je ne suis pas débile, j'ai fini par laisser tomber.

Depuis, je me contente de leur faire un doigt d'honneur à chaque fois que je passe devant la porte vitrée de ma cellule... c'est-à-dire tous les douze pas, soit toutes les quinze secondes ce qui fait environ quatre majeurs dressés par minute.

D'ailleurs, je commence à avoir mal au doigt...

Le pire c'est que je n'ai même pas revu Père. Non pas qu'il me manque, ce serait un comble, c'est juste que j'aurais bien aimé savoir ce qu'il comptait faire de moi, et si ce que m'avait raconté Georges à propos de lui, comme quoi il serait le créateur de la Chose et le tortionnaire de Don Camponi, était bien vrai.

Mais bon, je ne désespère pas, il finira bien par venir me voir, ne serait-ce que pour m'écraser un peu plus.

– Onze, douze !

Je soupire, m'étire devant le garde, décide de changer de main pour mon doigt d'honneur rituel et reprends ma promenade.

Réfléchir m'a fait perdre le compte.

À combien j'en suis déjà ? Cinquante-deux ou cinquante-trois tours ?

Peu importe, on n'a qu'à dire cinquante-deux, de toute manière ça ne changera pas grand-chose... Douze pas de plus ou de moins qu'est-ce que ça peut bien faire ?

Douze. C'est le nombre d'enjambées qui me permettent de faire le tour complet de ma cellule et si ça continue je pense que ce sera aussi le nombre de jours, de mois, ou même d'années, que je passerai enfermée ici !

Je commence à suffoquer.

En deux jours ma seule sortie a été de me rendre sous bonne escorte, menottée et cagoulée, dans une autre pièce deux étages plus bas.

Tu parles d'une promenade, d'autant que c'était juste pour qu'une espèce de taré avec des lunettes cassées me fasse passer une batterie de tests médicaux.

Tout en continuant de marcher je caresse la saignée de mon coude droit. La grosse aiguille que le docteur Walberck a utilisée pour prélever mon sang y a laissé un bleu douloureux qui me rappelle la scène à chaque fois que je plie le bras.

Je suis convaincue qu'il a fait exprès de s'y reprendre à plusieurs fois pour planter son aiguille… Avec du recul je me dis que je n'aurais peut-être pas dû le traiter de couille molle et de larbin minable. Mais bon, l'entendre déblatérer sur son « génie » et sur son « rôle primordial » dans la constitution d'un nouveau monde m'agaçait tellement que je n'ai pas pu me retenir.

Seul problème, ensuite il s'est refermé comme une huître et je n'ai pas pu en savoir plus.

Ça, je le regrette parce que je pense que si je l'avais jouée plus fine j'aurais pu en apprendre davantage.

De toute manière la seule chose qui l'intéressait c'était « d'étudier mon cas ».

Je n'étais pas franchement consentante mais j'ai vite compris que je n'avais pas trop le choix et, comme je n'en avais rien à foutre, j'ai laissé le minus s'amuser. Radios, scanner, IRM, prélèvements sanguins, test d'effort... tout y est passé et le grand sourire qu'il affichait à mon départ prouve que ce qu'il a découvert, quoi que ce soit, lui a beaucoup plu.

À mon retour dans ma cellule, les lampes que j'avais cassées avaient été réparées et protégées par des grilles de fer et, depuis, je suis coincée là avec ce cauchemar qui va me rendre folle.

J'achève mon soixantième tour, m'allonge sur mon lit, replie mon bras gauche sur mon visage pour me protéger de la luminosité et me concentre sur Georges.

Le seul point positif de ma petite excursion c'est qu'elle m'a permis de découvrir que le premier garde ne m'avait pas menti : mon alter ego est bien ici.

Quand j'étais avec le professeur Foldingue j'ai senti sa présence à quelques mètres de moi et, depuis, je le surveille de loin. Malheureusement, malgré mes nombreuses tentatives, je n'arrive plus à communiquer avec lui et je ne comprends pas bien ce qui lui arrive.

Depuis hier, Georges n'est plus vraiment Georges.

En formulant cette pensée je me rends compte de ce qu'elle a d'idiot.

Comment Georges pourrait-il ne plus être lui-même ? Oui, c'est stupide, pourtant c'est vraiment ce que je ressens quand je me connecte à lui.

Je n'entends toujours pas son cœur mais perçois le chuintement diffus de sa bête sombre.

Cette bête j'arrive même à en entendre les pensées... car, oui, depuis hier, elle pense, même si je devrais plus parler d'images que de pensées cohérentes.

Je suis inquiète car je n'entends qu'elle.

Ça paraît débile en le formulant ainsi, mais c'est comme si Georges avait disparu de lui-même.

C'est comme s'il était vide.

Il ne ressent plus rien.

Alors que la douleur l'emplissait totalement la première fois que je me suis connectée à lui, il est maintenant plus vide qu'un cerveau d'huître.

Quand je plonge en lui j'ai l'impression d'errer sur une immense terre désolée et glacée, j'ai l'impression d'avoir les sens engourdis par de... par de la neige ; voilà, c'est ça, quand j'effleure l'esprit de Georges j'ai le sentiment d'être plongée au cœur du Grand Nord.

Que lui a donc fait subir mon père pour l'obliger à fuir aussi profondément de sa conscience ? Que s'est-il passé pour qu'il disparaisse de mon écran radar... Et pourquoi son dragon grogne-t-il comme un chien de garde à chaque fois que je m'approche ?

## cauchemar de Georges

**14 mai**
*Suisse*
*Centre d'essais cliniques de Biomedicare*

*Völva !*
*Je vois le corps de ma sœur voler dans les airs sur les flancs d'une montagne noire.*
*Elle n'a pas changé. Toujours le même visage fin aux hautes pommettes, la même chevelure sombre et ce regard plus profond qu'une éternité.*
*Je plonge dans ses yeux noirs, vois ses lèvres bouger pour me murmurer un message, et l'image se brouille...*

*Au flanc sombre de la montagne se superpose la plaine enneigée de notre enfance.*
*Je suis de retour là où tout a commencé.*
*Völva ne tombe plus ; debout à côté de moi devant le brasier où notre père se consume, elle regarde notre monde disparaître. Sa petite main chaude s'est glissée dans la mienne et je sens ses doigts enlacer mes phalanges avec force.*

Le cri de la femme noire aux cheveux de feu vient de faire éclater les glaciers.

Autour de nous les immenses falaises blanches se fendent puis tombent dans un bruit de tonnerre.

Des tonnes de glace s'effondrent dans la mer gelée et enfantent de monstrueuses vagues.

L'eau meurtrière emporte tout sur son passage.

Tout sauf nous.

Debout au milieu de la plaine submergée avec l'Homme non mort et la femme noire, nous voyons les vagues s'écarter devant nous et nous contourner comme si nous étions entourés de murs invisibles.

En quelques minutes notre village n'est plus. Il a disparu sous les flots et, avec lui, toutes les vies à mille lieues à la ronde.

— Chasseur de dragons, tu ne dois pas t'opposer à moi, me dit doucement l'homme en descendant de sa monture.

Je n'ose le regarder.

Je lui demande s'il est un dieu, mais ma question le fait rire.

— Qu'est-ce qu'un dieu ?

Ma courageuse petite sœur s'avance et répond à ma place.

— Tu n'es pas un dieu. Un dieu est celui qui connaît les réponses mais, toi, tu ne sais même pas qui tu es.

La femme noire siffle et sa voix claque pour intimer le silence à Völva, mais l'homme l'arrête d'un simple geste. Ce que vient de dire ma sœur semble l'intéresser.

Il se rapproche d'elle, saisit son menton entre ses doigts fins et lève son visage vers lui avant de lui demander doucement :

— Et toi, petite fille, tu sais qui je suis ?

– Non, mais si tu m'en laisses le temps, je sais que les murmures du monde finiront par me le révéler.

L'homme l'écoute mais ne répond rien ; il se contente d'observer intensément ma sœur avant d'attraper délicatement sa main pour la porter à sa bouche.

Sans la quitter des yeux il baise délicatement chacun de ses doigts, avant de retourner brusquement son poignet et de planter profondément ses dents dans la chair tendre.

Je le regarde faire sans bouger, sans prononcer une parole.

L'homme m'a paralysé d'un seul regard.

Je le sens en moi et ne peux rien faire contre sa puissance.

Les hommes, les femmes et les enfants de mon clan doivent être loin à présent, loin et morts, mais l'homme boit le sang de Völva comme si rien d'autre n'avait d'importance.

Je regarde ses joues se creuser, ses lèvres se rejoindre puis s'écarter dans un lent mouvement de succion.

Comme un nourrisson sur le sein de sa mère, l'homme tète ma sœur avec un plaisir indécent qui n'échappe pas à sa compagne.

La femme noire grogne, dit qu'ils sont venus pour moi, que la fille ne sert à rien, qu'il faut l'éliminer et partir, mais l'homme n'est pas du même avis.

Il a fini de s'abreuver.

Il embrasse délicatement le poignet sanglant avant de refermer sa blessure d'une caresse.

– Cette fillette est une de tes filles, Lilh, dans son sang coule une partie du tien. Cela fait des nuits qu'elle nous entend arriver. Elle sait écouter, c'est un don rare qui pourrait nous être utile. Nous allons la garder avec nous et tu ne toucheras pas à un seul de ses cheveux.

La femme noire se tait.

Sa tête s'abaisse devant son Maître en signe de soumission mais, quand elle se relève, j'ai le temps d'apercevoir le regard de haine pure qu'elle glisse à ma sœur.

Je veux la mettre en garde, mais les liens qu'a tissés l'homme dans mon esprit sont trop forts pour que je puisse parler.

Impuissant, je le regarde se tourner vers moi et s'avancer.

Il me fait peur.

La main qui saisit la mienne est plus froide qu'un iceberg et sa peau presque aussi translucide.

Il retourne mon poignet, caresse le dragon qui y est tatoué et avance sa bouche vers mon oreille.

Son souffle glacé se pose sur mon cou pendant que sa bouche me murmure :

– Quant à toi, Chasseur de dragons, sois heureux. Je t'ai choisi parmi des milliers pour entrer à mon service et je vais te faire un don immense, un don que seuls quatre humains au monde se partageront. Je vais t'offrir un quart de mes pouvoirs mais, pour cela, tu dois d'abord mourir.


Ses dents mordent mon cou, écrasent mes tendons et déchirent ma chair,

sa langue s'enfonce dans ma gorge à vif,

sa bouche se colle à ma peau déchiquetée et je le sens boire mon sang.

Il lape goulûment et mon âme se vide.

J'entends le cri de ma sœur et le fracas des vagues.

Je vois le blanc paysage avalé par les eaux.

Le battement sourd de mon cœur est le dernier bruit de mes jours.

Dans mes yeux, la lumière s'efface doucement, remplacée par le rouge de braise des yeux de l'Homme non mort. Je meurs.

Puis je renais.

Sous ma langue une saveur inconnue se glisse comme un serpent.

Un serpent noir et chaud qui s'infiltre en mon corps pour l'irriguer de force.

Mille filaments de sang me parcourent, inspectent chaque recoin de mon être et me reconstituent.

Os, muscles, tendons, veines, artères, peau, la bête n'oublie rien et se trouve un logement tout au creux de mon âme.

Quand je rouvre les yeux, la mer a disparu.

Ne reste autour de nous qu'une terre désolée, lavée de toute nature, expurgée de toute vie.

Sur mon poignet droit, mon dragon n'est plus là.

Il dort au fond de moi et me rend à la vie.

Je respire.

Un parfum de charnier imprègne mes poumons.

Une main chaude dans la mienne.

Völva qui me sourit.

Ses deux yeux noirs immenses sous ses longs cheveux sombres, des cheveux qui s'envolent tandis que son corps dévale le flanc d'une falaise et que ses lèvres forment les mots que j'attendais depuis des millénaires :

« Empêche son retour. »

## Kassandre

**14 mai**
*Suisse*
*Centre d'essais cliniques de Biomedicare*

*Schluscchhh…*
Le bruit que fait la porte de ma cellule en coulissant me fait ouvrir brusquement les yeux.

Des papillons noirs se mettent à danser devant mes pupilles à cause de la lumière des néons mais, malgré ça, je n'ai aucun mal à reconnaître la silhouette menue qui s'avance vers moi.

Je bascule en position assise, prête à me lever pour accueillir ma mère, quand je remarque quelque chose de très étrange : derrière elle, dans le couloir, le garde qui est censé me surveiller s'est effondré au pied du mur et ronfle plus fort qu'un ours en pleine hibernation.

– Maman…

À l'instant où le mot franchit mes lèvres, je réalise que c'est la première fois que je l'appelle ainsi… et le reste de ma phrase sort avec un temps de retard.

–… qu'est-ce que tu as fait au gardien ?

Un instant j'observe la femme qui est là devant moi, en me demandant si elle est bien Karolina Báthory de Kapolna.

Pourquoi ?

Il me faut trente secondes pour trouver ce qui a changé.

Certes, ma mère est toujours celle que les journaux adorent : tailleur Prada gris, chemisier Chloé, vernis rouge-noir Chanel, escarpins Céline, lissage cendré impeccable, maquillage discret… Alors pourquoi ai-je l'étrange impression que cette femme n'est pas celle que j'ai toujours connue ?

Je cherche, et je trouve : elle sourit ; un vrai sourire, doux et léger comme une caresse ; un sourire comme je ne lui en ai jamais vu et qui la fait devenir une autre.

Lentement sa main gauche se lève et s'en va caresser ma joue.

– Ne t'inquiète pas, il est juste endormi, me répond-elle en me montrant la petite bombe de gaz qu'elle tient serrée dans sa main droite.

– Comment tu as pu arriver jusqu'ici toute seule ?

– Parce que je ne suis pas toute seule. J'ai des alliés. Marika et Gustav sont avec moi, ils nous attendent là-haut.

Comme si c'était suffisant ma mère tourne les talons pour quitter ma cellule, mais je la retiens.

– Attends un peu, j'irai nulle part tant que tu ne m'en auras pas dit plus.

Mère soupire, regarde sa montre, mais elle me connaît suffisamment pour savoir qu'elle n'a pas le choix : si elle veut que je la suive il va falloir qu'elle parle.

— Je suis aussi une porteuse K, Kassandre. Dès les premiers jours de ma grossesse j'ai su que tu étais une Génophore. J'allais en parler à ton père quand ma rencontre avec Marika m'a fait changer d'avis.

— Qu'est-ce que la mère de Mina vient faire là-dedans ?

— Elle et moi nous sommes rencontrées à Naples. Je venais juste de découvrir que j'étais enceinte quand elle est venue me voir. Elle aussi attendait un enfant et elle cherchait à fuir. Elle m'a raconté que quatre ans auparavant les Enfants d'Enoch avaient découvert l'existence d'une femme attendant des Génophores. Qu'ils n'avaient pas hésité à l'enlever et avaient prévu d'utiliser ses enfants comme cobayes. La femme avait réussi à fuir mais Marika avait des preuves, des preuves dont j'ai pu vérifier la véracité en fouillant dans les papiers de ton père.

— Mais... comment avez-vous su que vous attendiez des Génophores ?

Ma mère hausse les épaules.

— Nous avons toujours pensé que c'était vous, nos enfants, qui nous avaient guidées pour que nous vous rapprochions. Toujours est-il que c'est Marika qui m'a aidée à remplacer ton sang dans le prélèvement qu'avait fait faire ton père le jour de ta naissance. C'est pour ça que je l'ai aidée à changer d'identité et l'ai embauchée pour te servir de nourrice. Pour te protéger. Quant à Gustav, c'est une autre histoire et elle ne te regarde pas...

Ma mère jette un coup d'œil au garde endormi et aux caméras du plafond, avant de me tendre un boîtier blanc que je reconnais aussitôt comme étant celui qui active mon collier explosif.

– Je sais que tu as plein de questions mais ce n'est pas le moment. Si on veut avoir une petite chance, il faut y aller…

J'aimerais lui demander ce qu'elle sait sur le quatrième Génophore, mais j'abandonne car je sais qu'elle a raison.

Côte à côte nous nous mettons à courir.

Dans les pièces réparties de chaque côté du couloir j'aperçois d'autres cellules aux portes vitrées ; des répliques minuscules de la mienne.

Des enfants y sont endormis. Au-dessus de chaque porte un panneau indique le lieu où ils sont nés : Gabon, Congo, Bangladesh, Papouasie, Nicaragua, Guatemala, Guinée, Sierra Leone, Liberia, Nigeria… beaucoup d'enfants des pays du Sud, mais je repère aussi un Français et deux petites Japonaises.

Je sais qu'ils sont vingt-trois car j'avais repéré leurs cœurs en cherchant Georges, mais je ne comprends pas ce qu'ils font ici.

Sans ralentir, j'interroge ma mère.

– C'est qui ces gamins ? On dirait une pub Benetton. Père fait la collec genre « Enfants de tous les pays » ou…

Au moment où je pose la question je comprends que j'ai la réponse sous les yeux : à côté de chaque petite cellule un panneau est affiché. Sur celui-ci une lettre est suivie d'un chiffre et de quelques phrases tapées en gros caractères.

Je vais trop vite pour lire le bla-bla mais je reconnais la lettre : c'est un K majuscule et je comprends que le chiffre qui le suit indique le nombre de chromosomes K de ces enfants.

Si ce que m'a dit Georges est vrai je dois avoir le sigle K6 écrit devant ma cellule.

Pas un de ces enfants n'est en dessous de K2, certains montent même jusqu'à K4 et je frissonne en imaginant à quoi Père peut les utiliser.

Je stoppe net et insiste :

– Que font ces gamins ici ?

Mère s'arrête et me répond enfin.

– Ce sont les orphelins rescapés du virus, ceux que l'OMS a obligeamment rapatriés en Suisse pour que ton père puisse fournir un vaccin à la communauté internationale.

– Mais... pourquoi est-ce qu'il n'y a que des enfants ?

Karolina grimace, on dirait que la situation la dégoûte et en entendant son explication je comprends que c'est effectivement le cas.

– Les adultes sont moins malléables, ils ont été regroupés dans d'autres centres. Ça arrange bien ton père car ainsi il dispose de cobayes idéaux pour accélérer ses recherches d'un vaccin efficace contre son virus.

– Comment ça SON virus ? Tu veux dire que c'est Biomedicare qui a VOLONTAIREMENT créé cette merde, qu'elle lui a échappé et que, en plus, ils ne savent pas comment la stopper ? Mais... Mais c'est de la folie furieuse !

Mère secoue la tête.

– C'est bien pire que ça. Non seulement ton père a créé le virus mais celui-ci ne lui a pas échappé. Ce n'est pas un accident, Kassandre. Ce virus épargne les porteurs d'un chromosome K. C'est un génocide, les Enfants d'Enoch cherchent à prendre le pouvoir...

Je ne comprends plus rien.

– Alors pourquoi a-t-il besoin d'un vaccin ? Ils n'ont qu'à attendre que leur virus fasse son effet.

Mère regarde sa montre, me prend par le bras et m'oblige à reprendre notre course vers la sortie tout en continuant ses explications.

– La génération K n'est pas assez nombreuse, les Enfants d'Enoch ont besoin de pouvoir préserver tous ceux qui leur seront utiles, sauf que le vaccin qui était censé marcher en laboratoire vient d'être balayé par les tests grandeur nature. Les porteurs du chromosome K sont bien épargnés par le virus… mais les humains vaccinés au préalable, comme l'étaient les équipes médicales envoyées sur place, ont fini par développer la maladie et sont morts eux aussi !

Nous sommes arrivées au bout du couloir.

Une porte nous barre la route, mais Mère sort un passe de sa poche pour le scanner et celle-là s'ouvre sur un escalier.

– Kassandre, c'est pour ça qu'il est si important que nous partions d'ici, tu ne peux pas laisser ton père utiliser tes facultés. L'OMS compte sur lui pour créer un vaccin et c'est bien ce que ses équipes sont en train de faire… mais ce que l'OMS ignore c'est que son vaccin ne sera donné qu'aux populations choisies par les Enfants d'Enoch. Dès qu'il sera au point et que leurs alliés humains seront hors de danger, le métavirus sera répandu sur la terre entière pour la débarrasser du surplus d'humains et la génération K, *Homo superior* comme l'appelle ton père, sera la nouvelle espèce dominante. De même qu'*Homo sapiens* a remplacé l'homme de Neandertal il y a vingt-huit mille ans, *Homo superior* va effacer *Homo sapiens*... une nouvelle étape de l'évolution.

– Et qu'est-ce que je viens faire là-dedans ?

– Tu as six chromosomes K, Kassandre, tu es une Génophore. Les Enfants d'Enoch souhaitent utiliser ton patrimoine génétique, non seulement pour créer un vaccin efficace, mais aussi pour développer une nouvelle transhumanité.

Son ton se fait de plus en plus pressant, ses yeux naviguent du couloir à l'escalier mais je refuse de la suivre sans en savoir plus.

– Une quoi ?

Je vois bien que maman panique, qu'elle voudrait partir, mais je refuse de bouger avant de comprendre, alors j'insiste et elle finit par me répondre.

– La transhumanité est une humanité qui refuse d'attendre patiemment que la nature l'améliore. Les Enfants d'Enoch ont décidé d'accélérer le processus. Quelques humains triés sur le volet, des gens riches et puissants qui souhaitent les rejoindre, attendent que les équipes de ton père les transforment en leur implantant artificiellement un génome K. Nous devons absolument nous enfuir avant que ton père ne commence ses manipulations génétiques... J'espère avoir détruit tous tes prélèvements alors, si tu pars, il perd une des pièces de son puzzle et j'ai bon espoir que cela suffise à le retarder.

Mère est fébrile, son visage est de plus en plus crispé ; la panique est en train de la gagner.

Au bout du couloir, le garde endormi commence à remuer.

– Vite, Kassandre ! me lance-t-elle en s'engageant sur les premières marches.

J'attrape son bras pour la retenir et lui désigne les volées de marches qui plongent vers les étages inférieurs.

– Y a quoi en bas ?

Elle secoue la tête.

– Crois-moi, tu n'as pas envie de savoir... Je t'en supplie, viens, je n'aurai pas une seconde chance de t'extraire d'ici.

J'hésite.

Vingt-trois enfants sont prisonniers à cet étage, Georges est en bas.

Je ne veux pas quitter le laboratoire sans eux et les laisser à la merci des expériences de Père. J'ai peur de ne jamais avoir une autre occasion de les sauver.

– Kassandre, quoi que tu veuilles faire, crois-moi, rien ne peut être plus important que de partir d'ici, insiste ma mère en m'agrippant le bras.

Derrière elle, les marches de l'escalier s'envolent vers la surface, vers la liberté... mais je me dégage de son étreinte pour lui designer les étages inférieurs.

– En bas, il y a un garçon qui est comme moi. Si ce que tu dis est vrai il faut absolument le délivrer lui aussi !

Je veux la convaincre de m'aider mais elle ne m'écoute plus.

Sa main droite surgit devant mes yeux et, avant que j'aie le temps de comprendre ce qu'elle veut faire, son index presse le déclencheur de la bouteille de gaz.

J'entends des pas dans l'escalier, vois des jambes apparaître et des bras se tendre vers moi au moment où je glisse vers le sol. Je reconnais le visage de Gustav et je me sens portée, transportée de marche en marche vers la sortie.

J'entends ma mère lui murmurer de faire vite, que le garde est en train de se réveiller.

Puis elle se penche sur moi et caresse mon visage.

– Je suis désolée…

Je murmure :

– Il… faut… libérer… Georges… et les enfants…

Mais personne ne me répond et je sombre dans mes cauchemars.

**Georges**

**14 mai**
*Suisse*
*Centre d'essais cliniques de Biomedicare*

Je rêve que je tombe, que je tombe sur le dos dans un puits noir et sans fond à quelques centimètres d'une paroi rocheuse à laquelle je n'arrive pas à me raccrocher.

Mon corps se tend comme un arc pour freiner ma chute et cette sensation me réveille en sursaut.

Ce spasme est si violent qu'il fait bouger l'aiguille fixée dans mon cerveau.

Ce n'est pas grand-chose, juste un ou deux millimètres mais c'est suffisant pour qu'elle se décroche de son support et que l'armure d'immobilité dans laquelle le doc avait enfermé mon corps s'entrouvre.

Mon dragon est le premier à s'en apercevoir. Ses filaments s'étirent, parcourent mes muscles, les massent et, peu à peu, je sens mon corps réagir.

Je bouge l'index gauche, puis la main entière et enfin le bras.

Heureusement, je suis seul.

Le doc est tellement certain de m'avoir maîtrisé qu'il n'a même pas pris la peine de me remettre mes liens et m'a même ôté mon collier.

Une erreur que je me promets de lui faire payer très cher dès que j'en aurai l'occasion.

Un coup d'œil à la pendule m'apprend qu'il est 23 heures, mais cette information ne peut à elle seule expliquer le silence qui règne et le garde que je vois dormir à poings fermés dans le couloir.

Quelque chose se passe, je ne sais pas quoi mais c'est ma chance et je dois la saisir pour filer d'ici.

J'arrache lentement les perfusions plantées à la saignée de mes bras et lève les mains pour palper mon crâne. Jusqu'à présent je n'ai pu qu'imaginer ce que me faisait subir le doc et j'ai peur de ce que je vais découvrir.

Je pose le bout de mes doigts sur mon front et remonte doucement. Mon crâne a été rasé. Il est prisonnier d'un cercle de métal fixé au siège incliné sur lequel je suis installé.

C'est ce qui m'empêche de me redresser.

Mes mains glissent sur la surface froide et finissent par trouver deux vis papillon que je desserre sans souci.

Je soulève ma couronne, essaie de me lever mais quelque chose me retient encore au siège.

À ma gauche tout un tas d'instruments médicaux luisent sur un plateau. J'attrape une scie plate en acier, un récipient en métal et les utilise comme miroirs. Grâce au reflet de la scie je vois mon crâne se refléter sur le cul de la bassine que je tiens derrière moi.

Je hoquette de surprise.

Quelque chose est planté dans mon crâne ; quelque chose qui part de ma tête et aboutit à une machine qui ronronne doucement dans mon dos.

Un mouvement sur ma droite attire mon regard.

Dans le couloir, le garde commence à bouger. Il va bientôt se réveiller.

Ce n'est pas le moment d'hésiter.

Je repose mes miroirs improvisés, tâtonne à l'arrière de ma tête, saisis la pointe de métal plantée dans mon cerveau et tire d'un seul coup.

La douleur que j'attendais en serrant les dents ne vient pas.

Du sang coule sur mon front, glisse sur mes sourcils et pénètre dans mon œil droit. Je le chasse d'un battement de paupière, attrape une compresse sur le plateau et l'applique sur mon cuir chevelu.

Pour avoir souvent été blessé à la tête je sais que ce saignement abondant est normal ; d'ailleurs, dix secondes de pression suffisent pour stopper l'hémorragie.

Du bout des doigts je cherche la blessure sur mon crâne en m'attendant au pire. J'imagine une plaie béante, une trépanation digne de la créature de Frankenstein mais il n'en est rien. L'aiguille, longue et fine, n'a laissé qu'une croûte infime et le sang qui m'a aveuglé provient de l'estafilade que je me suis moi-même infligée en la retirant trop brutalement.

Je soupire de soulagement, bascule mes deux jambes sur le côté, pose mes pieds sur le sol et me redresse lentement.

Ma tête tourne.

Trois jours que je n'ai rien avalé, je me sens faible mais tout de même suffisamment en forme pour me tirer d'ici. De toute façon, je ne suis pas certain d'avoir vraiment le choix.

Heureusement, j'ai toujours mes vêtements.

Pour plus de discrétion, j'enfile une des blouses blanches pendues au mur, glisse un scalpel dans ma poche et appuie sur le bouton de commande de l'ouverture de la porte.

*Schlliffft*, fait celle-ci en coulissant.

Le bruit est très doux mais suffit à faire ouvrir les yeux au garde qui se redresse d'un coup en bafouillant.

Je ne lui laisse pas le temps de réagir. Mon poing vole dans les airs, directement sur sa tempe et le type se rendort avant même d'avoir pu sortir son arme.

Moi, par contre, je la confisque aussitôt. C'est un Beretta, classique mais efficace. J'enlève la sécurité et referme mes doigts autour de sa crosse granuleuse ; d'un seul coup, je me sens nettement mieux.

Le chasseur qui est en moi vient de se réveiller et je suis prêt pour le combat.

Au bout du long couloir blanc, une porte.

Pour l'atteindre je passe devant plusieurs salles identiques à celle où j'ai été maintenu prisonnier. Je n'ai pas le temps de m'arrêter mais ce que j'aperçois par les portes vitrées est suffisant pour me faire une idée de l'endroit où le père de Kassandre m'a enfermé : je suis dans une sorte d'hôpital et ce niveau est celui des blocs opératoires.

Les salles sont vides. J'atteins sans encombre l'extrémité du couloir mais ce que je croyais être une porte est en fait un énorme monte-charge, de ceux qui servent à transporter des lits hospitaliers.

Arme au poing je déclenche l'ouverture. Le garde que j'ai assommé doit être le dernier à l'avoir utilisé car la cabine s'ouvre immédiatement et elle est vide.

À l'intérieur, sept boutons numérotés de − 3 à + 3 ; la sortie ne peut être qu'au zéro et j'appuie sans hésiter sur la commande correspondante.

La cabine s'ébranle avec lenteur dans un bruit feutré ; dans un angle de son plafond une caméra pointe son œil noir sur moi. Un coup de crosse me suffit à la briser ; si les types qui sont à l'autre bout m'ont repéré, ce geste est dérisoire et je me prépare à avoir un comité d'accueil à l'ouverture des portes quand, brutalement, la lumière s'éteint et le monte-charge s'arrête.

S'acharner sur les boutons ne sert à rien. Il n'y a plus d'électricité.

Il fait plus noir que dans une nuit sans lune, pourtant je vois.

Mes yeux de dragon ont pris le relais et me renvoient les images mouvantes d'un monde fait d'ombres vertes. C'est étrange mais suffisant pour me permettre de repérer la découpe d'une trappe de maintenance dans le plafond de l'ascenseur.

Je coince mon arme sous ma blouse dans la ceinture de mon jean, pousse le panneau mobile et me hisse sur le toit de la cabine.

Je suis à moins d'un mètre d'une issue et le chiffre zéro peint sur sa façade m'apprend que celle-là donne sur le rez-de-chaussée.

Je suis presque arrivé à destination.

Les doigts glissés entre les deux panneaux de la porte, je bande mes muscles et tire de toutes mes forces vers les côtés.

J'écarte les battants d'une trentaine de centimètres avant de m'arrêter pour glisser un œil à l'extérieur ; là aussi, tout est noir. Seules des veilleuses indiquant les issues de secours éclairent un hall d'accueil désert d'une lueur verdâtre.

Je ne comprends pas pourquoi il n'y a personne. Où sont les gardes ? et pourquoi aucune hôtesse ne trône-t-elle derrière le grand comptoir qui fait face à la sortie ?

Même si nous sommes en pleine nuit, tout ça semble bien trop simple pour être honnête et sent le piège à des kilomètres.

Il n'empêche, je n'ai pas des masses de possibilités et, même si j'ai l'impression de me jeter dans la gueule du loup, je dois bouger.

J'attrape la crosse de mon Beretta et vais pour me hisser hors de la cage d'ascenseur quand un mouvement attire mon attention.

Là-bas, juste en face de moi, une porte est en train de s'ouvrir.

Une femme glisse discrètement la tête par l'entre-bâillement pour vérifier que la voie est libre puis pousse plus largement le battant pour laisser passer un homme chargé d'un corps inanimé.

Je suis trop loin pour distinguer les traits de son visage, mais la tignasse peroxydée de la fille trimbalée par l'homme ne me laisse aucun doute sur son identité !

Je saute dans le hall et me précipite sur eux pour récupérer Kassandre.

Quoi qu'ils lui aient fait il est hors de question que je les laisse partir avec elle sans réagir. Pourtant, au moment où je vais abattre mon arme sur la tempe de l'homme, celui-ci se retourne et je stoppe mon geste.

– Gustav ?

Je ne l'ai vu qu'une fois mais n'ai aucun mal à reconnaître le chauffeur que j'avais laissé endormi dans le creux d'un fossé, l'homme dont j'avais lu dans l'esprit à quel point il aimait la fille endormie dans ses bras... et la femme qui est debout à ses côtés.

Je sais que s'il porte Kassandre contre lui ce n'est pas pour lui faire du mal, qu'il ne peut être là que pour la sauver, alors au lieu de frapper je me contente de lui demander où il compte l'emmener mais la femme ne lui laisse pas le temps de me répondre.

– Tu es l'autre Génophore ?

J'acquiesce.

– Alors viens avec nous, nous ne serons pas trop de trois pour leur échapper. Je suis Karolina, la mère de Kassandre.

Comme si nous étions dans un salon mondain la femme me tend une main longue et fine qu'alourdit un énorme anneau de diamants.

Je la regarde sans bien comprendre ; si elle attend que je lui fasse un baisemain elle rêve debout, et elle doit se rendre compte de l'incongruité de son geste car son bras se détourne tout à coup pour désigner la sortie.

– Les gardes sont en train de se réveiller. Nous avons saboté leur système électrique pour les ralentir mais nous n'avons pas beaucoup de temps. Partons vite, Marika nous attend dehors avec une voiture, nous discuterons en chemin.

La mère de Kassandre a le ton d'une femme habituée à ce qu'on lui obéisse ; d'ailleurs elle n'attend pas mon accord pour s'élancer vers la porte vitrée, et je n'ai pas d'autre choix que de les suivre.

# Enki

## 15 mai
## *Suisse*
## *Villa du lac*

Völva est morte.

Ce n'est pas la première fois mais je ne m'habituerai jamais à cette sensation de vide, ni à ce froid qui étreint mon cœur à chacune de ses disparitions.

*Celle qui écoute* a toujours été la plus fragile d'entre nous. Bien que le Maître lui ait accordé le pouvoir de revenir, ce n'est pas une Génophore ; elle est restée humaine, bien trop humaine pour survivre longtemps parmi nous… surtout en étant poursuivie par la jalousie de Lilh et sans son frère à ses côtés pour la protéger.

Et puis, comme Mina aujourd'hui, Völva a toujours aimé écrire et ça, c'est quelque chose que Lilh déteste.

J'ai échoué.

Au cours du temps jamais Völva n'est morte de vieillesse. Elle était mordue par une vipère, glissait par-dessus bord dans une tempête, prenait une flèche perdue dans une bataille, dérapait d'une falaise… Toujours un malencontreux accident.

Je pensais que dans cette vie, enfin, j'arriverais à sauver la femme que j'aime, que la personnalité si douce et si forte de Mina m'aiderait à contrer l'instinct sauvage de Lilh, mais la première Génophore m'a pris par surprise et je n'ai pas eu le temps de réagir.

Pire, cette fois-ci Völva a été assassinée aux yeux de tous, et cela ne peut s'expliquer que d'une seule manière : l'ordre venait du Maître.

Je soupire, passe la main dans mes cheveux, pose l'arrière de ma tête contre le cuir blanc du fauteuil dans lequel je suis assis et ferme les yeux. Je sais que ma douleur ne sera rien face à la colère du Chasseur quand il découvrira la mort de sa sœur.

Mais ce n'est pas le moment d'y penser.

Grâce aux contacts de Zoltan et à sa connaissance de la montagne nous avons réussi à échapper à nos poursuivants. Nous avons trouvé refuge dans une immense propriété surplombant un lac. Ses propriétaires sont partis en Asie et, avec les nouvelles mesures sanitaires et les restrictions de vols transcontinentaux imposées au monde par l'OMS il y a peu de chances que nous soyons dérangés avant un moment… Pour ce que j'en sais, les propriétaires sont peut-être même morts.

Finalement, ce virus qui est en train de ravager le monde est peut-être une chance pour nous. Avec les problèmes qu'il cause, les autorités ont autre chose à faire que de poursuivre une bande de Tziganes à travers l'Europe.

Il faut que nous profitions de cette accalmie pour nous reposer mais, malgré six chambres à notre disposition, aucun de nous n'a l'air décidé à aller se coucher. Nous sommes tous à cran et l'immense salon où nous nous sommes regroupés est plus silencieux qu'une tombe.

J'ai dû m'assoupir une minute car je suis réveillé par un bruit.

Un déclic, puis un ronronnement.

J'ouvre les yeux, prêt à bondir mais c'est inutile.

Gabor est déjà debout. Pistolet en main il scrute les profondeurs de la pièce ; comme moi il doit craindre que les propriétaires soient rentrés plus tôt que prévu, mais je le vois sourire et ranger son arme.

– C'est leur saleté de robot qui vient de se mettre en marche, nous annonce-t-il en désignant la piscine intérieure qui jouxte le salon.

Il a raison.

De l'autre côté de l'immense baie vitrée, je vois une grosse carapace onduler dans l'eau bleue en agitant doucement ses longs tentacules.

Pour être allé glisser la main dans le bassin à notre arrivée je sais que cette eau est chaude et je ne peux m'empêcher de soupirer.

L'eau était si rare, si précieuse dans ma première vie que je n'arrive pas à m'habituer à la facilité avec laquelle les hommes l'utilisent pour rien de nos jours.

Que s'est-il passé pour que l'humanité oublie aussi rapidement ce qu'elle devait à la nature et gaspille ainsi ses ressources ?

Bercé par le ronronnement du robot, je ferme les yeux.

Le bruissement de l'eau me fait penser aux fontaines de Sumer, au clapotis des barques sur l'Euphrate, aux pêcheurs lançant leurs filets dans les eaux du Tigre.

Sumer, ma patrie bien-aimée, celle qui m'a vu naître il y a plus de cinq millénaires, Sumer, berceau de l'humanité qui n'est maintenant qu'un champ de ruines appelé Irak, une terre désolée et aride sur laquelle les hommes se déchirent pour du pétrole.

Hier, j'ai entendu aux infos que le virus était arrivé jusqu'à Bagdad. J'ai même entendu certains s'en réjouir, dire que la « nature » réussirait peut-être là où l'armée avait échoué, que l'Occident serait « débarrassé des Barbares ». Tant de bêtise m'effraie.

Je suis fatigué, pour la première fois l'immortalité de ma mémoire me pèse et Völva me manque plus que jamais.

Völva. À l'époque où nous nous sommes rencontrés le Maître ne dormait jamais.

Il parcourait la terre à la recherche de ceux qui lui permettraient de prendre enfin du repos. Quatre Génophores entre lesquels il avait décidé de partager ses gènes pour offrir un peu de son pouvoir au monde.

Je suis le troisième de ces Génophores.

Avant moi le Maître avait élu Lilh sur les terres d'Afrique, puis, bien des siècles plus tard, le Chasseur du Grand Nord l'avait rejoint.

Völva n'était pas prévue dans les plans du Maître pourtant, quand celui-ci avait découvert que la sœur du Chasseur avait le don d'entendre le monde, il lui avait offert une partie de son immortalité... sans pour autant faire d'elle une Génophore.

Au plus grand déplaisir de Lilh, Völva était devenue *Celle qui écoute* et c'est elle qui avait mené le Maître jusqu'à moi.

C'était il y a presque six millénaires, pourtant je me souviens de chaque détail de leur arrivée à Sumer.

C'était un matin.

J'avais le même âge qu'aujourd'hui. Mon père était l'architecte en chef de la ville d'Ur et je le secondais. Responsable du nouveau chantier du temple j'en montrais la progression au roi-prêtre quand nous avons vu s'avancer un étrange équipage.

À l'époque la roue n'existait pas à Sumer. Pour déplacer les charges les plus lourdes nous utilisions des traîneaux tirés par des bœufs ou des onagres, et personne auparavant n'avait vu d'attelage monté sur des roues ; alors l'arrivée de ces quatre étrangers, debout sur un char tiré à grande vitesse par deux chevaux puissants, nous avait pétrifiés.

Perchés à cinquante centimètres du sol, le Maître, Lilh, Völva et son frère semblaient léviter sur un nuage de poussière. Quand leur équipage s'arrêta enfin, le roi-prêtre me demanda immédiatement d'aller quérir ces étrangers pour les conduire à lui.

Ce qu'ils apportèrent à notre cité fit de notre peuple une des plus brillantes civilisations de notre époque. En plus de la roue, de l'attelage et des chevaux, le Maître offrit au roi-prêtre toutes les connaissances dont il avait besoin pour dominer ses voisins.

En échange, il ne lui demanda qu'une chose : moi.

Pourquoi moi ? Je ne le sais toujours pas mais c'était un marché qui ne se refusait pas.

C'est comme ça que je devins la propriété du Maître et le troisième de ses Génophores.

D'emblée, si je m'attachai à Völva et à son frère, je me méfiai de Lilh.

Le Chasseur de dragons pouvait être brutal, mais il n'en restait pas moins un homme doté d'un cœur, tandis que je découvris rapidement que la cruauté de Lilh était sans limites.

Première des Génophores, elle était d'une jalousie féroce. Quand je lui montrai le système que nous avions inventé pour garder notre histoire en mémoire, ce qui, plus tard, serait qualifié d'écriture, l'enthousiasme du Maître la fit pâlir de rage. Elle avait été choisie pour ses dessins et voilà que j'apportais une méthode nouvelle, plus efficace, pour graver les souvenirs de l'humanité.

Immédiatement, le Maître voulut que je leur enseigne ce nouveau langage mais, étrangement, Lilh ne parvint jamais à apprendre à lire et à écrire.

Je pense que c'est de cette époque que date sa rancœur envers Völva. À cause de son incapacité à maîtriser une technique dans laquelle *Celle qui écoute* se révéla être la plus douée d'entre nous, Lilh s'était sentie rabaissée aux yeux du Maître… et sa colère ne fit que grandir au cours des siècles suivants.

Une main sur mon épaule et la voix de Gabor qui murmure à mon oreille me tirent de mes souvenirs.

– Enki, réveille-toi, mon père veut te parler…

J'ouvre les yeux.

En face de moi, Mina lève une seconde la tête de son cahier et nos regards se croisent.

Quand j'avais rencontré Lilh à Sumer elle était plus noire que l'ébène mais, si la peau pâle de sa nouvelle incarnation continue de me surprendre, ses yeux verts, eux, n'ont pas changé : ils sont les mêmes que ceux qui me fixèrent quand je m'approchai du char de son Maître au pied des remparts d'Ur.

Mina va pour ouvrir la bouche, mais je l'arrête d'un signe.

Je ne suis pas encore prêt à l'entendre s'excuser, ni même à lui parler. Même si je sais que c'est Lilh qui a poussé Völva dans le vide j'ai du mal à ne pas en vouloir à Mina.

– Enki... tu viens ? Zoltan t'attend dans la cuisine, insiste Gabor.

Je me lève, vais pour le suivre puis m'arrête.

Si je veux que Mina soit mon alliée contre Lilh, il faut que je fasse un effort, que je renoue le contact.

Je me retourne vers elle, me racle la gorge et lui demande :

– Mina, tu as faim ? Tu veux que je te ramène quelque chose à manger ?

Elle a l'air surprise mais finit par sourire. Elle comprend le message et saisit l'offre de paix que je lui propose à demi-mot.

Mina hoche la tête, parle d'une soupe en brique qu'elle aurait aperçue dans un placard, dit que si je trouvais un moyen de la faire réchauffer ce serait bien, puis se tait en attendant ma réponse.

– Ça devrait être faisable, grogne Gabor à ma place en m'entraînant derrière lui.

**journal de Mina**

15 mai
(7 h 30)

Gabor et Enki viennent de partir dans la cuisine et je reste seule dans le grand salon. Ils ne m'ont pas invitée à les accompagner mais, au moins, Enki a l'air décidé à renouer le contact. Je comprends parfaitement qu'il m'en veuille.

Moi-même, j'ai du mal à me pardonner ce que j'ai fait.

Lilh a tué Völva... j'ai tué Völva !

Même si je ne l'ai pas désiré, c'est bien ma main qui a projeté son amie au bas de la falaise, mon bras, mes muscles qui se sont mis en route pour la pousser.

Qui est responsable ? L'esprit de Lilh ou mon corps ?

J'enrage de ne pas avoir réussi à la contrôler mais je suis certaine que tout est arrivé à cause du Maître. Sa présence augmente le pouvoir de celle qui vit au fond de moi et je sais que c'est lui qui a ordonné à Lilh de tuer Völva.

Même si je n'en ai qu'un souvenir confus, je sens encore le contact chaud de la poitrine de Völva quand ma main s'est appuyée sur elle pour la précipiter au bas de la montagne. Cette même main qui s'agrippe maintenant à mon stylo comme à un talisman qui aurait le pouvoir de maintenir ma conscience à flot.

Écrire est devenu pour moi la manière la plus efficace de repousser Lilh, car Lilh n'écrit pas.

Je ne sais pas comment je l'ai découvert, mais c'est maintenant une certitude : Lilh, la femme première, ne sait ni lire, ni écrire.

Dès que je prends mon stylo, dès que j'ouvre mon cahier je la sens grogner de dépit au fond de moi et s'enfuir sous l'assaut des lignes que je trace.

Tant que je pourrai écrire, tant que je resterai le plus loin possible du Maître, j'arriverai à la maintenir à distance, alors je prie pour que mes stocks d'encre ou de papier ne s'épuisent pas trop vite.

Je viens de tourner la page mais, au lieu de la blancheur immaculée d'une feuille vierge, je découvre un message griffonné à la main sur les premières lignes.

> *Empêche son retour*
> *ou il nous détruira tous.*
> *Mon frère t'aidera.*

La violence des mots me fait penser à Ka mais je sais que ce n'est pas elle qui les a écrits, ce n'est pas son écriture et, de toute manière, elle n'a pas de frère.

Je passe mon doigt sur les lignes.

Les lettres ont à peine entamé le papier. C'est une écriture légère, très féminine et je suis quasiment certaine que l'outil utilisé pour les tracer est le mien. L'encre bleu nuit, l'épaisseur des pleins et des déliés, correspondent en tout point à celles de mon stylo plume, celui que je garde coincé à l'intérieur des spirales de mon cahier pour ne pas le perdre.

Celui ou celle qui a tracé ces lignes a donc dû le faire quand mon cahier n'était pas avec moi.

Ce message est-il assez ancien pour avoir été écrit à Naples ?

Je ressors rapidement la lettre de ma grand-mère Khiara que j'avais glissée entre les pages de mon cahier et en compare l'écriture avec celle du message. Rien à voir.

Le mystère est insoluble ; je garde toujours mon cahier près de moi et ne vois personne qui aurait pu y avoir accès assez longtemps pour y écrire sans que je m'en aperçoive... à moins que ?

Tout à coup, un souvenir récent me revient.

Il y a trois jours, dans le camping-car, j'avais laissé mon cahier sous ma couchette le temps de procéder à l'offrande. À mon retour, je me rappelle que j'avais croisé Völva dans l'étroit couloir. Celle-ci se tenait juste devant la porte de ma cabine et avait légèrement rougi en me voyant.

Sur le moment je n'y avais pas prêté attention, j'étais si fatiguée, mais maintenant que j'y repense... Völva ? Serait-ce elle qui m'a laissé ce message ?

Penser à Völva m'a ramenée à l'horrible scène de la montagne.

Je sens une nouvelle fois ma main contre sa poitrine, vois son corps qui s'envole et me concentre sur son visage. Je comprends enfin.

Elle vole vers le sol, ses yeux clignent de surprise et sa bouche forme les syllabes silencieuses d'une dernière parole.

Sur le moment, je n'avais pas compris. Mais maintenant je sais et je comprends enfin pourquoi Lilh a poussé *Celle qui écoute* dans le gouffre noir.

Elle l'a tuée car Völva cherchait à empêcher son Maître de revenir. Une mission qui est maintenant la mienne et que je dois mener à bien pour ne pas qu'il nous détruise tous !

## Enki

### 15 mai
### *Suisse*
### *Villa du lac*

Gabor marche d'un pas vif. Je ne sais pas à qui appartient cette maison mais elle est immense, on pourrait y loger plusieurs familles et je retrouve mes yeux d'architecte pour l'admirer.

C'est un chef-d'œuvre d'espace vide et il y règne presque la même ambiance que dans les temples que je bâtissais pour les dieux de mon enfance… si ce n'est que la couleur en est désespérément absente.

Si je ne connaissais pas l'amour étrange des hommes de ce siècle pour la décoration minimaliste j'aurais pu penser que la demeure n'était pas achevée. À l'exception de son immense entrée qui sert de hall d'exposition, tous les espaces que nous traversons sont blancs et, quand Gabor pousse enfin la porte donnant sur la cuisine, je constate que celle-ci ne fait pas exception à la règle. La seule tache de couleur provient d'une prodigieuse orchidée enchâssée dans l'îlot central où est attablé Zoltan.

À notre arrivée, celui-ci se lève du tabouret de Plexi sur lequel il était juché et me désigne une porte dans son dos.

– Si tu as faim, c'est rempli de bouffe là-dedans.

À voir les emballages qui traînent sur le plan de travail immaculé, lui-même ne nous a pas attendus pour se sustenter mais je refuse sa proposition d'un geste de la main. Manger n'est pas ma priorité et je me doute que s'il a demandé à Gabor de me faire venir ce n'est pas pour que je l'aide à dévaliser le frigo.

– Non merci, ça va... par contre Mina m'a parlé de soupe et...

Zoltan me coupe.

– Gabor va s'en occuper. J'ai eu des nouvelles des autres Génophores, je sais où ils sont mais avant d'aller les chercher, il faut qu'on parle. Assieds-toi.

J'obtempère, m'installe sans un mot sur le tabouret situé en face de mon oncle pendant que Gabor part en pestant dans la réserve.

Zoltan ne dit rien, mais je ne le presse pas.

Je le connais, je sais que s'il ne parle pas c'est qu'il attend quelque chose et le regard qu'il lance à son fils indique clairement qu'il souhaite me parler seul à seul.

Gabor a fini par trouver une brique de soupe. Il farfouille dans les placards, déniche un bol pour y verser le potage et glisse le tout dans un micro-ondes.

Pendant deux minutes, seul le ronronnement de l'appareil résonne dans la pièce. Gabor regarde le bol tourner sur son plateau, il a compris que son père attendait son départ pour me parler et a l'air vexé.

Dès que l'appareil s'arrête, mon cousin en extrait le bol et part porter sa soupe à Mina sans rien ajouter.

Nous sommes seuls.

Zoltan achève de mastiquer une bouchée de gâteau, l'avale et se décide enfin à me dire pourquoi il m'a fait venir.

— Mina avait vu juste. Les deux autres Génophores sont bien retenus chez les Báthory de Kapolna.

— Tu en es sûr ?

Mon oncle hoche la tête.

— Absolument. Nous avons été contactés par notre alliée sur place. Elle dit être capable de les faire sortir pour les amener jusqu'à nous… mais j'ai peur que ce soit un piège.

Si mon oncle prend la peine d'avouer qu'il a peur, c'est que le risque est réel.

— Qui est cette alliée ?

— La mère de la première Génophore, de Mina. Elle s'appelle Marika et je la connais bien car c'était l'une des nôtres.

— Comment ça, « c'était » ?

Les liens du sang sont si forts dans le clan du Maître que je ne comprends pas comment il est possible qu'un de ses membres ait pu le quitter sans y perdre la vie… ni même pourquoi personne ne m'a jamais parlé de Mina si sa mère appartenait au clan ! À son air gêné, je comprends que mon oncle me cache quelque chose.

— Il y a vingt ans, Marika vivait à Naples. Elle faisait partie du groupe chargé de surveiller le tombeau du Maître mais elle a trahi. Elle est tombée amoureuse d'un Napolitain, d'un homme des Enfants d'Enoch, alors nous l'avons chassée… et elle a disparu.

Je me retiens pour ne pas exploser.

Sans la bêtise des hommes du clan, Mina serait née parmi nous, aurait grandi avec Völva et moi. Elle serait devenue une fille du clan et peut-être que la femme que j'aime serait encore en vie.

Tant de choses auraient pu être changées sans ces questions « d'honneur » archaïques.

J'aimerais secouer mon oncle dans tous les sens pour qu'il comprenne les implications de leur erreur mais, quand je vois ses yeux me fuir, je laisse tomber. Zoltan sait très bien ce qu'ils ont fait et n'a pas besoin que je tourne le couteau dans la plaie.

Je décide de rester concret.

– Si nous avons une chance de récupérer les deux autres Génophores, même si elle est risquée, il faut la saisir. Mais ce n'est pas une raison pour nous montrer imprudents. Appelle la mère de Mina. Dis-lui que nous sommes d'accord pour les aider à fuir mais ne lui dis pas où nous sommes. Donne-leur rendez-vous dans un endroit isolé et préviens-la que nous les recontacterons.

Zoltan hoche la tête et sort sa carte de sa poche.

Je n'ai pas besoin de lui en dire plus.

Dix minutes plus tard, le rendez-vous est pris et nous quittons la maison en laissant Mina et le Maître sous la surveillance de Gabor.

## Kassandre

*15 mai*
*Suisse*
*Route de campagne*

— N'empêche ! Tu n'avais pas le droit de me gazer comme ça, je ne suis plus un bébé et encore moins ta chose ! Tu ne peux pas m'avoir ignorée pendant des années et débarquer d'un seul coup en voulant tout diriger dans ma vie. J'en ai marre qu'on me manipule comme une putain de poupée... et ce que je dis est aussi valable pour toi, Georges, alors arrête de te marrer ou je te jure que je vais te faire ravaler ta saleté de sourire !

Si ma mère se le tient pour dit, le profond soupir de Georges me prouve qu'il n'en pense pas moins, et je me sens un peu conne.

Il faut que je me calme.

Nous sommes tous entassés dans une petite voiture et cette promiscuité n'est pas pour rien dans l'état de mes nerfs ; je ne sais pas où Gustav a dégoté cette bagnole, mais vu sa banalité je suis certaine qu'elle ne sort pas du garage de Père.

Assise à l'arrière entre maman et la mère de Mina, je peux à peine bouger. À chacun de mes mouvements, mes genoux s'enfoncent dans le dossier du siège avant où Georges est installé, mais comme lui-même est collé à la boîte à gants je ne peux pas espérer avoir plus d'espace.

De ma place je ne vois que sa nuque ; une nuque dont je distingue les tendons saillant sous ses cheveux complètement rasés. Une nuque qui m'hypnotise et m'attire sans que je puisse m'expliquer pourquoi.

– Kassandre…

Depuis notre départ, ma mère tente de me convaincre que je dois leur faire confiance et suivre leur plan, mais je suis tellement en colère que je ne veux rien entendre.

Sa main se pose sur la mienne ; je la retire aussitôt.

– Laisse-moi tranquille !

J'ai crié trop fort. Georges se retourne pour me dire un truc, mais quelque chose dans mon visage doit le faire changer d'avis car il se contente de secouer la tête, de passer la main sur son crâne rasé sans un mot.

Je ne l'ai jamais vu aussi silencieux, il semble perdu dans ses pensées.

Plus haut sur son crâne, j'ai vu la marque de l'opération que lui a fait subir le docteur Walberck. Il nous en a à peine parlé, mais je sais qu'il s'est passé quelque chose d'important qu'il ne nous a pas dit. Quelque chose qui l'a changé.

Je le sens… apaisé ; comme si toute sa colère avait disparu d'un coup pour se déverser en moi.

J'aimerais connaître son truc, savoir pourquoi ses yeux se posent parfois sur moi avec cet étrange regard qui semble chercher qui je suis, comme s'il m'avait oubliée, comme si je n'étais pas celle qu'il connaissait... mais ce n'est pas le moment de lui poser des questions. Pour ça il faudrait qu'on puisse discuter tous les deux, et ce n'est pas dans cette boîte sur quatre roues que je vais y arriver !

Autour de nous le paysage défile : des champs, des bois, des villages, des champs, des bois, des villages.

Nous suivons la même route nationale depuis des heures en attendant un signe de ceux qui sont censés nous aider mais, pour l'instant, rien ne se passe.

– Kassandre, pour tout à l'heure, je suis désolée. Tu as raison, je n'aurais pas dû utiliser le gaz sur toi, mais j'ai paniqué. Tu ne connais pas ton père comme moi je le connais. Il est dangereux et le fait que tu sois sa fille ne l'arrêtera pas. Je ne pouvais pas prendre le risque de te laisser aller chercher ton ami... et puis, finalement, il s'est très bien débrouillé tout seul, non ?

Je lève les yeux au ciel et me retiens de l'étrangler. Ma mère m'a peut-être prouvé qu'elle tenait à moi en m'aidant à m'échapper, mais sa capacité à retourner la situation en la faisant passer pour une héroïne m'agace au plus haut point.

Je voudrais être capable de me taire, répondre par une indifférence glacée, mais j'ai trop de questions sans réponses pour y arriver.

– Dis donc, tu oublies un peu vite que c'est à cause de TOI que j'ai vécu dans cette famille. Qu'est-ce que tu fais avec Père ? Pourquoi tu l'as épousé et pourquoi tu m'as faite si tu le détestes autant ?

Bêtement j'aimerais qu'elle me dise qu'elle l'a aimé, qu'il n'a pas toujours été le sale type que j'ai connu et qu'un événement cataclysmique l'a fait changer. J'ai besoin d'entendre des choses positives sur mon père... probablement parce que c'est mon père et que la moitié de ce que je suis vient de lui. J'aimerais être un enfant de l'amour, savoir que j'ai été désirée. Mais elle me refuse ce soulagement.

– Tu ne peux pas comprendre. Je suis issue de la branche anglaise des Enfants d'Enoch ; ton père descend de la branche autrichienne. Dans notre monde personne ne choisit celui ou celle avec qui il va passer sa vie. Ma famille et celle de ton père sont liées depuis des générations et font partie de cette société secrète depuis sa création. La tradition est de nous marier entre nous pour préserver notre patrimoine génétique et ne surtout pas laisser des gens du peuple se l'approprier. Crois-tu que ton père aurait épousé une vulgaire *Homo sapiens* ? Crois-tu que l'on m'aurait laissé le choix ?

Si ce que ma mère me raconte sur son mariage arrangé ne me surprend pas, sa dernière phrase me met en colère.

– On n'est plus au Moyen Âge ! Si tu tenais tant que ça à me protéger, tu n'avais qu'à divorcer quand Marika t'a parlé des dangers que je courais, plutôt que de rester et de me faire vivre cette enfance de merde.

Je dois avoir un potentiel comique insoupçonné car Karolina éclate de rire.

– Parce que tu crois vraiment qu'il m'aurait laissée faire ? Mais ma pauvre chérie, même si j'avais pu faire ce que tu dis, jamais il ne m'aurait laissée te prendre avec moi. Sans ma protection et celle de la mère de Mina, combien de temps crois-tu qu'il aurait fallu à Karl pour découvrir ton potentiel ? J'ai beau avoir un chromosome K et être une représentante de ce que les Enfants d'Enoch persistent à qualifier d'« *Homo superior* », toi, ma fille, tu es d'une espèce encore différente de la nôtre et…

Je ne la laisse pas finir.

– Comment ça, différente ? Tu veux parler de ce truc que nous a raconté le père de Georges à propos des quatre Génophores ? Comme quoi nous aurions les gènes d'une créature divine, d'un ange descendu sur terre pour offrir ses dons aux hommes ? Mais… maman… tu ne peux pas croire une chose aussi débile ! Même Jarod le scientifique qui bosse pour Don Camponi n'y croit pas ! Franchement, qu'est-ce qui ne tourne pas rond chez vous ?!

– Kassandre…

Assise à ma gauche, la mère de Mina vient de poser sa main sur mon bras. Elle veut calmer ma colère mais je ne la laisse pas parler.

– Toi, ce n'est pas la peine de la ramener parce que tu ne vaux pas mieux. Si vous ne nous aviez pas menti pendant toutes ces années on n'en serait pas là et Mina ne serait pas je ne sais où avec je ne sais qui !

À l'évocation des dangers que court sa fille Marika pâlit mais, heureusement pour moi, c'est le moment que choisit Gustav pour mettre son clignotant et s'engager sur une petite aire de pique-nique.

L'endroit est sombre et désert mais je m'en fiche. Dès que la voiture s'arrête, j'enjambe ma mère et sors de la voiture.

# Enki

*15 mai*
*Suisse*
*Route de campagne*

Il nous a fallu moins d'une heure pour rejoindre la minuscule aire de pique-nique où Zoltan avait donné rendez-vous à la mère de Mina. Depuis, bien cachés, nous attendons.

Une petite Seat bleue finit par arriver et se gare sur le bas-côté. Le moteur est à peine éteint qu'une fille se propulse hors de la voiture et se met à faire les cent pas autour de la table de pique-nique. Elle est rejointe par un homme immense au crâne rasé dont je reconnaîtrais la carrure entre mille.

Caché dans les hauteurs, je suis trop loin pour distinguer son visage mais suffisamment près pour ressentir sa présence. C'est bien le Chasseur, le deuxième Génophore, celui qui fut le frère de Völva et qui est devenu le mien en cette vie.

Cette gestation commune nous a liés. Aujourd'hui, nous sommes si proches que je pourrais lui parler sans bouger d'un millimètre, mais je reste dans l'ombre. S'ils sont surveillés par nos ennemis, autant que notre présence reste la plus discrète possible.

Des phares luisent à l'horizon ; deux véhicules passent sans s'arrêter.

— Alors ? On y va ? demande Zoltan avec impatience.

Mon oncle déteste l'idée d'abandonner le Maître aussi longtemps mais je ne peux pas lui répondre par l'affirmative.

Quelque chose m'en empêche et, s'il y a bien un truc que cinq millénaires d'existence m'ont appris à ne jamais négliger, c'est bien un mauvais pressentiment.

— Non, on les envoie plus loin et on reste en arrière jusqu'à ce qu'on soit certains que personne ne les suive.

À la différence de Lilh, le Chasseur et la Danseuse n'ont pas changé ; malgré leurs drôles de coiffures, je les reconnais aussitôt.

Grâce à Mina je connais les noms que je dois leur donner en ce siècle, Georges et Kassandre, mais si Mina a pu m'en apprendre plus sur la fille, elle ne m'a pas beaucoup éclairé sur la vie qu'a connue mon frère depuis notre séparation et il me tarde de le retrouver… même si j'ai peur de sa réaction quand il découvrira que je n'ai pas su protéger sa sœur.

En contrebas, Georges tente de calmer Kassandre mais je doute qu'il y arrive. Quel que soit le siècle, la Danseuse de taureaux n'a jamais été réputée pour son bon caractère.

Malgré l'éloignement, je reconnais l'expression boudeuse qui s'affiche sur son visage, cette façon qu'a toujours eue la dernière Génophore de froncer les sourcils quand quelque chose la contrariait et qu'elle était sur le point d'exploser.

Le Chasseur de dragons et la Danseuse de taureaux ; la plus longue et la plus compliquée des histoires d'amour de l'humanité. Quel que soit le siècle ces deux-là ne peuvent s'empêcher de se chamailler, et le regard en biais que Kassandre lance à Georges me prouve que même sans avoir retrouvé la mémoire ils continuent d'instinct sur le même schéma.

Les voir si près me rassure et m'effraie à la fois, car si cela signifie que nous serons enfin réunis cela m'indique aussi que le Maître sera bientôt de retour... et depuis la mort de Völva je ne suis plus du tout certain que ce soit une bonne chose.

Sur le parking, Georges se tourne, semble chercher quelque chose dans l'obscurité et finit par lever son visage dans notre direction.

Je sursaute en sentant les tentacules de son dragon effleurer doucement mon esprit : sa bête noire sait que je suis là, caché dans la nuit à quelques mètres de lui.

D'ailleurs, il est probable qu'elle s'en soit rendu compte depuis le début... il faut croire que le fait d'avoir été portés par la même mère en cette vie nous aura rapprochés.

Je ne peux m'empêcher de sourire en repensant à ce coup étrange que nous a fait notre nouvelle incarnation. Si j'avais pu imaginer qu'un jour lui et moi deviendrions réellement frères !

Nous n'avons pas toujours été amis. Le Chasseur est d'un naturel protecteur et ma relation avec sa sœur nous a souvent dressés l'un contre l'autre.

Repenser à Völva me fait perdre mon sourire.

Encore une fois j'ai du mal à saisir les intentions du Maître ; comment espère-t-il que nous le servions s'il nous dresse les uns contre les autres ? Quand Georges retrouvera la mémoire jamais il ne pourra pardonner à Lilh ce qu'elle a fait à Völva… et s'il décide de se venger sur Mina je doute que Kassandre le laisse faire !

Si le Maître souhaitait que nous nous entre-tuions il ne s'y serait pas pris autrement ; mais y penser maintenant est inutile.

Je regarde Zoltan pianoter sur son portable. Comme je le lui ai demandé, il leur indique par SMS de reprendre la route sans quitter la nationale et précise que nous les contacterons le moment voulu.

Immédiatement, la portière arrière de la voiture s'ouvre et une femme brune en descend pour appeler Georges et Kassandre.

– Marika, souffle Zoltan.

De loin, je vois mon frère hocher discrètement la tête dans ma direction avant de s'engouffrer dans le véhicule.

Et ils redémarrent.

## Kassandre

**15 mai**
*Suisse*
*Route de campagne*

Nous roulons depuis plus d'une heure et, même si ça ne me ressemble pas, je n'ai pas rouvert la bouche. Depuis mon engueulade avec ma mère, celle-ci a plusieurs fois essayé de reprendre la conversation mais j'ai refusé de lui répondre et elle a fini par me foutre la paix.

Georges en a profité pour leur demander ce qu'elles savaient sur le quatrième Génophore. Malheureusement, même si Marika et elle avaient bien quelques infos celles-ci étaient insuffisantes pour le localiser...

Bref, nous voilà revenus à la case départ et ce n'est rien de dire que je commence à broyer du noir.

– Kassandre, tu ne peux pas continuer à me battre froid, il faut qu'on parle ma chérie.

Ma mère revient à la charge, mais je suis sauvée *in extremis* de son bla-bla par une lumière clignotante sur le bas-côté.

Trouant la nuit sur notre droite, un panneau lumineux indique la présence prochaine d'une station 24/24.

Georges indique l'enseigne à Gustav.

– Arrête-toi ici. Il faut faire le plein.

Gustav ne répond pas mais le *tic-tic* caractéristique du clignotant emplit l'habitacle et coupe le sifflet à Karolina.

Quand la voiture s'aligne devant la pompe, je n'attends pas que le moteur se taise pour ouvrir ma portière et bondir sur l'asphalte. Même si j'ai conscience d'être allée un peu loin, et d'être injuste avec ma mère, je ne suis pas d'humeur pour une nouvelle leçon de morale. J'en ai marre qu'on m'utilise, marre que tout le monde sache mieux que moi ce que je dois faire et décide à ma place.

Rien à foutre de l'humanité.

Rien à foutre des morts et du complot des tarés qui entourent mon père.

RIEN À FOUTRE !

Je claque la portière derrière moi, enfonce les mains dans les poches de mon blouson et file dans la station-service sans attendre les autres.

À part le caissier qui bâille derrière son comptoir et une camionneuse occupée à enfourner un sandwich triangulaire aussi épais que mon avant-bras, la station est vide.

Mon regard glisse sur les gros titres des journaux entassés sur un présentoir : *Suspension des échanges avec*

*l'Afrique ; L'armée américaine scelle la frontière mexicaine ;
Le Japon annonce la fermeture totale de l'archipel...* Pas
la peine de les ouvrir pour savoir de quoi ils parlent.
La pandémie qui fait rage truste les Unes et savoir que
mon père est à l'origine de cette situation me donne
envie de gerber.

Je fonce sur la machine à café, glisse une pièce dans
la fente, sélectionne une boisson et me concentre sur le
ronronnement de l'appareil. Un gobelet blanc glisse le
long d'un tube en Plexi pour se positionner sur le socle
et la machine le remplit d'un liquide marronnasse.

La paroi du gobelet est aussi fine que le café est chaud ;
lorsque je l'attrape je me brûle le bout des doigts ; le
boire dans l'instant me détruirait le palais.

J'envisage de me poser sur un des tabourets de la
haute table qui fait face au distributeur pour attendre
qu'il refroidisse quand je vois ma mère pousser la porte
et se diriger vers moi.

– Hé merde !

Si je veux être tranquille je ne vois plus qu'une
solution.

J'abandonne l'idée du tabouret, dévie vers le fond
de la station, pousse la porte battante ornée d'un logo
indiquant les toilettes pour femme, m'engouffre dans
une des trois cabines et referme le verrou derrière moi.

Là, au moins, elle me foutra peut-être la paix deux
minutes.

Les W.-C. font moins de deux mètres carrés et n'ont
pas dû voir passer une femme de ménage depuis un
moment. Sur le côté, le dérouleur de papier éventré

me fait penser à un escargot étripé ; quelques-unes de ses feuilles gisent sur le sol douteux et s'agrippent à mes semelles comme pour tenter de s'évader d'ici.

En même temps, comment leur en vouloir, l'endroit est si glauque que si ma mère ne m'attendait pas dehors je ressortirais probablement *illico*.

Pourtant, je reste ; même si c'est crade et si ça pue, au moins je suis seule.

Assise sur la cuvette je souffle sur mon café bouillant en lisant les messages laissés par d'autres usagers sur la porte.

Visiblement la station n'est pas le dernier lieu de passage à la mode chez les académiciens… au milieu des croix gammées, entre l'indication qu'une dénommée Xhintia « *susse des bits en enfer* » et celle que les secondes B sont « *de groses pedale* », tout un tas d'insultes sont étalées et je ne sais pas si le plus affligeant dans chacune est le manque d'orthographe ou le manque d'imagination.

Je soupire, je ne suis peut-être pas la dernière à balancer des horreurs mais moi, au moins, je sais les écrire sans fautes.

Entre mes doigts, le gobelet semble un peu moins chaud.

Je tente une première approche mais grimace aussitôt, non seulement c'est brûlant, mais en plus c'est dégueulasse.

Tant pis.

Je me relève, balance l'infâme liquide dans la cuvette, écrase le gobelet entre mes doigts et me rassieds sur mon trône. De toute manière, que je reste là ou ailleurs, qu'est-ce que ça change ?

Ça fait trois heures que nous roulons dans l'angoisse de voir les hommes de main de mon père surgir pour nous récupérer. Trois heures que Marika, la mère de Mina, appelle ses soi-disant alliés pour qu'ils nous aident à nous planquer, mais que rien de concret n'en découle.

Qui que soient ces mecs, ils nous baladent et je sens bien que même Marika commence à se poser des questions.

Un grincement, un bruit de pas, et j'entends la porte de la cabine à côté de la mienne se refermer.

Je croise les doigts pour que ce ne soit pas ma mère mais le parfum luxueux qui remplace tout à coup l'odeur de la pisse dans mes narines m'ôte toute illusion.

– Kassandre ?

Je grogne. Si elle veut me parler elle n'a qu'à le faire mais je ne vois pas pourquoi je serais obligée de lui répondre.

– Kassandre, je suis désolée, tellement désolée de t'avoir laissée croire que je ne t'aimais pas, que tu n'étais pas importante pour moi. Je t'aime ma chérie, plus que ma vie. Devoir t'ignorer toutes ces années était tellement dur, tu ne peux même pas imaginer... mais c'était la seule manière de te préserver et...

Un grincement la coupe dans ses excuses.

Une autre personne vient d'entrer dans les toilettes.

J'entends le bruit caractéristique d'une fermeture Éclair, le crépitement d'un jet d'urine contre une cuvette, et le soupir de soulagement d'une femme à la vessie trop longtemps comprimée.

Si on m'avait dit qu'un jour la mondaine Karolina Báthory de Kapolna serait obligée de la boucler pour laisser une camionneuse pisser à deux mètres d'elle dans une station-service, je me serais étouffée de rire et, malgré la situation infernale dans laquelle je me trouve, je ne peux faire autrement que de sourire en imaginant sa tête.

Rapidement, le bruit des dernières gouttes est remplacé par le grondement d'une chasse d'eau et la nana se barre sans se laver les mains.

Sans attendre que ma mère reprenne son laïus, je m'extrais des toilettes et fonce vers la sortie. Si je dois discuter avec un adulte, autant que ce soit avec Gustav, lui au moins ne me bassinera pas avec des théories fumeuses à peine dignes d'une mauvaise série Z. Et puis il faut que je chope Georges en tête à tête pour lui faire avouer ce qu'il me cache.

# Enki

## 15 mai
### *Suisse*
### *Station-service*

Quand la petite Seat bleue met son clignotant pour s'engager dans une bretelle conduisant à une station-service, Zoltan m'interroge du regard. Il est prêt à tourner lui aussi, mais je lui fais signe de rester sur la route principale. Un gros van sombre roule derrière nous depuis un moment et j'aimerais être certain que c'est une coïncidence.

– Continue un peu et fais demi-tour. Si jamais le van tourne lui aussi je préfère qu'on arrive par l'autre côté.

Nous dépassons la station-service.

Dans le rétroviseur je vois les phares du van disparaître à leur tour vers la bretelle de droite et nous continuons seuls dans la nuit.

– Tu crois qu'ils les suivent ? m'interroge Zoltan en suivant le van du regard.

Cette station est la première ouverte que nous croisons depuis des kilomètres, alors le fait que deux véhicules s'y arrêtent coup sur coup ne veut pas dire grand-chose… mais mon mauvais pressentiment refuse de me quitter.

– Je ne sais pas mais ça ne sent pas bon. Dans le doute, je pense qu'on ferait mieux de se garer à proximité et d'observer ce qui se passe.

Doucement, nous faisons demi-tour et nous nous garons tous phares éteints sur le bas-côté.

Nous ne sommes qu'à quelques mètres de l'enseigne lumineuse indiquant l'entrée de la zone de service et nous avons une vue dégagée sur les pompes.

Debout devant la Seat, un homme est occupé à mettre de l'essence tandis qu'une grande femme brune se tient sans rien dire à ses côtés.

Mon oncle les désigne du doigt.

– L'homme, c'est Gustav, le chauffeur des Báthory de Kapolna. L'autre c'est Marika. C'est la mère de Mina, la femme dont je t'ai parlé tout à l'heure. Avant aujourd'hui personne n'avait eu de ses nouvelles, je pensais qu'elle était morte…

Quelque chose dans la voix de mon oncle me pousse à l'interroger.

– Vu la colère que je sens encore en toi, tu devais bien l'aimer cette Marika pour lui en vouloir encore au bout de vingt ans… je me trompe ?

Zoltan grogne.

– C'était l'une des nôtres… avant qu'elle ne tombe amoureuse d'un gadjo et soit exclue du clan par les anciens elle aurait dû me revenir.

– Te « revenir » ? Mais ce n'est pas un objet, Zoltan !

Qu'après des millénaires d'évolution les femmes soient encore traitées de cette manière me révolte mais je n'ai pas le temps de faire valoir mon point de vue que mon oncle s'empresse de changer de sujet.

– Je ne vois pas les autres dans la voiture, ils ont dû aller dans la station-service, dit-il en posant la main sur la poignée de sa portière.

Mon oncle semble prêt à les rejoindre mais je le retiens. Quelque chose cloche.

En contrebas, le gros van noir que nous avions repéré tout à l'heure est garé le long d'une pompe parallèle à celle qu'utilise Gustav mais semble abandonné.

– C'est un piège, je murmure.

Zoltan hausse les épaules.

– À mon avis le chauffeur du van doit déjà être en train de payer, regarde, on ne voit personne assis à l'avant.

Mais mon oncle se trompe.

À peine a-t-il fini sa phrase que la portière arrière de la camionnette coulisse et que quatre hommes en jaillissent.

L'action est si rapide que Gustav et Marika n'ont même pas le temps de crier.

Il suffit de quelques secondes à deux des hommes en noir pour les forcer à monter à l'arrière du van tandis qu'un troisième se glisse à l'avant de la Seat et la déplace tout au fond du parking.

Pendant ce temps, le quatrième homme se dirige tranquillement vers la station-service.

Tout s'est déroulé tellement vite que nous ne pouvons qu'assister aux événements sans réagir.

– On fait quoi ? demande mon oncle.

– On attend.

Ce n'est pas long. Deux minutes à peine après avoir pénétré dans le bâtiment l'homme en ressort en essuyant la lame d'un couteau sur sa manche et court rejoindre son collègue dans les fourrés entourant la Seat.

Ces hommes sont des professionnels. Ils n'hésitent pas, se coordonnent sans échanger un mot.

Sur le parking, tout est calme, comme si rien ne s'était passé.

Zoltan a déjà son téléphone en main pour prévenir nos amis, mais je l'arrête en désignant le van du menton.

– Si c'est Marika qui reçoit ton message, non seulement ça ne servira à rien mais en plus tu risques d'indiquer notre présence à ces types…

Mon oncle hésite mais finit par ranger son téléphone.

– Zoltan. Je vais essayer de passer par derrière. Sois prêt à nous récupérer mais, au moindre problème, pars.

Mon oncle acquiesce.

Pour lui, le Maître est plus important que nous, alors je sais qu'il n'hésitera pas une seconde à nous abandonner pour aller le protéger.

Je m'enfonce dans la végétation, contourne les bâtiments et repère une porte sur la façade arrière.

Je reste à couvert car je ne suis pas seul.

Dans l'ombre, à quelques mètres de moi, un homme entièrement vêtu de noir est lui aussi en train de s'approcher de la porte de service.

J'ai fini par retrouver le chauffeur du van… et contrairement à ce que pensait Zoltan, il n'est pas à la caisse en train de payer son plein.

## Kassandre

**15 mai**
*Suisse*
*Station-service*

Je traverse la station-service en espérant y découvrir Georges, mais il n'est nulle part… pas plus que le pompiste et la camionneuse de tout à l'heure.

D'ailleurs, au-delà de la porte vitrée, je ne distingue même plus notre voiture.

Instinctivement, je ralentis et m'arrête avant de franchir le seuil.

La Seat est garée sur la place la plus éloignée du minuscule parking ; bien au-delà des lumières rassurantes de la station.

Je suis partie précipitamment de la voiture mais je suis pourtant certaine d'avoir entendu Gustav nous demander de le rejoindre devant la station… pas au fin fond du parking dans une zone sombre en bordure de forêt.

Une voix intérieure me souffle de ne pas sortir. De faire demi-tour et de m'enfuir.

Dehors il y a du danger.

Je ne sais pas qui, je ne sais pas quoi, mais l'instinct qui me le souffle n'est pas de ceux que l'on peut balayer d'un revers de la main.

Je déglutis, écarquille les yeux pour percer les ténèbres mais ne détecte rien de tangible.

J'aimerais utiliser mon pouvoir pour vérifier ce qui se passe dehors mais je n'en fais rien. Si c'est la Chose qui est là à m'attendre elle sentira immédiatement ma présence et je refuse de prendre ce risque.

Dans mon dos le bruit de deux portes battantes. Georges vient de sortir des toilettes des hommes au moment même où ma mère sort de celles des femmes.

– Un problème ? me lance-t-il en me voyant figée devant la sortie.

Du menton je désigne notre voiture pendant qu'ils se rapprochent.

– Vous trouvez ça normal ? On n'avait pas dit qu'on se retrouvait devant ?

Georges opine.

– On ferait mieux d'être prudents, je ne voulais pas vous affoler mais ça fait des heures que j'ai l'impression qu'on nous suit… Je pensais que c'étaient ceux que nous devions retrouver mais je me suis peut-être trompé. Je vais regarder s'il y a une autre sortie, conclut-il en reculant.

Nous sommes à deux pas du comptoir.

Derrière celui-ci il y a une porte par l'entrebâillement de laquelle nous apercevons une table, une lampe et des papiers. C'est le bureau du pompiste, celui-ci doit être à l'intérieur alors, comme personne ne répond à l'appel de Georges, je fais le tour du comptoir et... stoppe net !

Au sol, un corps sans vie baigne dans une mare de sang.

La gorge tranchée, un homme au visage exsangue fixe sur moi son regard mort.

Le pompiste ne répondra pas à notre question.

Autour de mes Doc le sang forme une mare sombre, luisante, où se reflètent mes yeux agrandis par la peur.

Ma poitrine est enserrée dans un étau.

Les cris désespérés de Yo résonnent dans mon esprit et m'empêchent de penser.

Dans le lac rouge qui m'entoure je vois mes yeux devenir blancs et au visage de l'homme égorgé se superpose une autre image.

*Je suis ailleurs.*

*Mes pieds sont nus et baignent dans un liquide sombre et chaud.*

*Un flot de sang noir pulse au rythme des derniers battements de cœur d'un taureau pendant que la clameur d'une foule en délire résonne dans mes oreilles.*

*Je m'accroupis.*

*Entre mes orteils le sable et le sang chaud se mélangent.*

*Ma main caresse le mufle humide de la bête pendant que ma bouche lui murmure une chanson dont je ne comprends pas les paroles.*

*Je pleure car je connais cet animal ; c'est moi qui l'ai élevé et c'est moi qui viens de le sacrifier.*

*Je ne le voulais pas mais c'était ça ou accepter d'appartenir à Celui devant lequel tous se courbent.*

*Ce que j'ai fait, je l'ai fait pour le bien de ma cité mais mon cœur se déchire devant l'indicible surprise que je peux lire au fond des yeux de mon taureau.*

*Je n'avais pas le choix. Il fallait calmer les dieux qui grondent, calmer leur colère qui nous secoue depuis des lunes et aussi celle du peuple qui a peur.*

*Je suis une princesse, je suis une prêtresse et je ne peux faillir à mes devoirs envers mon peuple.*

*Un coup de gong retentit sur l'esplanade.*

*Je dépose la lame qui m'a servi à trancher le cou de mon ami et recueille la vie qui s'échappe à gros bouillons de son échine ouverte avant de me redresser.*

*Nous sommes six au milieu de l'arène à faire le même geste, six filles nues qui lèvent leurs mains en coupe au-dessus de leur tête avant de laisser le sang s'écouler sur elles et glisser jusqu'à leurs pieds.*

*Le silence autour de nous est impressionnant.*

*Jamais aussi grand sacrifice ne fut offert aux dieux.*

*La foule attend un miracle et, dans le silence oppressant, son espoir semble bourdonner.*

*Mais rien ne se passe.*

*Au loin la fumée du volcan continue d'obscurcir le ciel bleu et le sol gronde de plus en plus fort.*

*Les dieux n'ont pas entendu nos prières ; le sacrifice est insuffisant.*

*Le gong retentit à nouveau.*

*Six prêtres entrent sur l'esplanade, ramassent nos poignards et se positionnent derrière nous. Je sens la lame encore chaude du sang de mon taureau se poser sur ma gorge mais je sais que mon tour n'est pas encore venu.*

*Je suis la deuxième sur la liste.*

À ma droite, Alia est la première à tomber. Sa gorge est si largement ouverte que je vois briller l'os blanc de sa colonne vertébrale tandis que son corps s'écrase au sol au ralenti.

Le gong retentit.

Comme pour l'immolation de nos taureaux, il retentira à chaque sacrifice, mais moi je ne l'entendrai plus.

Car c'est mon tour.

J'ai peur mais je suis prête et je ferme les yeux. Une fois que je serai morte Celui devant lequel tous se courbent ne pourra plus rien contre moi.

Le silence se fait.

La lame pèse de plus en plus fort sur mon cou, j'entends le souffle du prêtre se raccourcir et sens la force de son plaisir se dresser dans mon dos.

C'est trop long, je suis prête à accueillir la mort pour sauver mon peuple mais j'aimerais que celle-ci arrive plus vite.

La foule se remet à bruisser, un brouhaha de colère totalement anormal.

J'ouvre les yeux et vois une lumière noire se précipiter sur moi.

Un sifflement strident emplit mon oreille gauche et le poids de la lame sur mon cou disparaît.

Une flèche vient de me frôler pour aller se ficher entre les deux yeux de mon sacrificateur qui s'effondre à mes pieds. Mort.

La flèche vient des gradins, elle a été tirée par un géant blond aux yeux bleus.

Deux yeux bleus comme la mer, marqués d'un serpent noir.

– Kassandre !

Une main sur mon bras me secoue tandis qu'une voix me presse de bouger. Sur mon cou, il y a toujours cette sensation métallique mais ce n'est plus celle d'une lame. C'est celle du collier de métal dans lequel m'a emprisonnée mon père.

Je suis de retour dans la station-service.

Georges et Karolina me fixent bizarrement. J'ai dû m'absenter un moment.

J'ai l'impression d'avoir échappé de peu à la mort, je dois me souvenir de quelque chose, de quelque chose d'important qui a un rapport avec Georges, avec ses yeux, mais le souvenir m'échappe et je me reconnecte au présent.

Georges est en train de me questionner et, vu l'urgence et l'exaspération que je détecte dans sa voix, cela fait déjà un moment.

– Kassandre, si ce sont les hommes de ton père qui nous attendent dehors il y a de grandes chances que ceux-ci aient un boîtier de commande pour ton collier. À tout hasard, tu ne saurais pas comment t'en débarrasser ?

Rapidement je leur explique la technique que j'avais imaginée dans ma cellule.

Ma mère proteste, dit que c'est trop dangereux, mais Georges la coupe.

– Ce n'est pas top, mais on n'a pas le choix. Je vous laisse trouver une autre issue pendant que je vais chercher le matos dont Kassandre a besoin.

La seule pièce que nous n'avons pas explorée se trouve derrière le cadavre du pompiste.

Je respire à fond, le contourne, et entre dans son bureau.

Il est minuscule mais donne sur une zone de stockage profonde d'une dizaine de mètres et disposant d'un accès sur l'arrière.

Les clés sont sur la porte mais, au moment où je vais m'avancer, je suis stoppée par un cri de Georges.

– N'ouvre pas ! Si quelqu'un surveille cette porte, il vaut mieux attendre que tu sois débarrassée de ton collier pour sortir.

Ça m'emmerde de l'admettre, mais il a raison.

– Tiens, j'ai trouvé ça... tu penses que ça ira ?

Entre ses mains je découvre une fine lamelle de métal, du fil électrique et une pince à dénuder.

Je déglutis en réalisant ce que je m'apprête à faire mais j'acquiesce et attrape le matériel qu'il me tend.

– OK Princesse, alors on t'enlève ton bijou et on se casse d'ici, plaisante-t-il en poussant d'un grand geste du bras tout ce qui encombre la surface du bureau pour me permettre de m'asseoir.

Je pose mes fesses, respire un grand coup et attrape la pince.

Mes mains tremblent tellement que ma mère doit se charger de dénuder le fil à ma place, mais j'arrache la lame de métal à Georges quand il me propose de s'en occuper.

– Éloignez-vous, je ne sais pas quelle est la puissance de ce truc mais j'aimerais autant éviter de partir accompagnée si je fais une erreur.

– Même pas en rêve, Princesse ! Si tu crois être la seule à avoir le droit de t'envoyer en l'air tu délires !

Je ne sais pas si ce que je déteste le plus est sa blague pourrie ou le petit sourire qui l'accompagne mais, même si je ne l'avouerais pour rien au monde, sa volonté de rester à mes côtés me soulage suffisamment pour que mes mains arrêtent enfin de trembler.

Je cesse de respirer, glisse la lamelle dans l'interstice du collier et la fais pivoter avant de la coincer délicatement dans l'ouverture. Nous avons maintenant un centimètre de marge entre les deux parties du collier et ma tête est toujours en place. C'est bon signe.

– OK, maintenant j'ai besoin du fil pour faire un pont et dériver le courant.

Je tends les mains pour que ma mère me le passe, mais celle-ci secoue la tête.

– Contente-toi d'empêcher la lamelle de bouger, je m'occupe du reste.

Je ne suis pas en mesure de négocier : elle tient déjà les extrémités du fil dénudé et est prête à passer à l'action.

Ils se consultent du regard et Georges commence le décompte.

– Trois, deux, un… maintenant.

Je ferme les yeux.

Dans une coordination parfaite, je sens ma mère connecter le fil de chaque côté de l'ouverture du collier et commencer à tirer.

Doucement, centimètre par centimètre, sans lâcher le fil et le métal, ma mère écarte les mains jusqu'à ce qu'elle ne puisse plus avancer.

Quand elle s'arrête, elle me sourit.

– C'est bon, maintenant je vais lever les bras et tu vas glisser ta tête hors de cette horreur. Prête ? m'encourage ma mère.

Je respire, cligne des yeux dans sa direction et commence à glisser lentement mon cou entre les mâchoires du collier.

Un centimètre, cinq, dix, quinze… Le métal passe devant mes yeux, atteint mon front. Plus que quelques centimètres et je vais pouvoir enlever ce fichu machin.

Je vois ma mère recommencer à respirer, le visage de Georges se tordre en une expression étrange quand…
*Clic.*

Ce bruit, sec, claque entre nous comme un couperet.

## journal de Mina

### 15 mai
### (3h)

Enki et son oncle ne sont toujours pas de retour et je suis de plus en plus inquiète.

Cela fait des heures qu'ils sont partis chercher Georges et Kassandre mais j'ai beau harceler Gabor de questions pour qu'il me dise où ils sont allés, celui-ci refuse obstinément de me répondre. À chaque fois que j'essaie d'engager la conversation, à chaque fois que je m'approche de lui, ses lèvres se pincent, ses sourcils se froncent et son regard m'évite. Je n'arrive pas à savoir si ses sentiments à mon égard sont plus proches de la peur ou du dégoût mais, une chose est sûre : depuis la mort de Völva, Gabor ne me fait plus confiance.

Évidemment, si je le voulais vraiment, je pourrais l'obliger à répondre à mes questions mais, même si la tentation d'utiliser mon pouvoir est forte, je me refuse à céder à cette facilité.

J'en ai assez fait comme ça.

Après la mort de Völva j'ai compris qu'à chaque fois que j'utilisais ma voix je renforçais la présence de Lilh en moi et, s'il y a bien une chose que je souhaite éviter à tout prix, c'est bien elle.

Lilh rôde en moi. Je le sais.

Dès que je cesse d'écrire, dès que je relâche mon attention, je la sens qui glisse au fond de mon esprit. La présence du Maître à quelques mètres l'attire comme un aimant.

Que j'arrive à la dominer, à l'empêcher de prendre l'ascendant sur moi, la fait bouillonner de rage ; mais quoi qu'elle me fasse subir je suis bien décidée à ne plus jamais la laisser agir à ma place. Ce que j'ai entraperçu dans sa mémoire est beaucoup trop obscur pour que je laisse à nouveau cette femme en liberté.

Il faut que je trouve un moyen d'éloigner le Maître de Lilh, de l'éloigner de nous tous et d'empêcher l'offrande.

(3 h 50)

Gabor devait en avoir assez que je le harcèle de questions alors il a allumé la télé et machinalement je me suis mise à la regarder avec lui.

Je pensais que ça me changerait les idées, mais ce que j'y ai découvert n'a fait que m'effrayer encore plus : le virus lancé par le père de Kassandre s'étend à la vitesse de la lumière et rien ne semble pouvoir l'arrêter.

Sur proposition de l'OMS, le Conseil de sécurité de l'ONU a voté sa 2 557e résolution, une résolution inédite dans l'histoire du monde et qui, à la différence des autres, a immédiatement été appliquée : depuis quelques heures l'Afrique, l'Asie du Sud et l'Amérique centrale sont en quarantaine totale. Les casques bleus, envoyés hier sur place pour venir en aide aux populations, ont maintenant pour seul rôle d'empêcher ces pauvres gens de quitter leurs pays transformés en charniers.

Les pays du Nord ont stoppé tous les échanges terrestres, aériens et maritimes et positionné leurs armées aux frontières.

Les pays riches ont peur, alors les soldats tirent à vue... car il est impossible d'empêcher les populations affolées de fuir, ni même de surveiller tous les accès.

Gabor avait beau zapper c'étaient toujours les mêmes images. L'armée, débordée, ouvre le feu sur ceux qui tentent de fuir la maladie. Partout des murs se dressent et ceux qui ne meurent pas du virus tombent sous les balles.

Même si les grands dirigeants des nations clament que cette politique est la seule valable pour éviter la propagation de la maladie, parlent de « nécessité absolue », de « bien du plus grand nombre », je ne peux m'empêcher de penser qu'il existe une autre solution... et que cette solution passe par nous.

C'est pour ça qu'il est vital qu'Enki revienne avec Kassandre et Georges.

Il faut que nous soyons tous les quatre pour agir, mais je dois les convaincre que réveiller le Maître n'est pas la bonne solution.

Après une heure passée devant l'écran à voir se dérouler l'apocalypse j'ai compris que notre plan était ridicule. Il ne s'agit plus de savoir qui nous sommes, il ne s'agit plus de nous sauver NOUS. J'y ai bien réfléchi et je crois qu'il faut que nous nous rendions aux autorités. Il faut que nous leur parlions de notre pouvoir, de ce qui est dans notre sang et qui pourrait sauver ces milliers d'hommes, de femmes et d'enfants qui meurent dans les pays du Sud.

Nous devons trouver quelqu'un qui nous écoutera sans nous prendre pour des cinglés, quelqu'un qui ne soit pas à la solde des Enfants d'Enoch et qui saura trouver dans notre ADN la clé qui sauvera les humains du virus qui se propage.

Mais pour ça il faut d'abord qu'Enki revienne avec Georges et Kassandre.

Nous devons fuir ensemble, laisser Zoltan et Gabor avec leur maître et tracer notre route loin de leurs superstitions ridicules... même si j'ai peur que ceux-ci ne nous laissent pas faire aussi facilement.

Depuis qu'Enki est parti, son cousin ne cesse de répéter que notre seul devoir est envers le Maître, que nous devons le réveiller et nous mettre à son service, que lui seul peut décider de l'avenir du monde... un discours de perroquet fanatisé qui me fait de plus en plus peur.

Je ne peux être sûre de rien, mais je ne crois pas que le Maître se réveille pour nous sauver. Comme un père tout-puissant fâché contre ses enfants, je pense qu'il est venu pour nous punir. Pour punir l'humanité de ne pas être ce qu'il aurait souhaité.

Ce que j'écris n'a pas vraiment de sens, je n'ai aucune preuve, juste le sentiment diffus qu'il faut que nous nous séparions de lui au plus vite. Ce que j'ai vu dans son esprit ne me donne pas envie de le voir un jour totalement maître de ses pouvoirs… et l'empressement de Lilh à l'accueillir me pousse encore plus dans ce sens !

L'être endormi à nos côtés, celui qui est à l'origine de nos pouvoirs, ne m'inspire aucune confiance. À choisir, je préfère miser sur l'Homme que sur la Bête.

Il est urgent que nous nous affranchissions de Gabor, de Zoltan et de ce corps sans âge auquel nous sommes liés malgré nous.

Nous devons trouver notre propre solution sans écouter ces adultes qui ont décidé d'avance quel était notre devoir.

Je refuse que notre avenir soit conditionné par notre passé.

Mais, pour le moment, je ne peux rien faire d'autre qu'attendre.

Attendre et espérer le retour rapide des autres Génophores.

(4 h 30)

Pour échapper aux atroces images diffusées en boucle sur l'écran du salon, je me suis réfugiée dans l'espace piscine.

La température est beaucoup plus chaude dans cette pièce. Chaude et humide comme le ventre d'une mère.

J'ai enlevé mon pantalon pour pouvoir glisser mes jambes dans le bassin et je laisse l'eau pulsée par le robot masser mes mollets et détendre mes muscles fatigués.

Pour une raison que j'ignore Lilh s'est éclipsée au moment où j'ai plongé les pieds dans l'eau. Elle dont je sentais constamment la présence tournoyer dans mon esprit comme un moustique agaçant a disparu.

Je ne me l'explique pas, mais je suis heureuse d'en profiter pour me détendre un peu.

Depuis que j'ai découvert sa présence je suis sur mes gardes à chaque seconde et sa disparition soudaine m'a fait prendre conscience que cette tension permanente était épuisante.

J'ai besoin d'une pause.

# Enki

## 15 mai
## *Suisse*
## *Station-service*

Lorsque le type en noir s'avance vers la porte arrière de la station, je suis trop loin pour agir et il n'y a aucun animal suffisamment puissant à proximité pour me venir en aide.

J'ai bien une arme mais elle n'est pas équipée d'un silencieux. Si je fais feu les hommes qui attendent dans le van vont rappliquer.

Alors je projette mon esprit vers mon frère pour le prévenir.

*Comme aux premiers jours de notre vie, ma bête ondulante aux écailles vertes et luisantes s'enroule autour du corps chitineux de son dragon noir.*

*Comme aux premières heures de notre existence, quand nous n'étions que deux cellules baignant dans la chaleur de l'utérus de notre mère, nous ne formons plus qu'un.*

*Lui et moi, nous et nos bêtes.*

*À nous deux nous possédons la moitié des pouvoirs du Maître.*

*Une puissance immense qui explose quand son cri déchire mon esprit et que son dragon m'expulse.*

Je suis sonné.

En face de moi, l'homme en noir a disparu. La porte et une partie de la façade aussi.

Dans l'air je reconnais l'odeur inimitable de la chair brûlée, carbonisée.

Une explosion vient de détruire une partie de la station… et je ne sens plus la présence de mon frère.

## cauchemar de Lilh

### 15 mai

Quand j'entends l'appel de Celui devant lequel tous se courbent et que ma mémoire se réveille il est déjà trop tard. Je suis enchaînée dans un grand ventre de bois, collée à mille de mes semblables.

Peau contre peau, peur contre peur, nous sommes entassés sans air et sans lumière dans ce que je crois tout d'abord être un immense cercueil.

Sueur, urine et pleurs se mélangent ; l'odeur âcre qui se dégage de cet amas de corps attaque ma gorge desséchée plus violemment que de l'acide sur une plaie à vif.

J'ai soif et je ne comprends pas où je suis.

Comme toujours mon retour ne peut être dû qu'au réveil de Celui devant lequel tous se courbent.

Le Maître a besoin de nous pour revenir à la vie et son appel a réveillé ma mémoire pour que je puisse partir à sa recherche.

Mais pour le moment, enchaînée comme je le suis dans ce lieu inconnu, c'est impossible.

*Il faut que je sache quand et où je suis pour pouvoir agir.*

*Malgré l'odeur insoutenable, et les mille douleurs qui parcourent ce corps affaibli qui est le mien aujourd'hui, je me concentre sur ma mémoire.*

*Mon dernier souvenir remonte à ma dernière mort, une mort paisible après une courte vieillesse passée auprès de mes nombreux enfants. Palmyre, c'était à Palmyre mais je sais que cela ne veut rien dire.*

*Mes gènes se répandent depuis si longtemps sur terre que nombreux sont les corps susceptibles de m'accueillir. Je peux être n'importe où et, si je veux une réponse, il serait plus sage que je me plonge dans la mémoire de mon hôte que dans la mienne.*

*Malheureusement je n'y trouve presque rien. Je suis revenue à moi trop brutalement et l'esprit que j'habite s'est complètement effacé pour me laisser la place.*

*Ce n'est pas la première fois qu'une telle chose arrive, mais c'est ennuyeux. Ennuyeux car mon maître m'attend et, enchaînée comme je le suis, je ne vais pas pouvoir le rejoindre tout de suite.*

*Dans l'esprit de la fille quelques souvenirs subsistent néanmoins : la lumière chaude de l'Afrique, le feu, le sang et le massacre d'une guerre avec des armes crachant le feu comme je n'en ai jamais vu ; je trouve aussi les images d'une longue marche jusqu'à la mer, d'hommes blancs habillés étrangement et d'une trappe se refermant sur un ciel bleu.*

*Puis, une longue nuit noire.*

*Ma descendante s'appelle Diomé et des hommes ont fait d'elle une esclave.*

*Je ne suis pour rien dans le désordre de son esprit. Diomé avait sombré dans la folie bien avant mon retour.*

Sur mes chevilles et mes poignets, le poids du métal me blesse et m'empêche de bouger.

À quelques centimètres de mon nez un corps me tourne le dos. Il est glacé.

Je suis enchaînée à un mort et, en le découvrant, Diomé se met à hurler.

Elle hurle avec ma voix et rien ne peut l'arrêter.

Ma voix se gonfle de la peur et de la colère des milliers de corps entassés ; elle tourne, enfle, explose dans la cale qui se met à tourbillonner sur la mer déchaînée.

Quand je comprends que je suis au cœur d'un bateau et que je fais enfin taire Diomé, il est trop tard.

Quand l'eau commence à monter autour de nous, quand elle pénètre dans ma bouche, inonde mes poumons et que je meurs, il est trop tard.

Enchaînée aux corps flottant autour de moi, je pense à Celui devant lequel tous se courbent, je sens que chaque seconde qui passe m'éloigne encore plus de lui et je m'enfonce dans les profondeurs sombres de l'océan en priant pour qu'il me pardonne mon retard.

**journal de Mina**

### 15 mai
### (4 h 40)

J'ai laissé mon journal de côté pendant un instant pour voir si je pouvais prendre un peu de repos et, dans mon demi-sommeil, j'ai enfin trouvé ce qui maintenait Lilh à distance dans cette pièce : l'eau.

Lilh a une peur panique de l'eau.

Allongée sur la margelle de pierre, bercée par le clapotis du robot, je commençais à m'endormir quand un souvenir de Lilh s'est imposé à mon esprit. Un souvenir si violent que je retirai immédiatement mes jambes de la piscine pour m'en éloigner d'un bond.

Lilh est déjà morte noyée, une expérience lointaine qui semble encore la terroriser et que je sais comment utiliser.

La seule lumière de la pièce est celle diffusée par la baie vitrée donnant sur le salon et je devine à son intensité changeante que Gabor a laissé la télé allumée.

J'ai à peine assez de visibilité pour écrire, mais je suis trop excitée pour briser ce moment en allumant les spots. Découvrir que Lilh a une faille, que j'ai une chance, même infime, de l'éliminer, me fait plus de bien qu'une longue nuit de sommeil.

Je sais ce que je dois faire et ma décision est prise.

Maintenant, j'attends le retour de Kassandre, Georges et Enki avec encore plus d'impatience même si…

Une présence.

Je sens une présence.

SA présence !

## Kassandre

**15 mai**
*Suisse*
*Station-service*

Je suis dans un cocon douillet, en sécurité.

Les bras de Georges m'enlacent, ma joue est posée sur sa poitrine et il me berce.

Sur le haut de mon crâne je sens le poids de son menton et de sa barbe drue.

Sa voix me murmure des mots que je ne comprends pas.

Mes poumons me font mal, mes yeux brûlent et je tremble sans pouvoir m'arrêter.

Je pense au volcan...

Volcan, explosion, destruction.

L'odeur de la chair carbonisée me pénètre.

Ma chair, la chair de ma chair.

Ma mère.

Je repousse Georges, m'avance en titubant vers le trou béant, ramasse une bottine à talon, la tourne entre mes mains et la lâche quand je comprends.

Ce n'est pas une bottine.

C'est un escarpin, un escarpin avec un pied et une cheville.

Le pied de ma mère, sa cheville, sa chaussure.

Et le reste, étalé sur les murs, tout autour de moi.

Un hurlement perfore mes tympans.

Mon hurlement.

Un voile blanc s'abat sur moi. Mon cœur, de glace, ne résonne plus.

Dehors, des hommes s'avancent.

Les battements de leurs cœurs sont une insulte que je ne peux tolérer.

Je serre les poings, projette mon esprit et le bruit cesse enfin.

Les hommes s'effondrent, leur muscle cardiaque réduit en bouillie.

Georges me parle, m'exhorte à me calmer mais je refuse de l'écouter.

Je sors.

Rien ne peut apaiser ma colère.


Je sens la bête qui vit en moi s'ébrouer.

Elle cherche à éteindre les braises de cette rage qui me dévore.

Mais je la repousse.


Je cherche Gustav, Gustav dont je ne sens plus le cœur.

Et je le retrouve.

Celui qui fut comme un père pour moi est allongé au fond du van entre les bras de la mère de Mina.

Elle, les hommes de mon père l'ont épargnée, probablement car c'est une porteuse K.

Mais Gustav, lui, n'avait aucune valeur.

Un troisième œil sanglant a poussé entre ses deux
yeux.

Mort.

Gustav est mort.

Comme ma mère.

Comme mon peuple.

Et, encore une fois, je suis seule coupable.

## journal de Mina

### 15 mai
### (5 h 30)

Je suis seule.

Seule dans le salon au milieu du carnage que j'ai provoqué.

À mes pieds, dans une mare de sang et de verre brisé, gît le corps désarticulé de Gabor. Il a toujours les yeux ouverts mais la mort n'a pas réussi à y effacer la surprise qu'il a ressentie quand je l'ai attaqué.

Car oui, c'est bien moi qui l'ai tué.

Ce que j'ai fait, je l'ai fait pour éloigner le Maître de nous et je ne le regrette pas, car rien à ce jour ne me semble plus important que de nous libérer de sa tutelle.

Il y a une heure, quand mon père a envahi la maison avec ses hommes, j'étais prête à l'accueillir. Sans avoir les talents de Kassandre pour détecter la présence des humains j'avais pourtant senti que Carlo n'était pas loin.

J'aurais pu aller prévenir Gabor, nous aurions pu tenter de fuir, de prévenir les autres, mais je ne l'ai pas fait. J'ai choisi de laisser mon père venir jusqu'à moi car j'avais un marché à lui proposer, une proposition que je savais qu'il ne refuserait pas.

Sans rien dire à Gabor, je l'ai laissé s'approcher.

J'aurais voulu épargner le fils de Zoltan mais ce fut impossible, ce dernier était prêt à tout pour protéger son Maître et, retranché dans le salon, il aurait été capable de soutenir l'assaut pendant des heures. Des heures que je n'avais pas si je voulais avoir une chance de conclure un pacte avec mon père avant le retour de mes amis.

Quand Gabor s'est rendu compte de ce qui était en train de se passer, j'ai agi.

J'ai libéré ma voix et envoyé mon gardien voler à travers le salon.

Son corps a percuté si violemment la baie vitrée de la piscine que celle-ci s'est effondrée sous l'impact, mais le fils de Zoltan était toujours en vie lorsque je me suis approchée de lui.

Le sang qui moussait dans sa bouche l'empêchait de parler mais j'ai lu l'incompréhension dans son regard.

Je n'ai pas voulu qu'il meure sans savoir, alors, l'eau de la piscine maintenant Lilh à l'écart, je lui ai expliqué que le temps où nous étions enchaînés au Maître était révolu ; que dans ce monde, l'humain n'avait plus besoin de dieu, et encore moins du diable, et que j'avais décidé de nous libérer.

J'aurais tellement voulu qu'il comprenne, qu'il accepte. J'aurais aimé qu'il me pardonne mais il était trop tard. Quand sa bouche s'est ouverte pour me répondre, seules quelques bulles de sang en sont sorties et j'ai préféré abréger sa souffrance.

Une main en coupe sous son menton, l'autre enfouie dans la masse sombre de ses cheveux, j'ai hurlé à son oreille jusqu'à faire éclater son cerveau.

Un simple cri, de quelques secondes à peine... vite remplacé par la voix de mon père.

Je ne sais pas depuis combien de temps il était là, dans mon dos à m'observer, mais lorsqu'il me parla j'entendis la fierté dans sa voix.

Il m'avait vue achever Gabor et semblait croire que j'avais décidé de le rejoindre.

Je l'ai aussitôt détrompé.

Je lui ai dit que je ne voulais faire partie d'aucun camp ; que je voulais juste être libre et que j'avais une proposition à lui faire. À lui faire en privé.

Il a penché la tête vers moi, plissé légèrement les sourcils, mais n'a hésité qu'un court instant avant d'éloigner ses hommes d'un geste de la main.

Pour plus de sécurité, j'ai glissé mes jambes dans l'eau, fermé les yeux et cherché Lilh mais ne l'ai pas trouvée.

Mon père et moi étions seuls alors je lui ai fait ma proposition : qu'il nous laisse partir en échange d'une prise bien plus grande.

Comme je m'y attendais Carlo a commencé par refuser ; par me dire qu'il lui était impossible de nous laisser partir, que le père de Kassandre attendait qu'il lui ramène les Génophores et que rien ne pourrait le détourner de sa mission... mais au ton de sa voix j'ai bien senti que ma proposition l'intriguait.

Alors, je lui ai expliqué qui était *Celui devant lequel tous se courbent* avant de le mener à lui.

Sa surprise fut immense.

Comme le père de Kassandre et ma grand-mère, Carlo ne croyait pas vraiment en l'existence du Maître. Pour lui, il n'était qu'un mythe et le voir là, allongé devant lui, bouleversait ses certitudes.

J'ai lu la convoitise, la soif de pouvoir briller dans ses yeux rouges, le plaisir à l'idée de devenir encore plus fort et j'ai joué sur ses désirs.

Sans lui avouer que le Maître ne pourrait se réveiller pleinement qu'avec le sang de Kassandre et Georges, je l'ai convaincu que revenir avec lui devant les Enfants d'Enoch lui vaudrait la gratitude éternelle des Báthory de Kapolna, bien plus que s'il revenait avec nous, mais que pour réussir il fallait absolument cacher ce que nous projetions à la femme qui était en moi.

À son sourire j'ai compris qu'il ne voyait pas comment je comptais l'empêcher de prendre le Maître ET les Génophores.

Alors je lui ai parlé des pouvoirs de Lilh, de la puissance de Georges, de Kassandre et d'Enki… une puissance qu'il connaissait pour avoir combattu chacun d'entre nous séparément.

Puis je lui ai demandé s'il se croyait vraiment assez fort contre nos quatre pouvoirs réunis.

Son sourire a disparu.

Il a cligné des yeux et, pour la première fois, j'ai lu le doute sur son visage.

Mais le faire douter ne suffisait pas. Il fallait qu'il soit convaincu alors, pour le faire basculer de notre côté, je lui ai aussi expliqué qu'en ramenant le Maître aux Enfants d'Enoch il pourrait faire en sorte que sa famille, notre famille, revienne au premier plan.

Jouer sur son désir de vengeance était un pari risqué, mais quand j'ai vu son visage s'éclairer j'ai compris que j'avais visé juste.

Lorsque j'étais à Naples j'avais pu me rendre compte de la déchéance des Caracciolo Di San Theodoro, et de la rancœur de ma grand-mère envers les Báthory de Kapolna qui les avaient relégués à des tâches subalternes.

En offrant à mon père une manière d'augmenter son pouvoir, et de laver l'affront que la famille de Kassandre avait fait à la sienne, j'ai réussi à en faire mon allié... au moins provisoirement.

Nous avons fini par trouver un accord : en échange de *Celui devant lequel tous se courbent* Carlo nous laissera partir. Mieux, il affirmera avoir été obligé de nous éliminer pour s'emparer du Maître, une fable qui devrait laisser à Ka, Georges et Enki le temps de fuir.

Sa seule condition : que notre pacte soit scellé dans le sang... le sang de ses hommes. Personne ne doit pouvoir rapporter la vérité aux Enfants d'Enoch.

Un massacre nécessaire auquel j'ai dit oui.

Assise au milieu du carnage, au cœur du charnier que j'ai contribué à créer, je compte encore une fois les corps étalés. Treize hommes gisent autour de moi, treize hommes dont le cousin d'Enki.

Grâce à notre stratagème Lilh n'a pas compris que nous allions trahir son Maître. Elle est persuadée que je tends un piège aux Enfants d'Enoch pour permettre le retour des Génophores et le réveil de *Celui devant lequel tous se courbent.*

Lilh est parfaitement confiante car elle a ressenti le carnage quand j'ai utilisé mon pouvoir. C'est notre voix qui a percé les tympans des hommes de mon père, notre souffle qui les a assommés en les livrant à la merci des ongles de la Chose.

Treize morts dont je suis pleinement responsable et dont je fixe à présent les visages figés pour ne jamais les oublier.

Assise au milieu des cadavres je viens de finir de rédiger le message que je destine à Ka.

Elle est la seule en qui j'ai suffisamment confiance pour mettre mon plan à exécution.

Nous ne pouvons pas détruire le Maître, mais je sais comment retarder son retour… mais si Kassandre ne l'accepte pas, je ne sais pas ce que nous deviendrons.

Au loin, je distingue le ronronnement d'un moteur. Mon père est allé chercher les corps des hommes du clan de Zoltan qu'il avait égorgés en arrivant.

Cette voiture est la première, bientôt deux autres la rejoindront et la pile de corps qui s'entassent devant moi va augmenter.

Huit corps de plus à ajouter au charnier.

Huit visages de plus à observer… et à ne jamais oublier.

## Georges

### 15 mai
*Suisse*
*Villa du lac*

– STOP !

Marika, Zoltan, Kassandre, Enki et moi sommes sur le point de nous engager dans l'allée d'une immense baraque surplombant un lac quand le cri poussé par la princesse nous arrête net.

C'est la première fois qu'elle prononce un mot depuis qu'elle a découvert la mort de sa mère et de Gustav, alors son hurlement nous prend tous par surprise.

– Qu'est-ce qui lui arrive ? demande Zoltan à Enki.

L'homme n'a pas parlé en français, mais son intonation agacée et le regard qu'il pose sur Kassandre sont suffisamment éloquents pour que je devine le sens de sa question.

Cela fait maintenant une heure que ni son fils, ni les hommes censés surveiller la maison ne répondent à ses messages et il est de plus en plus fébrile. Mais je m'en fous.

Enki n'a pas eu besoin de me raconter la mort de ma sœur.

Sa mort, je l'ai vue dans son esprit. J'ai vu sa terreur, et la colère qui m'habite depuis cet instant me ronge peu à peu.

Zoltan, cet homme qu'Enki appelle son oncle, devra payer pour ce crime. Lui, son fils et tous les autres ne méritent pas de fouler une terre que ma petite sœur a dû quitter par leur faute.

Sans prêter plus d'attention à l'homme du clan, je me tourne vers Kassandre pour lui demander ce qui se passe.

Il fait encore sombre mais, à l'expression terrorisée de son visage, je sais immédiatement qui est dans la maison.

Comme pour confirmer mes pensées, elle murmure :
– La Chose…

Elle n'a pas besoin d'en dire plus.

Après l'épisode de la station-service nous avons été obligés d'admettre que nous nous étions fait avoir comme des gamins.

Même si la mère de Kassandre avait ses entrées dans la clinique, et avait bénéficié de l'aide de Gustav et de Marika, nous avions fui beaucoup trop facilement. Nous aurions dû nous douter que tout ceci n'était qu'un leurre destiné à nous capturer tous en même temps.

Nous avons été stupides et, même si leur plan a échoué, nous avons bien failli y rester.

Sans le réflexe de Karolina, qui avait arraché son collier à sa fille pour courir vers la sortie, l'explosion nous aurait tous tués.

Au lieu de ceci, celle-là n'a fait que deux victimes : l'homme qui nous guettait derrière la porte... et la mère de Kassandre. La charge du collier n'était pas très puissante mais son explosion au contact des bonbonnes de gaz stockées dans l'arrière-boutique fut suffisante pour provoquer une réaction en chaîne et souffler une partie du mur de la station.

Ça n'aurait pas dû arriver mais nous avons joué de malchance.

– Georges ? La Chose est là... On fait quoi ? insiste Kassandre.

La vibration du téléphone de Zoltan m'empêche de lui répondre.

– C'est Gabor, murmure l'homme en regardant le nom qui s'affiche sur son écran.

Sans lui laisser une chance de décrocher, je lui arrache le téléphone et le mets sur haut-parleur.

Une voix traînante résonne entre nous. Une voix qui n'est pas celle du fils de Zoltan.

– *Bonjour, Georges, je t'attendais.*

Je laisse le silence s'installer.

Si Carlo a appelé c'est qu'il a quelque chose à me dire.

– *Même dans ton ssssilencccce je te reconnais. Nous ssssommes pareils, Georges.*

Encore cette rengaine.

Je ne suis pas d'accord, mais refuse de lui faire le plaisir d'une réponse.

Alors j'attends.

Autour de moi la tention est palpable.

La mère de Mina se tord les mains.

Zoltan et Enki ont sorti leurs armes.

D'un geste circulaire, je fais comprendre à Kassandre que j'aimerais qu'elle vérifie combien de personnes se trouvent dans la maison.

Ses yeux se ferment.

Au bout du fil la respiration sifflante de Carlo s'accélère.

– *Dis à la fille que sssi elle veut ssssavoir ce que j'ai à vous dire elle doit lâcher mon cœur ! Ce n'est pas un piège, je sssuis ssseul avec ma fille et je veux vous parler... nous avons quelque chose à vous proposer.*

Zoltan sursaute.

– Comment ça « seul » ? Et Gabor ?

Enki le calme d'un geste mais, quand Kassandre ouvre les yeux et confirme ce que vient de nous annoncer Carlo, le visage de son oncle s'affaisse.

– Il dit la vérité, je n'ai senti personne d'autre que lui et Mina, précise la princesse.

À l'autre bout du fil, la Chose s'impatiente :

– *Alors ? Que décccidez-vous ?*

– Georges, fais ce que tu veux mais moi je vais chercher Mina, me murmure Kassandre. Marika ? Tu viens avec moi ?

Évidemment, la mère de Mina répond par l'affirmative. Quand à Zoltan, elle ne lui pose même pas la question.

Enki hausse les épaules et j'inspire profondément.

Je déteste l'idée de faire confiance à Carlo et j'ai peur de ma réaction quand je serai face à Mina, mais je suis coincé.

# Kassandre

15 mai
*Suisse*
*Villa du lac*

Marika hoche la tête sans hésiter mais Georges a le visage fermé et ne me répond pas.
– Kassandre, tu es certaine que c'est une bonne idée ? me demande Enki.
Je hausse les épaules.
– Non, mais qu'est-ce que ça change ?
Je consulte silencieusement Enki et Georges, sans un regard vers Zoltan qui s'agite à nos côtés. Il est une quantité négligeable. Enki a beau le traiter comme un membre de sa famille, rien n'est moins vrai.
Zoltan est un serviteur du Maître et son avis n'a pas à peser dans nos décisions.
Tout à l'heure, quand le corps de ma mère a été vaporisé par l'explosion de mon collier, j'ai compris.
J'ai compris qu'elle avait donné sa vie pour sauver la mienne car nous étions plus importants que tout.

Je suis une Génophore, Georges, Enki et Mina aussi. Nous sommes plus qu'humains et nous ne devons pas nous soucier des autres.

Pour la première fois je comprends les discours de Père sur l'importance de notre sang, de notre lignée, et je vois le monde différemment.

La mort de ma mère m'a ouvert les yeux. Me rebeller est inutile, j'ai le devoir de sauver les autres malgré eux et personne ne m'en empêchera.

Sans attendre leur réponse je m'avance dans l'allée menant à la grande maison blanche et entends les autres me rejoindre.

Comme s'ils avaient compris que nos destins étaient liés, Georges et Enki m'encadrent en silence, mais Zoltan ne peut s'empêcher de l'ouvrir.

– Où sont les autres ? insiste-t-il. Gabor, le Maître ? Tu ne les as pas… sentis ?

Il bute un peu sur le dernier mot, comme si mon don le dégoûtait un peu, comme s'il m'était supérieur alors qu'il n'est rien. Rien qu'un chien attaché à son maître.

Je stoppe, me retourne vers lui, penche un peu la tête et hésite en l'observant. Que gagnerai-je à le laisser nous suivre ? Ne vaudrait-il pas mieux pour nous tous que je l'élimine sans attendre ?

Certes, je lis dans son cœur qu'il est fort et loyal. Mais loyal envers qui ? Envers le Maître ou envers nous ?

Un frôlement me fait sursauter et me détourne du muscle cardiaque de l'oncle d'Enki.

Georges, debout à côté de moi, observe lui aussi Zoltan.

Il est si près que son torse frôle mon épaule. Sous le tissu léger de son blouson je sens la puissance de ses muscles et, quand sa main frôle tout à coup la mienne, mon cœur rate un battement.

Ce contact m'en rappelle un autre, plus lointain ; un souvenir de sa main glissant sur ma peau nue et de mon corps se soulevant comme une vague pour l'accueillir.

D'une secousse sèche, je me dégage, me retourne et plante mes yeux dans les siens.

Il est si grand que je suis obligée de me mettre sur la pointe des pieds et de relever le menton pour capter son regard. Même ainsi, mon visage est encore à plus de trente centimètres du sien.

Suffisamment près pour lui balancer une réplique bien sentie... mais aucun mot ne franchit la barrière de mes lèvres.

Dans mon esprit, une tempête déchaînée me tient lieu de cerveau. Un ouragan qui se fracasse sur les parois fines de mon crâne et ne demande qu'à sortir dévaster le monde.

Je ne sais pas ce que j'ai l'intention de dire à Georges, ni même si ce que j'ai à dire s'adresse vraiment à lui, mais il faut que cette colère sorte de moi.

Dans la lueur diffuse de l'aube, le serpent noir de son œil gauche frisonne et le monde qui nous entoure disparaît.

Sa pupille se dilate puis se rétracte. En un instant, il devient dragon et l'animal au plumage blanc qui est en moi répond à son appel.

Je veux lui dire qu'il faut qu'il cesse de me toucher, qu'il reste loin de moi, mais je reste muette car je suis fascinée par sa bouche.

Un minuscule morceau de peau s'en détache.

Une gerçure infime qui doit l'agacer car il mordille machinalement sa lèvre inférieure en attendant que je me décide à parler.

Mais je ne le fais pas.

Je ne le fais pas car je viens de me souvenir de quelque chose.

Ce mouvement machinal, celui de ses dents pinçant l'angle droit de sa lèvre inférieure… je le reconnais.

C'est celui qu'il fait toujours quand il n'ose pas me dire quelque chose.

Je connais ses sourcils qui se froncent quand il est contrarié, la fossette qui apparaît sur sa joue droite quand il se prépare à dire une bêtise pour me faire rire ; tout comme je connais cette manie qu'il a de pencher sa tête sur la gauche ou de faire craquer ses cervicales en serrant les poings avant d'attaquer ses ennemis.

Cet homme, là, debout devant moi, je sais que je le connais…

– Bon, on y va maintenant ! s'agace Zoltan.

Le souvenir que je croyais tenir s'évapore brusquement.

Je cligne des yeux.

Dressée sur la pointe des pieds je suis presque collée à Georges et mes doigts sont posés sur sa joue.

Comme si mon contact le brûlait, il retire sa main de mon bras et recule d'un pas.

Il ouvre la bouche, la referme, déglutit, passe ses doigts sur son crâne tondu et secoue la tête. Il a le visage d'un homme qui vient de comprendre quelque chose. Quoi ? je ne sais pas.

Il a l'air surpris… mais certainement pas autant que moi.

# Georges

**15 mai**
*Suisse*
*Villa du lac*

Je franchis les quelques mètres qui me séparent de la maison en essayant de comprendre ce qui vient de se passer.

Kassandre a plongé ses yeux dans les miens, elle a posé sa main sur ma joue et des images de nous me sont apparues. Des images et des sensations si fortes que je ne peux les effacer de mon esprit. Un amour si puissant qu'il a balayé ma rage.

La douceur de sa peau nue, la chaleur de son souffle dans le creux de ma nuque et la brûlure de ses ongles s'enfonçant dans mon dos.

Je déglutis.

Ces images hypnotiques m'empêchent de la regarder à nouveau sans frémir.

Je dois m'éloigner d'elle, de son parfum, penser à autre chose.

Je m'élance vers la maison.

J'ai marché si vite que j'arrive en premier à la porte.
Je sors mon arme et, sans attendre les autres, j'entre.

Il fait sombre mais je devine que les propriétaires
doivent aimer en mettre plein la vue à leurs invités :
entre la verrière culminant à dix mètres de hauteur, les
socles surmontés de sculptures contemporaines et les
étranges décors sombres sur les murs, cet immense hall
évoque plus un musée qu'une simple entrée.

J'avance d'un pas, appuie sur un commutateur et
toutes les lumières s'allument en même temps.

Le brusque afflux de luminosité m'oblige à plisser les
paupières.

– Putain, c'est quoi ce bordel ?! se met à jurer
Kassandre qui vient d'arriver.

Quand mes yeux s'habituent enfin à la lumière, je
comprends sa réaction.

Ce que je prenais pour de l'art contemporain un peu
étrange est en fait ce qu'il reste d'un carnage et, à moins que
l'artiste soit fan d'Hannibal Lecter, les taches rouges sur les
murs ne sont pas l'œuvre d'un expressionniste américain.

Enki, Marika et Zoltan sont juste derrière nous. Eux
aussi veulent entrer.

Ils nous poussent en avant et nous n'avons pas d'autre
choix que de nous avancer au cœur du grand hall pour
les laisser passer.

Le sol crisse sous nos pas.

Nous marchons sur des morceaux de verre et de plâtre
provenant d'impacts de tirs à l'arme automatique ; des
balles qui ont tracé des arcs de cercle en pointillé sur les

murs sans épargner les sculptures sur leurs socles, comme si les hommes qui les avaient tirées avaient perdu la tête et arrosé l'espace autour d'eux à la recherche d'un invisible et terrifiant ennemi.

Il n'y a aucun corps visible, mais les marques sanglantes sur les murs et les striures écarlates sur le sol témoignent que des hommes ont été traînés vers l'intérieur de la maison... et qu'ils n'étaient pas en état de résister.

La main de Kassandre se glisse dans la mienne et la serre avec force.

Je sens bien qu'elle a peur alors je décide de détendre l'atmosphère.

– Je présume qu'il suffit de suivre les flèches... Enki, il y a quoi là-bas ? je demande en désignant le couloir vers lequel convergent les longues traînées sanglantes.

– Là-bas, c'est le salon.

– Mina y est, je la sens, ajoute Kassandre.

Sans attendre plus longtemps, Zoltan s'engouffre dans le couloir et nous le suivons sans hésiter.

Je range mon arme. Je sais qu'elle ne me sera d'aucune utilité contre Carlo et, quoi qu'il se soit passé ici, je doute que nous trouvions beaucoup de survivants ; il y a trop de sang étalé sur les murs.

De toute manière, si quelqu'un en avait réchappé, Kassandre l'aurait senti.


De l'extérieur, la maison nous avait semblé immense, mais cette impression est encore plus forte à l'intérieur.

Après l'entrée-musée, le couloir où nous avançons, percé régulièrement de meurtrières vitrées dominant un lac, semble interminable.

Au loin résonne le bruit assourdi d'une sono ; je dis bien « bruit » et pas « musique », car j'ai du mal à deviner ce que c'est.

Kassandre, elle, semble n'avoir aucun mal à apprécier ce vacarme : sa tête s'agite en rythme et je devine au mouvement de ses lèvres qu'elle connaît les paroles qui vont avec ce bruit.

— *Rock or Bust*, le dernier album d'AC/DC. C'est loin d'être leur meilleur mais, tout de même, pour des grands-pères, ils assurent les mecs.

Qu'elle arrive à jouer les critiques musicales dans un moment pareil devrait me laisser sans voix mais je comprends ce qu'elle veut dire.

— Moi aussi j'ai peur, Princesse…

Il y a encore quelques heures, Kassandre m'aurait craché au visage pour une remarque de ce type, mais là, étrangement, elle se contente de se rapprocher de moi et de me sourire avec reconnaissance.

— T'inquiète pas, je suis là, murmure-t-elle en me faisant un clin d'œil.

Cette fois-ci, c'est certain, elle se fout de moi, mais je n'ai pas le temps de répliquer car je suis coupé par Enki.

— Bon sang, vous croyez vraiment que c'est le moment ? On est arrivés, alors fermez-la un peu tous les deux.

**Kassandre**

**15 mai**
*Suisse*
*Villa du lac*

La chaleur de la main de Georges autour de la mienne me fait un bien fou. Je ne suis toujours pas capable de discerner les battements de son cœur mais je sens le pouls de son poignet battre au rythme du mien et je me cale sur sa musique interne pour réussir à mettre un pied devant l'autre.

Tout à l'heure, une partie de ma mémoire est revenue. Insuffisamment pour me permettre de deviner les intentions exactes du Maître, mais tout de même assez pour que je me souvienne que l'homme qui marche à mes côtés est mon allié.

Voire plus.

Plus comment ? Je ne sais pas, mais ce n'est pas le moment de me pencher sur la question car ma mémoire m'a rappelé aussi QUI j'allais retrouver dans quelques minutes et je ne suis pas certaine d'être prête à affronter sa puissance.

Au bout de l'interminable couloir, une double porte est ouverte sur notre futur.

Les accords d'AC/DC sont de plus en plus forts à mesure que nous approchons ; quand nous franchissons le seuil du salon, le volume devient à la limite du supportable.

De l'autre côté, Mina et la Chose nous attendent.

La Chose, le père de Mina… j'ai encore du mal à me faire à cette idée.

Tous les deux sont debouts à quelques mètres d'une immense table sur laquelle repose le corps d'un homme.

Un homme dont mes souvenirs m'apprennent qu'il est mon Maître. Celui qui m'appelle du fond de mes cauchemars depuis des nuits.

À leurs pieds, un tapis rouge formé de cadavres proprement alignés semble avoir été déployé pour nous accueillir. Une haie d'honneur morbide sur laquelle quelques mouches commencent à voleter.

Je devine que la musique poussée à son maximum est un message de Mina à mon intention.

Ma presque sœur sait que la musique est mon refuge mais, même avec les accords d'Angus Young vibrant au creux de mes tripes, mon esprit refuse d'accepter le spectacle qui s'étale devant moi.

*It's Rock or Bust*, le rock ou la mort, hurle la voix de Brian Johnson… Ici, il ne fait aucun doute que c'est la mort qui a gagné.

Je vais m'avancer vers Mina quand je suis bousculée par Marika.

Insensible au spectacle, la mère de Mina enjambe les corps pour rejoindre sa fille et l'étreint de toutes ses forces en murmurant son nom.

À leur côté, la Chose ne bouge pas ; Carlo couve les deux femmes du regard et je réalise tout à coup que ce doit être la première fois que la « famille » de Mina est ainsi réunie.

Mes yeux glissent de leur étrange trio aux cadavres étalés autour de nous.

Je ne connais aucun d'eux mais à leurs visages se superposent tout à coup ceux de ma mère, de Gustav, de Yo et de tous ceux que le virus de mon père est en train de tuer à travers le monde.

Tant de morts.

J'ai froid.

Un mouvement attire mon regard sur la gauche.

Des reflets bleutés dansent dans la chevelure noire d'Enki. Des éclats de lumière qui proviennent d'une piscine intérieure.

Agenouillé à côté de lui, Zoltan berce un cadavre en pleurant. Il a retrouvé son fils.

Je détourne les yeux. Une voix m'appelle, résonne dans mon esprit par-delà la musique. Cette voix réclame mon sang.

L'animal puissant qui vit en moi s'ébroue. Il a senti que je ne voulais pas obéir et se tient prêt à me défendre.

La table, au centre de la pièce.

Le corps qui y repose m'attire comme un aimant.

C'est un jeune homme aux cheveux blancs. Il semble mort mais je sais qu'il n'en est rien.

Cet homme, je ne le reconnais pas, pourtant, je le connais.

Il est cette voix qui me parle depuis des nuits, cette voix qui m'appelle sa fille et qui me somme de lui obéir.

Une voix qui n'a jamais résonné aussi fort qu'en cet instant.

# Enki

## 15 mai
### *Suisse*
### *Villa du lac*

Je laisse mon oncle faire ses adieux à son fils et vais rejoindre Mina et Marika.

Elles parlent avec la bête humaine, celle qui a arraché le cœur de Janosh et décimé les hommes de son clan.

C'est la troisième fois que je le rencontre mais la première que je le contemple d'aussi près.

Même pour moi qui en ai vu d'autres, il est immense et terrifiant.

Sa peau blanche, ses yeux rouges, son crâne chauve et ses traits acérés sont d'une sauvagerie qui tranche avec son costume sur mesure digne d'un jeune loup de Wall Street.

Il n'a pas pris la peine de se changer ; malgré leur couleur sombre, on distingue sur ses vêtements les traces de sang et, si ses mains semblent propres, les demi-lunes noires qui ornent le dessous de ses ongles effilés ne laissent aucun doute sur le type d'arme qu'il a utilisé pour éviscérer les hommes qui jonchent le sol du salon.

Je serre les poings et souffle pour faire tomber ma rage mais je n'y arrive pas.

Même si je sais que je ne suis pas de taille à lutter contre lui dans cette maison, qu'aucun animal ne peut venir m'aider, qu'aucune force vitale ne peut m'insuffler la puissance dont j'aurais besoin pour combattre ce monstre, je m'avance quand même vers lui car l'envie de le détruire est plus forte que ma raison.

C'est un comble pour l'architecte que j'étais dans ma première incarnation mais, en faisant de moi le Génophore de la Nature, le Maître m'a rendu incapable de me battre dans un bâtiment. Une faiblesse que je devine calculée…

« Car tu es sson essclave, jussste un chien dévoué à ssson maître, modelé ssselon sssson bon plaisir. Comme moi », souffle une voix dans mon esprit.

Au sourire qui se dessine sur le visage du monstre, je comprends que c'est lui qui me parle et je stoppe.

Je stoppe car je réalise qu'il a raison.

Nous ne sommes que des pions dans un jeu que le Maître pratique avec l'humanité depuis des millénaires dans un but qui nous échappe totalement.

Il m'aura fallu des siècles pour le comprendre mais à cet instant précis, grâce à cette bête humaine, je réalise que nos failles ont toutes été calculées, que rien n'a été laissé au hasard.

Si je suis faible, si je ne peux me battre qu'au contact de la nature, c'est volontaire.

Chacun de nous a un talon d'Achille sur lequel le Maître s'appuie pour nous soumettre : mon amour pour Völva, celui de Georges et Kassandre, celui de Lilh pour son créateur… mais aussi l'incapacité de Lilh à maîtriser l'écriture, celle de Georges à accepter sa nature violente, ou la culpabilité qui pèse sur Kassandre. Tout est calculé pour nous affaiblir.

Cette prise de conscience fait tomber ma colère d'un seul coup.

Ce n'est pas la Chose qui est mon ennemi. Aussi abominable soit-il, le père de Mina est lui aussi une victime.

Comme nous, il est l'esclave de son créateur, comme nous, il a été façonné dans un but précis et cherche à se libérer de la chaîne qui le retient prisonnier.

Non, la bête humaine qui se tient debout devant moi n'est pas notre ennemi.

Comme avait essayé de me le dire Völva, notre ennemi est l'Immortel allongé là-bas, sur la table de ce grand salon, celui qui tient les ficelles de nos vies entre ses mains depuis toujours.

Mais tant que nous ne saurons pas comment le détruire, il ne faut pas qu'il le sache.

– Enki, je te présente mon père, Carlo Caracciolo Di San Theodoro, me dit Mina.

Carlo avance d'un pas, hoche la tête et me tend la main ; un geste auquel j'ai du mal à donner un sens.

Ami ? Ennemi ? Quel rôle joue-t-il dans cette partie ?

J'hésite. Je ne suis pas homme à me fier aux apparences et je sais que celui qui se tient devant moi est tout sauf humain. Même si nous avons des intérêts communs, il n'est qu'un Golem de chair renfermant une âme vide ; une âme de tueur si j'en juge par les cadavres qui nous entourent.

Difficile de lui faire confiance.

Je refuse la main qu'il me tend et m'adresse à sa fille.

– Mina, que s'est-il passé ?

J'aimerais qu'elle m'explique, mais la bête répond à sa place en posant un de ses longs doigts sur mes lèvres.

– Chhhhhhh... Patttienccce, Génophore, patttienccce...

Sa peau, froide, a l'odeur du sang.

Révulsé, je recule d'un pas et cherche Georges et Kassandre du regard.

J'aimerais qu'ils nous rejoignent mais, quand je les découvre debout auprès du Maître, je comprends qu'il va me falloir patienter.

## le Maître

L'heure de ma renaissance approche et j'exulte.
Mes Génophores sont là, tout près de moi.
J'entends le chant de leur sang qui pulse au rythme de
leurs cœurs battants.
Douce musique, enivrant parfum qui me grise, m'enivre.
J'ai grand-hâte de revenir à la vie.
Il est temps, temps de leur rendre leur mémoire, de leur
rappeler qui je suis.

Mon Chasseur de dragons, écoute-moi.
Toi le difficile, souviens-toi de moi.
Souviens-toi de ton peuple hurlant dans les eaux déchaînées.
Souviens-toi des glaciers gonflant la mer gelée.
De la vague, immense.
Et du silence.

Ma Danseuse de taureaux, écoute-moi.
Toi si fragile, souviens-toi de moi.
Souviens-toi de ton peuple hurlant sous les cendres
brûlantes.

Souviens-toi du volcan déchirant le ciel clair.
Des nuées ardentes.
Et du tonnerre.

Mon fils, ma fille, mes enfants indociles.
Souvenez-vous de moi.
Venez à moi.
Abreuvez-moi.

## Kassandre

**15 mai**
*Suisse*
*Villa du lac*

Sa voix résonne dans mon esprit.

Le Maître, il est le Maître, mais je refuse d'être sa fille.

Debout à côté de moi, je sens la présence chaude et rassurante de Georges.

– Kassandre…

J'aimerais tourner la tête pour l'écouter mais je n'y arrive pas.

Comme doués d'une vie propre, mes doigts s'avancent vers le corps étendu.

Ce n'est qu'un léger mouvement mais il suffit à me faire entrer en contact avec la main du Maître.

Sa peau est froide, aussi froide que celle d'un cadavre, mais ses pensées, elles, ont la chaleur de la lave.

Un simple contact, quelques secondes à peine.

Et tout à coup, des souvenirs me submergent.

Mon île, si belle.

La chaleur du soleil, mes pieds dansant sur le sable de l'arène, martelant le sol au rythme des flûtes et des tambours.

Les yeux bruns de mon taureau, sa puissance sous la paume de mes mains quand je m'appuie sur lui pour m'envoler vers le ciel.

Le souffle chaud de son mufle dans mon cou et ce matin il y a plus de trois mille cinq cents ans.

Ce matin maudit où débarqua le Maître, son regard avide sur moi, mon refus d'obéir, de lui appartenir.

Préférer la mort et me la voir refusée.

Refusée par une flèche noire, noire comme le serpent qui danse au fond de cet œil bleu.

L'œil du Chasseur de dragons.


Georges, le Chasseur de dragons, je le reconnais.

Je le reconnais juste au moment où lui me reconnaît.

Et plus rien d'autre n'a d'importance.

# Enki

**15 mai**
*Suisse*
*Villa du lac*

C'est la première fois que Georges et Kassandre font face au Maître dans cette vie mais je sais ce qu'il va se passer.

Je le sais car c'est inévitable.

Notre présence dans cette pièce, nous, ses quatre Génophores, ne peut qu'aiguiser son appétit.

Même s'il n'est pas encore assez fort pour les contraindre à faire l'offrande, il va réveiller leurs mémoires.

Je l'entends leur parler, réclamer leur sang mais les vois pourtant reculer. Contre toute attente, comme Mina avant eux, ils résistent à son appel.

Kassandre et Georges semblent avoir oublié sa présence.

Debout l'un en face de l'autre ils s'observent sans un mot, avancent leurs mains et enlacent leurs doigts.

Comme si une décharge électrique venait de les frapper, leurs corps se tendent.

Le dragon de Georges et le taureau blanc de Kassandre s'élancent, tournoient lentement sous le plafond, et se fondent l'un dans l'autre.

Moi seul peux voir le ballet de leurs âmes mais le baiser qu'échangent nos amis, lui, ne peut échapper à personne.

Un grondement sourd me fait tourner la tête.

Sous sa chevelure rousse, les yeux verts de Mina flamboient et ses traits se tendent en un masque cruel que je connais trop bien. Attirée par le Maître, Lilh est en train de revenir.

Il est trop tôt.

Observer le couple enlacé nous a fait perdre notre vigilance.

Quand nous réalisons que mon oncle pointe son arme sur eux, il est trop tard.

– Maintenant il faut faire l'offrande ! Vite ! Mon fils ne sera pas mort pour rien ! Le Maître attend alors faites ce qui doit être fait ! hurle-t-il en posant le canon de son arme sur la tempe de Kassandre.

Je n'ai pas le temps de l'arrêter.

Pas le temps de le prévenir que personne, en trois millénaires, n'a pu menacer la Danseuse de taureaux sans que le Chasseur de dragons lui en fasse payer le prix.

Zoltan a à peine le temps de finir sa phrase que le corps de Georges se déplie pour protéger celui de Kassandre ; il la repousse dans son dos et ses bras se tendent vers la gorge de mon oncle.

Les yeux du Chasseur sont devenus noirs et son pouvoir a tellement grandi que je peux voir les tentacules de son dragon s'immiscer dans le corps de Zoltan pour le forcer à lâcher son arme.

L'air tout autour de nous vibre de la puissance de son dragon.

Je vois l'envie de tuer dans son regard, mais il n'a pas besoin d'attaquer.

Mina a vu s'avancer Zoltan, elle a vu l'arme pointée sur son amie et la peur de la perdre a chassé Lilh.

– Le Maître n'est rien, rien de plus qu'un souvenir obscur du passé. Il est temps de lui montrer que ses enfants ont grandi et n'ont plus besoin de lui... ni de ses serviteurs, assène-t-elle à mon oncle en ramassant son arme.

Épinglé au sol par les tentacules sombres du dragon de mon frère, Zoltan ne peut pas réagir.

Comme un masque de cire oublié au soleil, ses traits se tordent de fureur. La puissance de Georges est telle qu'il ne peut se relever. Je vois ses tentacules glisser dans son cerveau et se mettre à creuser.

Dans un dernier effort, Zoltan crie.

– Il... ne vous laissera pas... faire, il... vous détruira !

Puis, lentement, son nez et ses oreilles se mettent à saigner. Un sang noir, épais et visqueux, dans lequel surnagent d'infimes résidus grisâtres de son cerveau.

Son cri, terrible, me perce les tympans.

Mina lève le bras, dirige le canon de l'arme vers le front de Zoltan et, sans une hésitation, met fin à son calvaire.

Carlo sourit, fier de sa fille, mais Marika n'a pas supporté la scène. Pliée en deux, elle laisse son estomac se vider sur le béton ciré et l'odeur acide de la bile flotte jusqu'à mes narines.

Georges secoue la tête, il semble sonné et titube comme un homme ivre.

Seule Kassandre reste calme. Trop calme.

Debout, droite comme un i, elle est plus figée qu'une statue et regarde Mina comme si elle ne l'avait jamais vue.

## Kassandre

**15 mai**
*Suisse*
*Villa du lac*

Mina vient de tuer un homme.
Mina, vient, de tuer, un homme.
Mina. Ma Mina.

Sur la paroi latérale de l'immense pièce blanche, une surface sombre attire mon regard.

Ce n'est pas un mur, c'est une ouverture sur l'extérieur et sur les lueurs de l'aube.

Hypnotisée, je lâche la main de Georges et me dirige vers elle.

J'ai besoin de laver mon esprit du carnage et du dernier regard que Zoltan a jeté sur moi.

Mes mains tremblent. Elles tremblent tellement que je dois les mettre dans mes poches pour qu'elles cessent de bouger.

Le Maître a réveillé ma mémoire et j'ai peur.

Peur de ce qu'il est.

Peur de ce que je suis.

Peur de ce qu'il va me falloir faire, et de ce qui risque d'arriver si je ne le fais pas.

Dehors, le jour est en train de se lever sur le lac.

Transperçant les sapins qui le bordent, des rayons blanchâtres dessinent des pointes de lumière qui s'avancent doucement sur la surface noire de l'eau.

D'où je suis, on dirait d'immenses canines mordant dans une peau sombre ; aussi sombre que celle de la femme qui a exterminé mon peuple il y a des milliers d'années.

Une femme que j'aime aujourd'hui comme ma sœur et qui vient d'abattre un homme de sang-froid.

*We hear the sirens scream...* Comme un message à mon intention, les papis du rock chantent le hurlement des sirènes et me ramènent à Mina...

Mina. Je me souviens de la femme qu'elle était quand je l'ai rencontrée, de sa peau d'ébène plus obscure que celle de mes taureaux, de ses cheveux de feu et de ses yeux verts aussi durs que les émeraudes des dieux.

Lilh, elle s'appelait Lilh à l'époque et sa cruauté n'avait pas d'égal sur terre.

Les souvenirs qui remontent lentement m'apportent plus de questions que de réponses.

Quel étrange hasard a fait de nous des presque sœurs en cette vie ?

Mais surtout, comment Mina et Lilh peuvent-elles être une seule et même personne ?

Comment celle que j'aime le plus au monde est-elle aussi celle que j'ai haïe pendant des siècles ?

C'est incompréhensible pourtant je sais que, malgré la pâleur de sa peau, c'est bien Lilh qui se tient debout, là, dans mon dos ; debout au milieu de cadavres encore chauds dont certains portent des blessures comme je n'en avais pas revu depuis des siècles.

Je pensais, nous pensions, que nous réunir suffirait à résoudre nos problèmes.

Mais il n'en est rien. Bien au contraire.

Les enjeux sont beaucoup plus grands, tellement grands que je me refuse à les envisager.

C'est trop pour moi.


J'inspire profondément en me plongeant dans le paysage grandiose qui s'étale comme un tableau derrière l'immense vitre.

Je veux laver mon regard du sang et des souvenirs qui l'envahissent.

J'aimerais briser le verre qui me sépare de l'extérieur, plonger dans le lac en contrebas, m'enfoncer dans ses eaux noires et glacées, me perdre dans les hautes herbes qui tapissent ses profondeurs et ne jamais remonter.

Je pose mon front sur la vitre et expire.

Mon souffle dessine un nuage de buée qui me brouille la vue… à moins que ce ne soit dû aux larmes qui s'amassent sous mes paupières ?

Je suis perdue.

La musique s'arrête d'un seul coup ; j'entends Georges soupirer de soulagement à quelques mètres de moi, mais me retiens à grand-peine de hurler.

Ce silence brutal m'est plus insupportable que des milliers de décibels.

Une main se pose sur mon épaule.

J'espérais que ce soit Georges, mais mon corps reconnaît le poids de la main de Mina.

Malgré moi, je me tends… mais je n'ai pas la force de me dégager.

J'aime trop Mina pour rejeter Lilh… et je déteste trop Lilh pour faire confiance à Mina.

– Ka…

La voix de Mina, familière, résonne au creux de mon oreille. Je ne suis pas prête à l'entendre.

Il faut qu'elle se taise.

Mon poing part si vite que je ne peux rien faire pour le retenir.

Mes phalanges s'écrasent contre la vitre et j'entends craquer les os minuscules tandis que la douleur se répand en moi comme une vague bienfaisante.

Je recule l'épaule pour reprendre mon élan mais, au moment où mon poing va repartir à l'assaut de la baie vitrée, j'en suis empêchée par l'étreinte de deux bras fins autour de mon buste.

– Regarde-nous, Ka.

Dans le reflet sombre de la vitre, le corps de Mina et le mien ne forment plus qu'une seule personne. Collée dans mon dos, ma presque sœur a posé son menton contre mon épaule droite et la cascade de ses boucles rousses se mélange à ma tignasse décolorée.

Je ne sais pas quelle est la part de Lilh en elle mais le parfum et la chaleur que je perçois sont ceux de Mina, ceux avec lesquels je vis depuis ma naissance ; quoi qu'elle soit devenue, je ne pourrai jamais lui faire de mal.

– Kassandre, c'est moi, c'est Mina. Rien n'a changé.

– Et Lilh ?

Au lieu de me répondre, Mina pose son doigt sur ses lèvres, tire son cahier de son dos et me le met sous les yeux.

Sur celui-ci un court message a été tracé à mon intention.

*J'ai passé un accord avec mon père. Un accord qui nous permettra d'être enfin libres et d'agir pour sauver le monde du virus de ton père, mais tu dois me faire confiance.*

Je sursaute.

Je n'ai pas retrouvé la totalité de mes souvenirs mais, s'il y en a un qui reste intact, c'est bien ce qui arrive quand nous cherchons à trahir le Maître.

Je m'en souviens parfaitement car j'ai causé la destruction de mon peuple en refusant de lui obéir.

Il y a trois mille six cent soixante ans, j'ai refusé d'être la quatrième Génophore.

Pire, pour être certaine d'échapper au Maître, j'ai préféré mourir, j'ai préféré le sacrifice de l'arène à la vie éternelle qu'il m'offrait et cet affront fut lavé dans le sang.

La colère du Maître en apprenant ma trahison fut si forte qu'elle changea à jamais la mer Méditerranée, engloutissant plusieurs îles et tuant des milliers de personnes innocentes.

Tout cela grâce à la voix de Lilh et à cause de mon entêtement à vouloir rester mortelle.

Finalement, je n'avais pas eu le choix.

Mais depuis, à chacune de mes morts, je garde l'espoir de ne jamais revenir. Ne plus revenir pour ne plus avoir à porter le poids de ma culpabilité.


La main de Georges sur mon épaule me fait sursauter.

Perdue dans ma mémoire il me faut quelques instants pour réaliser que je ne suis plus seule avec Mina.

Les autres se sont rapprochés de nous.

Pendant que je lisais le message de ma sœur, son père a dû expliquer leur plan à Enki et Georges car ceux-ci semblent attendre ma réponse.

Tournées vers moi, trois paires d'yeux me fixent : les yeux noirs d'Enki, les bleus de Georges et les vert émeraude de Mina.

Trois regards qui me donnent le courage de hocher la tête en silence.

## le Maître

*L'heure de ma renaissance approche.*
*Mes Génophores sont là, tous les quatre réunis, ici,*
*autour de moi.*
*J'ai réveillé leur mémoire et j'attends.*

*J'attends.*
*Ils sont là.*
*Tout près.*
*Mais j'attends.*

*Mes enfants, pourquoi me faites-vous languir ?*
*Sans le sang de l'alliance je reste pétrifié, je ne suis qu'une*
*pierre de lave, plus inutile qu'une cendre légère.*
*Mes enfants ?*
*Personne ne me répond.*
*Moi, le Créateur, Moi le Destructeur, je suis plus impuis-*
*sant qu'un corps de glaise sans vie.*
*Je suis à la merci de mes enfants ingrats et je commence*
*à douter.*

Autour de moi, des paroles se mélangent.

Mes Génophores ne sont pas seuls et un étrange parfum me dérange.

Une créature les accompagne.

Une créature comme je n'en ai jamais croisée auparavant, mais qui parle et pense comme un humain. Que s'est-il passé durant mon sommeil pour que l'homme change au point que je ne le reconnaisse plus ?

Son parfum me dérange. Cette créature est plus qu'humaine… mais aussi moins que cela car ce n'est pas vraiment une créature. Cet être est… une création ; une création qui porte un nom : Carlo.

Je suis le seul créateur, le seul destructeur.

Qui a osé ?

## Kassandre

15 mai
*Suisse*
*Villa du lac*

Le jour a fini par se lever.

Flottant au-dessus de la brume, le soleil est un cercle blanc posé en équilibre sur la pointe des sapins. On dirait qu'un immense œil pâle nous observe de loin, comme le regard aveugle d'un cyclope venu du fond des âges.

Je frissonne. Mes vêtements sont trop légers pour me protéger efficacement de l'humidité qui règne ce matin et seule la chaleur de la main de Mina glissée dans la mienne me réconforte un peu.

Nous avons quitté la maison, laissé derrière nous nos amis avec les cadavres, le Maître, et cette Chose que je n'arrive toujours pas à voir comme le père de mon amie.

Au fond de moi je ne suis pas rassurée ; j'espère que Mina sait ce qu'elle fait et qu'ils ne vont pas tous s'entretuer en notre absence.

Mais de toute façon, il est trop tard pour reculer… quoi qu'il arrive dans cette maison, ça se fera sans nous.

Nous marchons en silence le long d'une fine allée qui serpente au milieu des jardins en terrasses de la villa.

Je ne sais pas ce que Mina attend de moi mais je me laisse faire ; j'ai compris que nous allions nous dresser contre le Maître, tous ensemble, et cela me suffit.

Nous descendons vers le lac.

Moi qui ne suis que musique, le silence, juste entrecoupé des légers bruits de la nature qui nous entoure, m'apaise. Le crissement des gravillons sous nos pieds, le bruissement des feuilles, le pépiement diffus des oiseaux qui se réveillent, me bercent et m'empêchent de trop penser à ce qui nous attend.

Même si ce moment ne doit durer que quelques minutes j'ai envie d'en profiter au maximum, d'étirer le temps, de le stopper même. Oublier qui je suis, oublier ce que mon père est en train de faire au monde, oublier les morts et la sensation des lèvres de Georges contre les miennes.

Quoique, non, cette dernière chose, je ne veux pas l'oublier.

Comme si elle savait à quoi je pensais, Mina serre un peu plus fort mes doigts entre les siens. Son souffle s'accélère et son pas ralentit.

Elle hésite, cherche ses mots et se lance.

– Ce calme, cette solitude… ça ne te rappelle rien ?

Je suis surprise. Je ne m'attendais pas à cette question, pourtant la réponse me frappe comme une évidence.

Bien sûr que ce moment me rappelle quelque chose. Un souvenir qui n'appartient qu'à nous, loin de nos familles et des problèmes du monde, un souvenir parfait dont je pourrais raconter en détail chaque seconde.

J'acquiesce :

– Pompéi, l'an dernier, notre fugue dans les ruines... c'était la même ambiance.

Mina sourit. Un vrai et grand sourire qui me donne envie de la serrer dans mes bras, d'enfouir mon nez dans son cou et de tout oublier.

– Pourtant, tu te souviens comme tu avais dû insister pour me convaincre de te suivre ?

J'éclate de rire en me souvenant de la tête qu'avait faite Mina quand je lui avais parlé de mon projet d'évasion.

– Tu parles que je m'en souviens, j'avais dû te supplier ! La comédie que tu m'avais faite... « Non, on ne peut pas quitter le groupe, c'est interdit par le règlement, en plus c'est peut-être dangereux et gnagnagni, et gnagnagna. »

Pour l'imiter je prends une voix geignarde qu'elle n'a jamais eue et sa réponse ne se fait pas attendre : son poing atterrit droit dans mon épaule.

– Hé ! C'est bon, Madame « j'suis une rebelle », n'en fais pas trop tout de même. Je te rappelle que j'ai fini par te suivre et qu'à cause de toi je me suis pris une sacrée punition.

– Ose me dire que tu regrettes !

Haussement d'épaules de Mina, qui sourit dans ma direction.

– Bien sûr que non, patate, c'est le meilleur souvenir de toute ma vie. N'empêche, est-ce que tu te souviens de ce que tu m'avais dit pour me décider ?

C'est à mon tour de hausser les sourcils. Comment me souvenir de ce que j'avais bien pu inventer pour décider Mina la raisonnable à me suivre ? Autant je me souviens de chaque instant passé à déambuler au milieu des ruines interdites, de la partie de cache-cache géante pour échapper aux recherches des profs et des gardiens du site archéologique, autant le reste…

— Pas vraiment, je t'avais dit quoi ?

— Tu m'avais juste demandé de te faire confiance… et c'est ce que j'avais fait.

Mina me sort ça, puis elle se tait.

Elle semble attendre que j'ajoute quelque chose, que je lui réponde, mais je ne le fais pas.

Je ne le fais pas car je comprends enfin où elle veut en venir et ça ne me plaît pas.

Depuis que nous nous sommes retrouvées, c'est la deuxième fois qu'elle insiste sur cette histoire de confiance et je me doute que ce n'est pas pour rien.

Mina va me demander quelque chose qui ne va pas me plaire, qui ne va pas me plaire du tout et ne pas savoir ce que c'est me fait peur.

Alors je me tais et nous franchissons les derniers mètres qui nous séparent de la berge du lac en silence.

Nous débouchons sur une petite plage de sable clair. Elle est minuscule mais équipée d'un long ponton de bois qui s'avance dans l'eau sur une centaine de mètres.

L'été, je présume qu'il doit servir à amarrer le canot à moteur que nous avons vu dans le sous-sol en quittant la maison, mais ce matin il est vide.

– Tu te souviens quand on jouait à être aveugles ? me demande tout à coup Mina. Quand l'une de nous devait fermer les yeux et se laisser guider par l'autre ?

– Bien sûr, mais...

Encore un autre souvenir sans lien avec ce qui nous arrive. Je voudrais qu'elle s'explique, mais Mina me coupe la parole, fronce les sourcils et pose son doigt sur mes lèvres.

– La confiance, Ka, la confiance, souviens-toi.

L'urgence dans son regard me convainc de laisser tomber, je lui fais signe de continuer, mais au lieu de parler je la vois fermer les yeux et me désigner le ponton de sa main libre sans ajouter un mot.

– Tu veux que...

– Chut, Ka, jouons, c'est toi qui me guides.

Mina n'a pas lâché ma main. Comme lorsque nous étions petites, j'enroule mon bras sous le sien pour la maintenir fermement contre moi et l'entraîne sur les planches de bois.

Le léger vent d'ouest que nous sentions dans le jardin est beaucoup plus fort sur l'eau. Nos talons claquent sur les planches qui grincent un peu à notre passage.

Visiblement, cela fait quelques mois que personne n'est venu jusque-là ; de la mousse a eu le temps de s'installer entre les rainures du bois, du vernis manque çà et là et je dois faire attention à l'endroit où je pose les pieds pour ne pas glisser.

Mina, les yeux hermétiquement fermés, s'accroche à moi comme si elle était ivre.

Sa respiration est de plus en plus haletante, son cœur bat de plus en plus vite et, plusieurs fois, je dois la soutenir pour ne pas qu'elle s'effondre.

On dirait qu'elle a peur.

J'aimerais lui demander ce qui lui arrive mais, à chaque fois que je commence à ouvrir la bouche, son visage s'agite frénétiquement de droite à gauche pour me signifier de me taire, alors je laisse tomber et continue à avancer.

Arrivée au bout du ponton, je m'arrête et l'aide à s'asseoir sur les planches de bois.

Nos jambes se balancent dans le vide à cinquante centimètres de la surface de l'eau.

Je ne sais pas si cela est dû à l'absence de luminosité du matin mais, j'ai beau me pencher, je ne distingue pas le fond du lac. Tout y est d'un noir profond sur lequel se reflètent les semelles de nos chaussures et l'ovale pâle de nos visages.

J'attends.

Il faut moins d'une minute à l'humidité du bois pour traverser la mince couche de tissu de mon pantalon. J'ai froid aux fesses, envie de me tirer d'ici, mais Mina, les yeux toujours fermés, reste plus mutique qu'une statue.

– On fait quoi maintenant ?

– Quelle heure est-il ?

Je soupire, relève ma manche et lui réponds.

– 6 h 34...

– Alors on attend encore un peu.

Sans ouvrir les yeux, Mina glisse les mains sous son sweat, attrape le carnet qu'elle garde coincé entre son dos et sa ceinture et me le tend sans un mot en me faisant signe de l'ouvrir.

Entre mes mains, la couverture du carnet est chaude, un peu humide d'être restée collée sur sa peau ; je n'ai pas besoin d'explications pour savoir ce que je dois faire : un morceau de papier à mon nom dépasse de la couverture.

Je glisse mon index entre les pages, ouvre le fin volume et, comme je m'y attendais, découvre le message rédigé à mon intention :

*Ma Kassandre,*

*Pendant votre absence, j'ai passé un accord avec mon père. Si, comme je l'espère, Georges et Enki acceptent d'honorer ce marché, Carlo va bientôt charger le corps du Maître à l'intérieur de son camion et l'emporter loin d'ici pour le livrer à ton père.*

*N'imagine pas que j'ai perdu l'esprit. J'ai bien retourné le problème dans tous les sens et, même si c'est un coup de poker, je suis convaincue que nous débarrasser du Maître est la solution à nos problèmes. Nous ne pouvons pas le détruire mais nous avons besoin de nous libérer de son influence et de retrouver notre liberté.*

*Une fois en possession du corps de notre créateur, et s'il accepte de croire à notre disparition, je suis certaine que ton père cessera de vous pourchasser... et j'espère aussi que ses expériences l'occuperont suffisamment longtemps pour vous permettre d'agir.*

*Pour lutter contre lui, pour stopper ses projets, vous avez besoin d'être libres et lui offrir le corps du Maître n'est qu'un faible sacrifice... d'autant que celui-ci ne peut se réveiller* tant que le rituel n'est pas achevé, alors le risque que je prends n'est pas si grand qu'il y paraît.

Malheureusement, car il y a forcément un « mais », je sais que dès que le Maître se rendra compte qu'on l'éloigne de ses Génophores, sa colère sera si forte qu'elle réveillera la femme première qui dort au fond de moi.

Si nous sommes là toutes les deux c'est parce que Lilh ne doit pas revenir et que tu es la seule en qui j'ai confiance pour la faire disparaître.

Quand Lilh se réveillera, quand je ne serai plus capable de la contenir, quand je ne serai plus moi, pousse Lilh dans le lac et cours le plus loin possible d'elle.

Fais-moi confiance, n'essaye même pas de lutter contre elle... elle est plus forte que toi, plus forte que nous trois réunis et, si je ne suis pas là pour te protéger, elle n'hésitera pas une seconde à t'éliminer.

## Georges

15 mai
*Suisse*
*Villa du lac*

Debout face à la baie vitrée, j'observe les filles disparaître en direction du lac en tentant de faire taire mon mauvais pressentiment.

Je déteste l'idée de laisser Kassandre seule avec Mina et je ne peux empêcher mon dragon de grogner ; lui aussi se méfie de Lilh et ce n'est pas bon signe.

Même si la princesse a l'air sûre d'elle, les souvenirs qui me sont revenus de Lilh me font douter de la sincérité de son amie. La première Génophore a déjà tué ma sœur et j'ai peur de ce qui pourrait arriver à Kassandre si je ne suis pas là pour la protéger.

À côté de moi, Marika doit sentir mes craintes, car elle pose sa main sur mon bras et le presse avec douceur.

– Ne t'inquiète pas, Georges, les filles sont plus fortes qu'elles n'en ont l'air. Jamais Mina ne fera de mal à Ka. Il faut leur faire confiance.

Je grimace.

Je sais qu'elle dit ça pour me rassurer, mais le jugement d'une femme capable de tomber amoureuse d'un type comme Carlo manque un peu de crédibilité à mes yeux.

— J'espère que vous avez raison...

Inutile de rester là.

Je me détourne de la baie vitrée et, Marika sur les talons, rejoins Carlo et Enki qui nous attendent en silence au milieu du salon.

Je vais leur demander quelques précisions sur leur plan mais, avant que je puisse dire quoi que ce soit, Enki nous met en garde :

— Quoi que vous disiez, n'oubliez pas qu'il nous entend.

Mon frère ne précise pas qui est ce « il », mais le regard qu'il lance à l'homme allongé sur la grande table est suffisamment éloquent pour que nous comprenions.

La Chose hoche la tête.

— Je sssais. Ma fille m'a prévenu, mais ccc'est sssssans importanccce car il n'est pas assez fort pour nous empêcher d'agir. Je vais partir avec lui et vous effacccerez nos traccces. Dans le garage vous trouverez sssuffisamment d'essenccce pour faire brûler cette maison, ensssuite vous ssserez libres car tout le monde vous pensssera morts.

— Et toi, qu'est-ce que tu y gagnes ? l'interrompt Enki.

— Moi, grâccce à ccce trophée, je reprendrai la place qui me revient au sssein des Enfants d'Enoch.

En prononçant cette phrase, Carlo redresse le buste, comme soulagé du poids de la déchéance qui pèse sur sa famille depuis des années, mais le sourire mauvais qui brille sur son visage me fait douter de sa réponse.

— Même en supposant que tu tiennes parole, et que tu ne nous trahisses pas dès que tu auras tourné au coin de la rue, comment comptes-tu faire gober notre mort au père de Kassandre ? Il va vouloir des preuves et ce n'est pas brûler quelques cadavres et réduire cette baraque en cendres qui va camoufler longtemps la vérité.

Mes arguments sont imparables, pourtant le sourire de Carlo ne vacille pas.

— Je sssuis d'accord avec toi, Georges, Karl ne me croira pas… mais il sssera bien obligé de croire la machine du docteur Walberck quand cccelle-ccci lui confirmera que je dis la vérité.

Il a beau être surhumain, je ne peux pas m'empêcher de me marrer.

— Parce que tu te crois assez fort pour pouvoir tromper son scanner de neurones ?

— Non, çcça ccc'est impossssible, admet Carlo, sssauf sssi je dis la vérité et çcça, graccce à Marika, ccc'est réalisable.

— Comment ça ?

Au lieu de me répondre directement, Carlo pousse la mère de Mina en avant.

— Explique-lui.

Marika semble mal à l'aise et je la comprends. Comme nous, elle ne doit pas avoir l'habitude de parler ouvertement de ses pouvoirs et elle a du mal à trouver ses mots.

— Je suis une effaceuse, finit-elle par nous lancer. Ça signifie que je peux entrer dans les esprits pour y effacer une partie de leur mémoire mais aussi la remplacer par de nouveaux souvenirs. C'est pour cela que Karolina m'a gardée auprès d'elle, pour que je l'aide à protéger sa fille. En échange, elle nous a fourni une nouvelle identité et sa protection contre les Enfants d'Enoch. Cela a fonctionné pendant seize ans… jusqu'à ce que les pouvoirs des filles deviennent trop forts.

— Et toi, qui effacera ta mémoire ? s'inquiète Enki.

Marika sourit.

— C'est inutile, je sais parfaitement camoufler mes pensées et, à part Mina, personne ne peut lire dans mon esprit si je ne le veux pas.

Je ne suis pas surpris d'apprendre que la mère de Mina, une porteuse K, possède de tels talents, j'ai en revanche du mal à concevoir qu'elle et la mère de Kassandre aient été suffisamment fortes pour duper les Enfants d'Enoch aussi longtemps.

Mais Carlo, lui, sourit d'un air appréciateur.

— Je ssssuis fâché que tu te sssois enfuie avec notre enfant, Marika, mais je reconnais que ton plan était judicccccieux. Élever les Génophores sssous les yeux des Enfants d'Enoch était le meilleur moyen de les protéger car ccc'était probablement le dernier endroit où ils iraient les chercher.

La mère de Mina acquiesce d'un simple signe de tête avant de poursuivre.

— Pourtant ce ne fut pas toujours facile, nous avons frôlé la catastrophe de nombreuses fois et j'ai souvent été obligée d'effacer la mémoire de ceux qui nous entouraient pour faire disparaître les doutes de leurs esprits. Malheureusement, quand Kassandre a mis son sang dans cette éprouvette, quand Mina a décidé de partir à Naples,

les filles ont scellé leur destin. Je suis désolée, si j'avais été plus efficace, plus forte, sans doute aurais-je pu…

Marika ne finit pas sa phrase. Tête baissée elle semble accablée, comme si tout ce qui arrivait aujourd'hui était sa faute.

– Vous n'avez pas à vous en vouloir. C'est le réveil du Maître qui a tout déclenché, la rassure Enki. À chaque fois, c'est la même chose, quand le Maître souhaite revenir à la vie il influe sur les pouvoirs de ses Génophores pour les réveiller, les rendre plus forts et leur permettre de venir jusqu'à lui. Vous n'avez rien à vous reprocher, vous avez déjà fait beaucoup en les protégeant aussi longtemps, conclut mon frère en posant sa main sur l'épaule de la mère de Mina.

Celle-ci le remercie d'un hochement de tête et va ajouter quelque chose quand elle en est empêchée par Carlo.

– Si nous ressstons plus longtemps sssans donner de nouvelles, Karl va envoyer des renforts. Sssi vous voulez agir, cccc'est maintenant, dit-il d'un ton brusque en cognant l'ongle de son index sur le verre de sa montre.

Je ne l'aime pas, je n'ai pas confiance en lui, mais il a raison.

Ce n'est plus le moment de bavarder. Il faut nous décider, vite, mais je ne sais pas quoi dire, alors je regarde mon frère et attends qu'il réagisse pour calquer mon attitude sur la sienne.

Quoi qu'il décide, je le suivrai, alors, quand celui-ci hoche doucement la tête après quelques secondes de réflexion, j'acquiesce à mon tour en direction de Carlo, et la machine se met en route.

## le Maître

J'aimerais goûter le sang de ce Carlo pour connaître son âme, savoir si je reconnais en lui une trace de mon histoire, mais j'en suis incapable.
Une impuissance qui attise mon désir.

J'attends.
Rien ne se passe.
Ma colère enfle comme une vague sombre.
Que sont devenus mes enfants pour me négliger ainsi ?
Ont-ils oublié la puissance de ma vengeance ?

Chasseur de dragons, mon fils, qu'attends-tu pour me nourrir ?
Ton sang m'appartient, il est celui du Nord, des dévoreurs d'ours et de la violence des grands hivers glacés.
Je t'ai choisi, ton dragon est le mien, sans moi tu ne serais rien, plus rien que des os disparus sous des milliers d'années de banquise.

J'appelle mon fils, j'attends, mais rien ne se passe.

*Le Chasseur ne m'entend même pas.*
*Je le sens à côté de moi mais ne peux pénétrer son esprit.*
*Son dragon, mon dragon, m'en empêche.*

*Plus loin, l'esprit de la Danseuse de taureaux est inquiet ;*
*je me glisse en elle sans qu'elle m'arrête et l'appelle.*

*Ma fille, qu'attends-tu pour te prosterner devant moi ?*
*Ton sang est mien, sans moi tu ne serais rien, plus rien*
*que des os réduits en poussière par le souffle brûlant du vol-*
*can, une poussière balayée par l'immense vague qui submer-*
*gea les tiens par ta faute.*

*Je parle à ma fille mais, comme son frère avant elle, son*
*pouvoir se dresse contre moi et me repousse.*

*Colère.*
*Comment osent-ils me résister !*

*Les mains de la créature se posent sur moi, il me soulève*
*comme un enfant et me porte contre son corps inhumain.*
*Son esprit m'est inaccessible.*
*Je suis déplacé comme un vulgaire objet, déposé dans un*
*drap dont mes fils nouent les extrémités pour pouvoir me*
*transporter sans me toucher.*
*Ils connaissent ma puissance et fuient mon contact. Mes*
*fils, mes propres enfants !*

*Que faites-vous ?*
*Nous avons un pacte.*
*Une promesse dont rien ne peut vous détacher.*

*Je suis le Créateur,*
*Je suis le Destructeur,*
*Je suis l'Incréé, et nul n'a le droit de se dresser contre moi*
*et je hurle ma colère vers la seule qui me soit restée fidèle.*

*Lilh, ma fille, réveille-toi.*
*Lilh, ma fille, sauve-moi.*

# Kassandre

**15 mai**
*Suisse*
*Villa du lac*

J'ai à peine fini de lire le message que m'a laissé Mina sur son carnet qu'un souffle puissant perfore mon esprit et efface tout ce qui m'entoure.

Je ne vois plus rien.

Rien que deux yeux rouges qui me fixent avec colère tandis qu'une voix de tonnerre me force à plier la nuque.

Le Maître, le Maître est en colère et la frayeur qui me saisit me pétrifie.

Tandis qu'il me parle, mes pouvoirs se réveillent et l'animal qui vit en moi déploie ses ailes pour me protéger.

*J'ai toujours su qu'il était là, mais c'est la première fois que je le vois.*

*C'est un taureau, un taureau blanc aux ailes de glace plus acérées que des couteaux. Je le sens s'ébrouer dans mon*

*esprit, admire ses muscles puissants danser sous sa peau lui-*
*sante et, oubliant ma peur, je m'élance vers lui.*

*Comme aux premiers jours de ma première vie, je*
*retrouve mes réflexes de danseuse, bondis dans les airs, pose*
*mes mains entre ses yeux et vole au-dessus de son encolure*
*pour le chevaucher.*

*Je sais que rien de tout cela n'est vrai, je sais que je n'ai*
*pas bougé, que je suis toujours assise au bord d'un lac, sur*
*le bois humide d'un ponton… pourtant, je sens la chaleur de*
*sa chair musculeuse me traverser, et sa puissance m'envahit.*

*Face à nous, le Maître se dresse, amas de colère percé de*
*deux yeux rouges flamboyants.*

*Il nous appelle, nous convoque, et je tremble… mais je*
*ne suis plus celle qui courbe l'échine.*

*Je suis Kassandre et, soutenue par mon taureau, enve-*
*loppée dans ses ailes blanches, je refuse de lui obéir et le*
*chasse de mon esprit.*

Je suis de retour sur le ponton.

Mina, assise à côté de moi, tremble de tous ses
membres. Elle aussi doit être en train de lutter contre
l'emprise du Maître. Je le sens, je le sais.

– Mina, tu es forte, repousse-le…

Je murmure tout contre son oreille en espérant
qu'elle m'entende mais elle ne réagit pas.

Les mains agrippées aux planches de bois, mon amie
a le visage plus blanc qu'un cadavre. Ses traits fins sont
déformés, agités de tics.

La bataille est inégale.

Comment Mina pourrait-elle lutter à la fois contre
Lilh et la volonté du Maître ?

– Allez, bats-toi ! Je t'en supplie…

À genoux à côté d'elle, je l'enlace, je l'embrasse, j'essaie de lui communiquer ma force, de puiser dans mon pouvoir pour l'aider à se battre, mais rien à faire. Un mur aussi invisible qu'infranchissable nous sépare et je reste impuissante.

Le vent souffle de plus en plus fort.

La surface du lac, encore si calme il y a quelques minutes, est parcourue de vagues qui n'ont rien de naturel. Le ponton vacille. Je dois me retenir aux planches sur lesquelles je me suis agenouillée pour ne pas basculer à l'eau.

Sur la rive, à quelques mètres de nous, un arbre, poussé par une main invisible, s'effondre tout à coup sur le sol dans un grand craquement.

Je connais ce vent, je connais aussi ces vagues et je comprends que Lilh est en train de prendre le pas sur Mina.

Sur mes joues, l'humidité que je sens dégouliner est trop salée pour provenir des vagues qui nous éclaboussent.

– Mina, regarde-moi, parle-moi…

Dans un effort surhumain, ma sœur tourne son visage vers moi.

Ses yeux sont fermés mais deux larmes de sang s'échappent de ses paupières closes.

Je caresse sa joue, murmure à nouveau son nom.

Je veux qu'elle me regarde, qu'elle puise en moi toute la force dont elle a besoin.

Je la supplie de se souvenir de nos premières nuits, lovées l'une contre l'autre dans le même berceau, quand nos regards flous de nourrissons se mêlaient pour échapper à la nuit. Mais elle est trop loin pour m'entendre.

J'efface du pouce les traînées sanglantes qui maculent sa peau claire, embrasse ses paupières et les vois tout à coup frémir, puis s'ouvrir.

Je hoquette et manque de tomber.

Ses iris ne sont plus que deux billes vertes noyées dans un océan de sang.

– Mina, c'est moi, Ka, Mina, reviens, je t'en supplie.

Un instant elle semble me reconnaître et ses lèvres s'entrouvrent.

J'ai l'espoir qu'elle va me dire quelque chose, mais la lumière qui avait furtivement éclairé son regard s'éteint.

Ses dents se referment sur ses lèvres avec une telle violence que celles-ci se mettent à saigner.

Ses yeux, vides et froids, se posent sur moi avec curiosité.

Sa main se tend vers mon visage, caresse à son tour ma joue.

Ses lèvres s'écartent. J'aperçois la pointe de sa langue.

Elle sourit, attrape ma main, lèche délicatement le sang qui macule le bout de mes doigts.

J'aimerais reculer mais elle me tient d'une poigne de fer et secoue lentement sa tête de droite à gauche sans cesser de sourire.

– Où crois-tu aller comme ça ? *Celui devant lequel tous se courbent* t'attend. Il attend son offrande.

Un froid de glace tombe sur moi.

Dans mon oreille résonne le bruissement des ailes de mon taureau.

Son mufle se pose sur ma nuque, souffle dans mon cou et me pousse en avant.

Il est temps d'agir.

La femme qui est là, devant moi, n'est plus Mina.

Mina est morte.

C'est Lilh.

## Georges

**15 mai**
*Suisse*
*Villa du lac*

Quand j'ouvre la porte de la villa je comprends que nous allons avoir du mal à rejoindre le van.

Malheureusement, nous n'avons pas le choix. Le brasier que nous avons allumé dans la maison pour effacer nos traces, attisé par le souffle de la tempête, propage les flammes plus vite que nous l'aurions souhaité.

Une fumée noire et épaisse nous enveloppe et la chaleur est à la limite du supportable, mais j'hésite à sortir.

Le vent souffle avec une telle violence que certains arbres sont couchés en travers de l'allée et, juste au-dessus de nos têtes, je distingue l'œil noir d'un cyclone qui est en train de se former.

– C'est Lilh, murmure Enki qui porte avec moi l'extrémité du drap dans lequel Carlo a enveloppé le Maître.

À l'autre bout de ce linceul improvisé, Carlo et Marika regardent eux aussi à l'extérieur.

– Ccc'est notre fille qui fait çççça ? demande Carlo à son ancienne compagne.

Je suis agacé par la fierté qui pointe dans sa voix.

– Oui, mais à ta place je ne m'en réjouirais pas trop, car si Mina n'arrive pas à l'arrêter nous allons cuire… ou, pire, dans deux minutes Lilh sera là et je ne pense pas que ta qualité de géniteur puisse te sauver de sa colère.

– Et comment Mina compte-t-elle s'y prendre pour l'arrêter ? demande Marika en toussant.

Le silence s'abat brutalement entre nous quatre.

C'est justement la question que nous voulions éviter.

Je grimace, tente de faire passer Marika à autre chose en lui montrant le tourbillon de plus en plus visible dans le ciel, mais le regard que je jette furtivement à Carlo ne lui échappe pas et elle insiste.

– Si vous voulez que je vous aide il faut me dire la vérité, sinon je vous plante là et je vais chercher ma fille !

Nous sommes coincés.

Quand Carlo a dévoilé le plan de Mina, il s'est bien gardé d'en donner tous les détails à sa mère.

Impossible de lui dire la vérité, impossible de dire à Marika que, pour que notre plan fonctionne, sa fille avait choisi de se sacrifier.

Impossible de le lui dire, car nous avons aussi besoin d'elle.

– Marika…

Je vais lui répondre quand, d'un seul coup, l'explosion de la verrière m'évite d'avoir à lui mentir.

## cauchemar de Mina

*Deux yeux rouges me clouent sur les planches de bois du ponton.*

*Je vois à travers mes paupières le paysage qui m'entoure se transformer.*

*Le lac est noir, grouillant de serpents, de créatures visqueuses aux écailles verdâtres, de brachiopodes aux dents effilées.*

*Tout un monde aquatique me guette et m'attend, un monde que je vois se déchirer en deux lèvres rouges, une plaie qui grossit, une crevasse d'où émerge une coquille tirée par deux tritons cornus.*

– Mina, tu es forte, repousse-le…

*Une voix douce et aimante me rappelle que tout cela n'est qu'illusion.*

*Ce cauchemar m'est envoyé par le Maître, je sais qu'il a ce pouvoir, mais malgré la supplication de Kassandre je n'arrive pas à lui résister.*

*Dans la coquille une femme, nue, se redresse fièrement.*

Sa peau est noire comme la nuit, ses jambes recouvertes d'écailles poisseuses, et ses longs cheveux roux glissent sur son corps comme une parure.

Elle est si proche que je peux sentir son odeur ; un parfum de mer stagnante, de marécage et d'eau croupie.

Elle tend la main vers moi et s'avance.

– Tu dois protéger Celui devant lequel tous se courbent, car il est notre Maître. Aide-moi à le ramener à la vie !

Je secoue la tête.

Je ne veux pas lui obéir et refuse de lui accorder ma puissance.

Elle s'obstine, répète encore et encore que j'appartiens au Maître, que je dois obéir, mais je tiens bon.

Son souffle excite la tempête, déracine des arbres, soulève les planches du ponton.

La colère dégouline de ses yeux verts, des larmes émeraude coulent sur ses joues, y creusent des ravins d'acide qui se jette dans l'eau du lac et la fait bouillonner.

Derrière moi, Kassandre pleure, je ne la vois pas mais je l'entends.

Je tends ma volonté pour tourner la tête.

J'aimerais lui dire que je l'aime, que je l'ai toujours aimée, mais Lilh s'avance, pose sa bouche sur la mienne et transperce mes lèvres de ses dents pointues.

Le sang qui m'inonde est le sien et je ne peux m'empêcher de le boire.

Son sang, mon sang, celui du Maître.

À mes oreilles résonne le grelot du rire de Ka, un rire d'enfant.

J'ai cinq ans.

Nous jouons dans la cuisine autour des jambes de ma mère.

Je saute en croassant, Ka brandit une épée de bois.

Elle m'attrape, me colle un bisou gluant sur les lèvres et crie : « Voilà, je t'ai délivrée, maintenant tu n'es plus un crapaud, tu es une princesse ! »

Délivrer… voilà ce que je dois faire.

Dans un dernier sursaut, j'oblige Lilh à ouvrir les mains.

Un à un mes doigts se desserrent, mes phalanges craquent sous l'effort démesuré que je dois faire mais je n'abandonne pas.

D'une secousse, Ka libère ses bras.

Je sens la chaleur de ses mains sur ma poitrine quand elle me pousse en arrière.

Je tombe.

Le froid de l'eau m'envahit.


Je suis dans la cuisine, j'ai cinq ans, je suis une princesse ; je cours derrière Ka pour lui rendre son baiser mais sans réussir à la rattraper.

Le grelot de son rire est de plus en plus lointain.

Je vois ses cheveux blonds danser sur ses épaules.

Je tends la main pour la toucher mais je n'y arrive pas.

La Ka de cinq ans tourne la tête et me sourit.

Pourtant je vois ses yeux, si lointains, qui pleurent.

# Kassandre

**15 mai**
*Suisse*
*Villa du lac*

Debout à l'extrémité du ponton, je regarde sans réagir l'eau noire se refermer autour du corps de Mina.

Dans sa chute elle s'est retournée ; bras en croix, elle s'enfonce dans les profondeurs sans un geste, comme si le simple fait de toucher l'eau l'avait tétanisée.

Ses yeux sont ouverts.

Elle ne se débat pas, ne fait pas un geste pour se maintenir à la surface.

Elle se contente de s'enfoncer en souriant tout comme je reste là à la regarder en pleurant.

Seul l'ovale blanc de son visage apparaît encore, comme le ventre d'un poisson mort flottant entre deux eaux.

Il ne faut que quelques secondes de plus pour que son corps disparaisse.

Quelques secondes.

Une éternité.

Autour de moi tout est calme.

La tempête s'est arrêtée et seul le ronflement de l'incendie qui est en train de ravager la villa blanche résonne à mes oreilles.

Le Maître a échoué, nous allons enfin être libres mais le prix à payer est si lourd que je reste tétanisée.

Que vaut cette liberté sans Mina pour en profiter à mes côtés ?

Allongée sur les planches humides, je hurle son nom mais celui-ci rebondit sur la surface sombre du lac sans que celle-ci frémisse.

Il est trop tard.

Pour que nous puissions vivre, Lilh devait mourir.

C'était le prix à payer pour avoir une chance de s'échapper, pour avoir une chance de mettre fin au carnage déclenché par le virus de mon père.

Il n'y avait pas à hésiter pourtant, à cette seconde, je sais que si j'avais le pouvoir de revenir en arrière c'est Mina que je sauverais. Car c'est trop dur.


Encore une fois, je hurle son nom.

Encore et encore.

Mina, ma sœur.

Mina.

# Georges

**15 mai**
*Suisse*
*Villa du Lac*

La tempête s'arrête aussi brusquement qu'elle a commencé.

Le vent qui la seconde d'avant déracinait les arbres et faisait rugir les flammes ravageant la villa a cessé de souffler ; le ciel a repris sa teinte laiteuse et l'œil noir du cyclone s'est évaporé.

Un changement si soudain ne peut signifier qu'une seule chose.

Une chose que Marika ne peut pas comprendre mais qui nous fait tous soupirer de soulagement : coincés entre le brasier, la fumée de plus en plus épaisse et la tempête nous allions être pris au piège.

Carlo est le premier à réagir :

– On y va ! hurle-t-il par-dessus le ronflement des flammes.

Nous ne répondons pas, préférant conserver notre souffle pour nous éloigner au plus vite de la villa en feu et courir jusqu'au van pour y charger le corps du Maître.

Aucun de nous n'ose dire un mot.

Nous, parce que nous savons, Marika, parce qu'elle se doute que nous lui cachons quelque chose.

À peine le corps du Maître sanglé à l'arrière du van, la mère de Mina fait demi-tour et s'élance vers le lac.

Mais elle ne va pas très loin.

Carlo, tout en puissance, la rattrape au bout de quelques mètres et la force à s'arrêter.

Enki et moi sommes trop loin pour entendre ce qu'ils se disent mais c'est inutile.

Quand Marika s'effondre nous savons ce que Carlo vient de lui annoncer ; ce que nous avions deviné quand la tempête avait brusquement cessé.

Mina n'est plus. Elle s'est sacrifiée pour nous, pour les milliards d'humains qui attendent une réponse à leurs prières.

Une réponse que seul notre sang peut leur offrir et qui nous force à fuir le plus loin possible du Maître. Une fuite que Lilh n'aurait jamais acceptée.

Le van contenant le corps du Maître s'éloigne doucement dans la grande allée.

Carlo est au volant mais il n'est pas seul. En apprenant la mort de sa fille, Marika a décidé de l'accompagner. C'est du suicide, mais c'est son choix et il nous arrange.

Sa présence aux côtés de Carlo pour confirmer l'histoire que nous avons inventée ensemble rendra notre disparition plus crédible et augmentera nos chances de fuir.

Marika le sait, c'est pour cela qu'elle a choisi de partir. Pour ça et pour avoir une occasion de se venger.

Elle ne l'a pas dit mais je le sais.

Nous ne pouvons pas nous priver de cette arme. D'ailleurs, la détermination que j'ai lue dans le regard de Marika au moment où elle nous a quittés m'incline à penser que le père de Kassandre n'aura pas fini de regretter son retour.

À côté de moi, mon frère regarde le van s'éloigner d'un air pensif.

Il faut que j'aille chercher Kassandre mais, avant, j'ai une question à lui poser.

– Enki, tu crois que nous sommes nombreux à posséder des pouvoirs ? Je veux dire, combien sommes-nous exactement à posséder un chromosome K ? Des centaines ? des milliers ? ou juste une poignée de gugusses disséminés sur la planète ?

– Pourquoi tu me demandes ça ?

– Parce que le virus qui est en train de se répandre sur terre n'épargne que nous...

– Et alors ?

– Alors, je me demandais combien nous serions sur terre si jamais nous échouions à trouver un moyen de le stopper.

Enki soupire.

– Pour le coup, c'est une très bonne question mais je suis malheureusement incapable d'y répondre. À part le Maître, aucun de nous n'a jamais su combien nous étions. Les porteurs K sont tous nos descendants, principalement ceux de Lilh d'ailleurs, vu qu'elle est la plus ancienne d'entre nous ; depuis le temps que les générations se reproduisent nous sommes peut-être un ou deux millions de porteurs K... peut-être dix, mais je doute que nous soyons plus nombreux.

L'implication de ce qu'il m'annonce est si énorme que je ne peux m'empêcher de l'énoncer à voix haute.

– Donc, si nous échouons à contrer le plan des Enfants d'Enoch et que le métavirus fait son œuvre, nous serons indirectement responsables de la mort d'environ 99 % de la population mondiale... soit plus de sept milliards de personnes.

Le chiffre est si colossal qu'il en devient presque absurde, pourtant Enki hoche la tête.

Un échec ramènerait l'humanité à des proportions qu'elle n'a plus connues depuis des millénaires. Ce serait la huitième grande extinction. *Homo sapiens sapiens* serait remplacé par *Homo superior*, la génération K.

Je frémis en prenant conscience de la charge qui pèse sur nos épaules.

Cette fois-ci, il n'est plus question de nous.

Cette fois-ci il est question de sauver l'humanité.

Ouvrage réalisé par Cédric Cailhol Infographiste

Achevé d'imprimer
sur Roto-Page
par l'Imprimerie Floch à Mayenne
en février 2017.

Dépôt légal : mars 2017
N° d'impression : 90710
ISBN : 978-2-8126-1219-0
ISSN : 2416-7274

*Imprimé en France*